宋词精读

马里扬 / 编著

上海教育出版社

编 委 会

主 编 查清华

编 委（按姓氏笔画排序）

　　　　朱易安　李定广　李　贵　吴夏平

　　　　陈　飞　赵维国　查清华　钟书林

　　　　曹　旭　詹　丹

教育部新文科研究与改革实践项目
　　中文学科拔尖创新人才培养与实践

上海高校本科重点教改项目
　　中文专业师范生优秀传统文化教育实践与创新

上海市高水平学科学术创新团队
　　中华典籍与国家文明

国家级专家服务基地
　　上海师范大学教育援疆喀什专家服务基地

总序

中华文史经典精读

中华优秀传统文化是中华民族的精神命脉。2017年,中共中央办公厅、国务院办公厅《关于实施中华优秀传统文化传承发展工程的意见》(下文简称《意见》)提出:"实施中华优秀传统文化传承发展工程,是建设社会主义文化强国的重大战略任务,对于传承中华文脉、全面提升人民群众文化素养、维护国家文化安全、增强国家文化软实力、推进国家治理体系和治理能力现代化,具有重要意义。"《意见》围绕立德树人根本任务,遵循学生认知规律和教育教学规律,按照一体化、分学段、有序推进的原则,对中华优秀传统文化"进课本、进课堂、进校园"提出明确要求。

经典是文化的重要载体。当下中华传统经典读物较多,各有优长。但我们经过调研后发现,针对大、中学生而言,在传统文化教育方面尚存在以下几大问题:一是对传统文化优秀与糟粕因子的认识比较模糊，未能通过阅读经典充分汲取富有生命力的文化养分；二是对传统文学经典的历史语境缺乏应有的了解，相关历史知识与方法的匮乏常导致对文学作品的解读出现偏差；三是对传统经典与现代文化的联系和区别关注不够，传统文化和现代意义的文化发展逻辑没有得到充分厘清；四是往往止步于对传统经典知识本身的接收与理解，对优秀原典熏染学生道德和审美的终极作用落实不力，对学生发现与探究问题的意识培养力度偏弱。

针对以上问题，我们尝试从人才培养模式、课程设置、教材建设和教学方法等方面加以改革，同时通过加强大中小一体化建设，牵头和上海数十家中学共建"中华优秀文化推广联盟"，和上海援疆教育集团签署"中华优秀经典进校园"项目，组织相关优秀教师参与。编撰出版"中华文史经典精读"丛书，是我们改革项目的重要成果之一。

该丛书在导读方向、内容选择、注释范围、评析重点等方面，均致力于尝试解决上述问题。以上海市高水平学科"中华典籍与国家文明"创新团队为主体的多位专家，在总的原则下，广泛借鉴吸收前人成果，依据各自的学术特长和教研心得，充分展现学术个性，既为反思传统文化的复杂内涵提供历史唯物主义的立场和方法，也努力寻求传统文化在当代实践中的内驱力，以及理想人格的感召力，让经典润泽心灵，砥砺人生。

每本书由导言、正文、注释和评析组成。"导言"总体介绍某部经典的成书、性质、基本内容、艺术价值及社会影响，或某作家的生平、思想、艺术及文学史地位等；"正文"均依据权威版本选录名家名作，兼顾传统性典范和现代性意义；"注释"重在注解不易读懂的字词、名物及典故,力求简明准确;"评析"则在细读文本的基础上,提点作品的情思蕴含及艺术表现,注重引导读者参与情思体验,追求文字洗练,行文晓畅。

本丛书属于中华优秀传统文化经典普及性读本,可作为大学"原典精读"通识课教材及中学语文拓展读本,也适合热爱传统文化的普通读者。

限于水平,书中或有不尽如人意处,祈请读者批评指正,以便再版时改进。

查清华

于上海师范大学文苑楼

目录

宋词精读

导言 \ 001

钱惟演 \ 001
木兰花（城上风光莺语乱）\ 001

潘阆 \ 003
酒泉子（长忆西湖）\ 004
酒泉子（长忆观潮）\ 005

范仲淹 \ 005
苏幕遮（碧云天）\ 006
御街行（纷纷堕叶飘香砌）\ 008
渔家傲（塞下秋来风景异）\ 009

柳永 \ 010
曲玉管（陇首云飞）\ 011
雨霖铃（寒蝉凄切）\ 013

夜半乐（冻云黯淡天气）\ 015
戚氏（晚秋天）\ 016
八声甘州（对潇潇、暮雨洒江天）
 \ 018
望海潮（东南形胜）\ 020

张先 \ 022
千秋岁（数声鹈鴂）\ 022
醉垂鞭（双蝶绣罗裙）\ 024
一丛花令（伤高怀远几时穷）
 \ 025
天仙子（水调数声持酒听）\ 026
木兰花（龙头舴艋吴儿竞）\ 028
青门引（乍暖还轻冷）\ 030
御街行（画船横倚烟溪半）\ 031

晏殊 \ 033

浣溪沙（一曲新词酒一杯）\ 033

浣溪沙（一向年光有限身）\ 035

清平乐（红笺小字）\ 036

清平乐（金风细细）\ 037

木兰花（燕鸿过后莺归去）\ 038

木兰花（池塘水绿风微暖）\ 039

玉楼春（绿杨芳草长亭路）\ 040

踏莎行（祖席离歌）\ 041

踏莎行（小径红稀）\ 043

蝶恋花（六曲阑干偎碧树）\ 044

鹊踏枝（槛菊愁烟兰泣露）\ 045

张昪 \ 047

离亭燕（一带江山如画）\ 047

宋祁 \ 049

玉楼春（东城渐觉风光好）\ 049

欧阳修 \ 050

玉楼春（尊前拟把归期说）\ 051

浪淘沙（把酒祝东风）\ 053

朝中措（平山阑槛倚晴空）\ 054

采桑子（轻舟短棹西湖好）\ 055

采桑子（群芳过后西湖好）\ 056

蝶恋花（庭院深深深几许）\ 058

踏莎行（候馆梅残）\ 059

韩缜 \ 061

凤箫吟（锁离愁）\ 062

王安石 \ 064

桂枝香（登临送目）\ 064

晏幾道 \ 066

临江仙（梦后楼台高锁）\ 067

蝶恋花（梦入江南烟水路）\ 069

蝶恋花（醉别西楼醒不记）\ 070

鹧鸪天（彩袖殷勤捧玉钟）\ 071

菩萨蛮（哀筝一弄湘江曲）\ 072

生查子（关山魂梦长）\ 074

玉楼春（东风又作无情计）\ 075

木兰花（秋千院落重帘暮）\ 075

清平乐（留人不住）\ 077

阮郎归（旧香残粉似当初）\ 077

阮郎归（天边金掌露成霜）\ 078

苏轼 \ 079

江城子（十年生死两茫茫）\ 080

江城子（老夫聊发少年狂）\ 082

水调歌头（明月几时有）\ 084

永遇乐（明月如霜）\ 086

水龙吟（似花还似非花）\ 088

念奴娇（大江东去）\ 091

贺新郎（乳燕飞华屋）\ 094

卜算子（缺月挂疏桐）\ 096

临江仙（夜饮东坡醒复醉）\ 098

定风波（莫听穿林打叶声）\ 099

青玉案（三年枕上吴中路）\ 101

八声甘州（有情风、万里卷潮来）\ 103

黄庭坚 \ 106
念奴娇（断虹霁雨）\ 107

秦观 \ 110
满庭芳（山抹微云）\ 110
减字木兰花（天涯旧恨）\ 112
浣溪沙（漠漠轻寒上小楼）\ 113
望海潮（梅英疏淡）\ 114
阮郎归（湘天风雨破寒初）\ 118
踏莎行（雾失楼台）\ 119
鹊桥仙（纤云弄巧）\ 121

贺铸 \ 122
半死桐（重过阊门万事非）\ 122
行路难（缚虎手）\ 124
横塘路（凌波不过横塘路）\ 127

晁补之 \ 129
水龙吟（问春何苦匆匆）\ 130

周邦彦 \ 132
满庭芳（风老莺雏）\ 133
花犯（粉墙低）\ 136
大酺（对宿烟收）\ 138
瑞龙吟（章台路）\ 140
六丑（正单衣试酒）\ 144
兰陵王（柳阴直）\ 146

朱敦儒 \ 149
相见欢（金陵城上西楼）\ 149

赵佶 \ 151
宴山亭（裁剪冰绡）\ 152

李清照 \ 153
如梦令（常记溪亭日暮）\ 154
念奴娇（萧条庭院）\ 155
醉花阴（薄雾浓云愁永昼）\ 157
渔家傲（天接云涛连晓雾）\ 158
永遇乐（落日熔金）\ 160
声声慢（寻寻觅觅）\ 163

陈与义 \ 164
临江仙（忆昔午桥桥上饮）\ 165

张元幹 \ 167
贺新郎（梦绕神州路）\ 167

岳飞 \ 170
小重山（昨夜寒蛩不住鸣）\ 170

陆游 \ 172
卜算子（驿外断桥边）\ 173

张孝祥 \ 174
念奴娇（洞庭青草）\ 174

辛弃疾 \ 177
水龙吟（楚天千里清秋）\ 178
太常引（一轮秋影转金波）\ 181
汉宫春（春已归来）\ 183
念奴娇（野棠花落）\ 184

菩萨蛮（郁孤台下清江水）\ 186
摸鱼儿（更能消、几番风雨）
　　\ 188
破阵子（醉里挑灯看剑）\ 191
西江月（明月别枝惊鹊）\ 193
丑奴儿（少年不识愁滋味）\ 194
贺新郎（甚矣吾衰矣）\ 195
贺新郎（绿树听鹈鴂）\ 199
永遇乐（千古江山）\ 201
南乡子（何处望神州）\ 204

陈亮 \ 205
水龙吟（闹花深处层楼）\ 206

姜夔 \ 208
扬州慢（淮左名都）\ 209
踏莎行（燕燕轻盈）\ 211
点绛唇（燕雁无心）\ 213
暗香（旧时月色）\ 215
疏影（苔枝缀玉）\ 216
齐天乐（庾郎先自吟愁赋）\ 219

史达祖 \ 222
东风第一枝（巧沁兰心）\ 222

刘克庄 \ 226
生查子（繁灯夺霁华）\ 226

吴文英 \ 228
浣溪沙（门隔花深梦旧游）\ 229
法曲献仙音（落叶霞翻）\ 230
莺啼序（残寒正欺病酒）\ 233

刘辰翁 \ 237
兰陵王（送春去）\ 237

蒋捷 \ 239
女冠子（蕙花香也）\ 239

王沂孙 \ 242
齐天乐（一襟余恨宫魂断）\ 242

张炎 \ 245
高阳台（接叶巢莺）\ 245

导言

宋词精读

> 攒眉敛目抵风沙,
> 暗度城西十里花。
> 历肆侧听长短句,
> 缘溪斜著两三家。(陈师道《西郊》)

风沙蔽日,花丛绵延,这并不协调的一幕,却是春天里的城郊最常见的景象。诗人陈师道顶着漫天的风沙,正愁眉苦脸地前行。本来他已经没有心情去欣赏路边尚余留着的绚烂春景了,然而,当溪边的酒肆传来曼妙的歌声,似乎改变了他困顿不得志的心境。

> 柳下桃蹊,乱分春色到人家。(秦观《望海潮》)

虽然我们无从知道,传进陈师道耳中的"长短句"是不是他的朋友秦少游所填写的这首词,然而从曲调传递出来的情致上讲,宋人能够闻听的歌词,是不会相差太远的。可以说,一首歌词抚慰了九百年前一位落魄文人的失意,也让这位一生辛苦且秉性耿直的诗人看到了苦难世界的另一面。宋词,就是如此奇特与空灵,它是音乐,也是文学,它传递了最为幽微与隐约的人类情感、展示了最为自由与开阔的文学世界。

一、宋词是音乐,也是文学

由于句式长短不齐,词又被称为"长短句"。词是配合着我国音乐史上一个新的乐种——"燕乐"而产生的。

从6世纪后半叶到8世纪中叶的二百年间,大量的外来音乐种类进入隋唐王朝:

龟兹乐:居住在西域的粟特人的音乐。
突厥乐:经西域而被"龟兹化"的突厥与鲜卑的"北歌"。
天竺乐:经西域而被"龟兹化"的印度的佛曲和戏剧音乐。
西凉乐:被"龟兹乐"改造的西凉地区的中原"清商乐"。

此外,还有从东方传入的"高丽乐"。这些乐种,被生活在中原王朝的人统称为"胡乐"。至于保留在南方的中原旧有的"清乐",也逐步吸纳"胡乐"的乐器与乐舞,后来更接受"胡乐"的乐律系统而成为"法曲"。到了政治经济达到顶峰的唐玄宗天宝十三载(754),法曲与胡部乐被下令并合演奏,这标志着以"胡乐"为主体的"隋唐燕乐"的完成。

在大量东来之后,"胡乐"开始一步步地本土化,同时,南方民族的音乐也继之北来。虽然关于"胡乐"的本土化,目前还不能够拿出许多证据,但传入日本的所谓"唐乐",就是以"胡乐"为主体的"燕乐",它们大都节奏舒缓,不见了"急管繁弦"之态,或许正是"安史之乱"后"胡乐"本土化的一个结果。在北来的南方音乐当中,所谓的"南蛮乐",如南诏、骠国的音乐,它们本来就在"伊朗—印度"音乐的系统中,因此与"胡乐"为主体的"燕乐"本质上并无区别。而在原来南朝地域所新创制出来的乐曲,并未离开"燕乐"的体系,但在歌词的配合一面,出现了很大的变化。这些歌词的主要功用是充当酒宴上的"酒令",也就是配合所谓的"打令歌舞"而"撰制"的文辞,因此,文人的文学创作在曲词关系当中的作用就会凸显。

起初,"胡乐"与歌词的配合,歌词是被动的,它们大多是现成的五七言的诗歌,被乐工歌妓拿来,割裂拼凑,成为某一曲调的歌词。但当中唐诗人韦应物、王建、张志和、刘禹锡、白居易开始配合南方的乐曲创作新歌词的时候,所谓的"依曲拍为句",就是有意识地为配合乐曲的节奏旋律去创作,那么歌词的创作也就转化为一种自觉的行动。也正是因为文人的主动创作,让本来"篇无定句,句无定字"的词,最终走向了固定的文辞格式,即"词体"的定型,具备稳定的长短句的形式。

尽管从语言上看,长短句还是没有离开诗歌讲究平仄、押韵、对偶等一般的特点;但也正因为是长短句,宋词在篇章字句的组合方面都发展出自身的独特性,可以总结为以下四个方面。

第一,平仄规律的打破。晏殊的《浣溪沙》"无可奈何花落去,似曾相识燕归来",也是晏殊一首七言律诗中的两句,符合七律"仄仄平平平仄仄、平平仄仄仄平平"的格式(仄是本来应作仄的,可以作平;平是本来应作平的,可以作仄)。类似的,晏幾道的名篇《临江仙》中的"落花人独立,微雨燕双飞",同样也是将现成的诗句放入词中,自然是规整的。这样的有规律的平仄搭配,可以称为五言或者七言的"律句"。宋词的创作,一方面继承了这样的律句,另一方面伴随着五言与七言的句式变化改造了这样的律句。五七言诗的句式,是二三或者四三,即一句中的节奏点在第二字或者第四字后停顿。但在宋词当中,我们常常看到这样的句式:"叹/年来踪迹(仄平平平仄)""想佳人/妆楼颙望(仄平平平平仄仄)",句式的变化完全改变了律句有规律的、和谐的结构。除五七言句之外,宋词中大量出现的是四字句和六字句。它们中的一部分符合律句和谐的规律,如"陇首云飞,江边日晚(仄仄平平,平平仄仄)""记得小蘋初见,两重心字罗衣(仄仄平平仄仄,平平仄仄平平)",也有一部分则同样由于句式的变化而打破了这样的规律:"对长亭晚,骤雨初歇(仄平平仄,仄仄平仄)""又还被、莺呼起(仄平仄、平平仄)"。

第二,字句的参差。柳永的《雨霖铃》:"都门帐饮无绪,留恋处、兰舟催发。"在"留恋处"前,一本有"方"字,这就是所谓的"衬字",它的有无是音乐是否存在的标志,但同时也与词的意境有关系。沈祖棻先生的《宋词赏析》就是选用了"方留恋处",她说:"才说'帐饮',已指明'无绪',正在'留恋',又被人'催发',好像都没有完,所以陈匪石先生《宋词举》中称之为'半句一转'。"而同为《临江仙》的曲调,晏几道的上下片开头都是六字句:"梦后楼台高锁""记得小蘋初见";苏轼的则是七字句:"夜饮东坡醒复醉""长恨此身非我有"。字声与句式的参差,就牵扯到那个如今我们已经看不见的"音乐之手",即"声音"问题,就不是单纯的语言形式的变态可以给出解释的了。

第三,韵读与字声的讲求。张先《天仙子》上下片首句"水调数声持酒听""沙上并禽池上暝",这里的"听"读去声,而"暝"也应该是读去声。"暝",当夜晚讲,读去声,是名词;而读平声,则是形容词,当昏暗讲。这里从句意上看,应该是昏暗不明的意思,读平声;但从整首词押韵来看,则需要读去声。除押韵的读音外,宋词中最讲究的是字声与字声的配合。如"骤雨初歇"的"骤雨","还见褪粉梅梢"的"褪粉","铅水又将恨染"的"恨染",都是必要用"去上"的;至于说五字句如果是一四句式,则处在首字的所谓"领字"一般要读去声或者上声,更是成为惯例。由于语音的演变,一些字声开始发生变化,如入声字读作平声字的现象,就在宋词当中出现:"墙头青玉旆"(周邦彦《大酺》)的"玉"字,我们现在读去声,但在古代是读入声,而在这句词当中却又是读作平声的。

第四,特殊的对偶句型。柳永《戚氏》"槛菊萧疏,井梧零乱惹残烟",这一韵当中前八个字,是四四对偶句式。秦少游《望海潮》:"兰苑未空,行人渐老,重来是事堪嗟",也是四四对偶,更添一个尾句。而《八声甘州》:"渐霜风凄惨,关河冷落,残照当楼",则是"渐"以下的八个字,是四四的对偶句式。周邦彦《瑞龙吟》:"知谁伴、名园露饮,东城闲步",是在"知谁伴"的三字领句后,出现四四句式的对偶。类似这样的对偶形式,即在对偶句出现之后,还有一个尾句的形态;或者在一个领句之后,出现一组对偶句,是宋词长调之中最为常见的句型。

二、幽微隐约与自由开阔

无论是从创作的数量、参与的人数,还是作品的内容与风格的多样来看,宋词似乎都无法与唐诗比肩,甚至也不能与宋诗并论。然而,能够代表宋代文学最高成就的,仍旧是宋词。唐诗宋词的并称,虽然是毫无愧色的,但不得不承认,这还是个让人感到困惑的话题。

在今天,历史上的宋代被视为传统中国本位文化的高峰。的确,它有着公正、透明的人才上升渠道,稳定的政府运作机制,也产生了文学、艺术和科技上的辉煌成就。这些都令宋代人的生活变得富足与多彩,也每每令后来人生出向往之情。至于思想上产生的"新儒学"所传递的修身理念,更是深入在它之后一千年的国人的民族性格的塑造中。然而,从另一面说,政治、经济与文化盛景下的宋代,又拖着一道浓重深长的阴影,这让宋朝人并未按照我们想象的那样去生活,至少在他们可以公开的精神世界中,就明显露出负累极重的衰老与疲惫。

宋人的诗,虽说与唐诗各有千秋,但它不复自由浪漫的状态,则是毋庸讳言的。宋诗对唐诗的模仿倒也罢了,严重的是,宋诗创作越来越成为一项庄重的使命。"无谓之诗",是打宋诗开山鼻祖梅尧臣那里算起,就是做不得的;换句话说,作诗必得有一个由头,且是可以堂而皇之说出来的由头。关心政情民瘼总可以吧,但这在苏轼牵扯到"乌台诗案"之后,也会因被指责是对皇帝的不敬而畏葸收笔。如此,更多的诗就只好做出来去应付迎来送往的俗事俗物、生老病死的必经之途。尽管宋诗可以在黄庭坚之后成为个体人格修养的一部分,但实际其所造成的是诗与人之间最本质的情感关联渐行渐远。"诗到无人爱处工",陆游的这句话从某种程度上可以说是对宋诗的总结——技法上的讲求越发精细,与人性人心的关联程度却不免更为淡薄。

钱锺书先生在《宋诗选注》序中说:

> 宋人在恋爱生活里的悲欢离合不反映在他们的诗里,而常常出现在他们的词里。如范仲淹的诗里一字不涉及儿女私情,而他的《御街行》词就有"残灯明灭枕头欹,谙尽孤眠滋味;都来此事,眉间心上,无计相回避"这样悱恻缠绵的情调,措辞婉约,胜过李清照《一剪梅》词"此情无计可消除,才下眉头,又上心头"。据唐宋两代的诗词看来,也许可以说,爱情,尤其是在封建礼教眼开眼闭的监视之下那种公然走私的爱情,从古体诗里差不多全部撤退到近体诗里,又从近体诗里大部分迁移到词里。除掉陆游的几首,宋代数目不多的爱情诗都淡薄、笨拙、套板。

这个宋诗当中最大的遗憾,造就了宋词最为重要的特征——相思怨别、隐曲幽微。如欧阳修的词中所说:"人生自是有情痴,此恨不关风与月。"其实,宋人的诗并非不抒发个人的私情,然而,"发乎情,止乎礼义",总是那么畏缩不前,甚至干脆不说。欧阳修在《春日西湖寄谢法曹歌》的自注中引了两句他这位朋友寄来的诗:"多情未老已白发,野思到春如乱云。"是啊,这如乱云一般,来无端倪、去无止处,状态不定、时聚时散的愁思,是人类同样的遭遇、共有的情感,不限于具体空间,更没有古今之别,又怎么能被公然地驱逐出诗国呢?

然而,正是宋词中的深于情并到达了痴迷的程度,让宋代有着士大夫名号的词人暂时忘记了身份与地位。他们或者代替酒宴上的歌女,抒发内心最痛切的相思:"天涯地角有穷时,只有相思无尽处。"或者直接将自己视为被这样的情绪缠绕着的一员:"兰佩紫,菊簪黄。殷勤理旧狂。"纵然是有一肚子的不得意、一腔子的热血,也渴望在这样的感情之中得到发抒与慰藉:"倩何人,唤取红巾翠袖,搵英雄泪。"这首先不是情感是否得到释放的问题,而是将人性当中最为本质的情感从被压抑的现实世界中召唤了回来。词,让宋朝人回归了自我,也发现了自我;那种被严正重大的文字所禁锢的世界,借助一种独特的声音形式一下子被打开了。通俗、简易、明白且富有灵气的语言,是最具生气的文学语言。它们从言之凿凿、口谈性理的宋朝人的笔下,汩汩而出,流溢四散,不可收拾,也不必收拾了——柳永将它说了出来,欧阳修也将它说了出来,至于人格如光风霁月般的黄庭坚,更是直接到令后来的人不可想象的地步将它说了出来。这是一种深情的体现,更是一种精神的焕发。

而当春花秋月、相思怨别不再被选择成为唯一的精神凭借;换言之,在人性最为本源与基础的情感诉求之外,我们惊奇地发现,自由的精神在宋词当中会有另一番境界:这是海雨天风般的开阔,也是乘风归去一样的洒脱，更是细雨幽花、溪桥柳巷式的宁静。像是在嘈杂的朝市上听到一对山中高士的清谈，又像蔽天的愁云被惊雷劈下一阵清凉，更像是一抹新绿、一泓清泉让躁动的心境得到了暂时的平复。"明月如霜，好风如水，清景无限。"正是一轮高悬在风波仕途、热闹官场之上永恒不灭的如霜明月，让宋朝人得到了全新的人生启迪。那种脱离现实的"我"，也以一种明快高朗的方式出现在宋词的境界当中。它会是时间流逝、人事变迁的见证——"长沟流月去无声"，但总不可掩的是与世情俗务相背离的洒脱与风流；它也会照出感激奋发又无助苦闷的"我"来——"一轮秋影转金波"，但那股子坚韧之气、刚强之力始终不懈、长存不息；诚然，它也不免冷寂，让人有点"高处不胜寒"——"想佩环月夜归来，化作此花幽独"；然而，正是这种清冷与寂寞，别生出一种美好、善良与和平。这是宋词独特的境界、独特的美。与人性的基本情感得到解脱所呈现的热烈壮大不同，这是一种开阔得画不出边际、明朗得看不到纤尘、强劲得一往无前的美。

诚然，宋词更让人流连的，是它的隐约幽微、深沉刻挚。很难讲，这是否就是时代投下的那一道挥之不去的浓重深长的阴影，但我们的民族性格的确与这样的深沉含蓄更为接近。"一场愁梦酒醒时，斜阳却照深深院""惊起却回头，有恨无人省""无奈归心，暗随流水到天涯""事与孤鸿去。探春尽是，伤离意绪""旧恨春江流不断，新恨云山千叠""殷勤待写，书中长恨，蓝霞辽海沉过雁"。千载以来，每一诵读，都让人叹息不止、中夜徘徊。尽管人类本质情感的归来、摆脱世俗羁绊的洒脱，都让宋朝人以及后来的读者走进了自由开阔的文学世界，沉重的现实、惨淡的人生还是无从逃避的。就算不愿当面对视，它也会降临头上，让人无措。宦海的惊涛骇浪，人间的变故动荡，世情的反复无常，也被宋人以一种婉约隐曲的方式写进了词，而表现出一致的深沉内涵来，如火山下蓄积着的熔岩，或者冷寂，或者奔突，或者喷薄。或许正是在他们看不到希望、没有未来的时候,希望的种子、未来的光恰恰孕育其中——"斜阳冉冉春无极":迷离恍惚的黄昏斜阳,似乎无可选择地要走向深黑的夜了,然而,曾经让唐朝人放歌纵酒的白日,仍旧在那里跃动着、闪烁着,它是一股来自远古又昭示未来的永恒力量——是唐诗,也是宋词。

三、关于本书

历史上的宋代(960—1276)以1127年为界,在政治经济、社会文化与思想心态上分裂为两个有着巨大差异的时期。而宋词作为宋人的精神产物,也有了可以区分的两副面貌:北宋词内在的境界开阔,外在表现虽然也有突破"言情"范围的迹象,但仍以婉约的风格为主;南宋词外在的表现变化多端,在社会变动的刺激下产生了雄奇沉痛的豪放词和寄托遥深的咏物词,但内在的境界收缩得厉害,创作技法日渐精巧,文学的感染力却在下降。然而,无可否认的是,词的创作仍旧是在11世纪到13世纪达到了顶峰。这两百年间,写作词的专门名家如柳永、周邦彦、姜夔与吴文英,代不乏人;晏殊、欧阳修、苏轼、辛弃疾等名公巨卿,也都参与到了词的写作中,从而展现不同于庙堂上正襟危坐的另一面;至于文士才子们,更是不会放过这次大展身手的好机会,如晏幾道与秦少游的创作,就达到了极高的艺术成就;就连李清照这样的闺阁女子也参与了进来,而她的创作也成为我国文学史上最为夺目的一道光彩。

本书选入两宋三十六家词人共计一百二十四首词。对选入的词人,大都撰写了较为详细的小传,间或对他们的艺术风格有所品评。对选入的作品,凡涉及典故、名物、术语、俗语与修辞上的特殊用法,都加了注释,且附有评析,讨论了作品的创作背景与艺术上值得注意的地方。词人的先后顺序与词作的文本,依据的是中华书局1999年版的《全宋词》,个别文字上有出入的在注释中作出说明。注释与评析中摘录了一些古今学者的观点，以供参考。唐圭璋先生的《宋词三百首笺注》，征引词话甚为广博，笔者置诸案头，揣摩翻阅，已经超过了二十年，自然成为本书撰写之际的重要参考书。而2021年恰逢他一百二十周年诞辰，十多年前笔者求学南京师范大学，曾在借阅的书籍中见过这位词学大师留下的笔迹，硬瘦通神，至今难忘。往事逐流水，人情朝夕非。然而，总有一种东西是不会变的。谨以这本小书，敬献给唐先生。

钱惟演

钱惟演(962—1034),字希圣,杭州(今属浙江)人。吴越王钱俶之子。博学,擅长文学创作。与当时著名的文人杨亿、刘筠一起修撰《册府元龟》,成为文学史上以模仿李商隐而著称、讲究对仗与用典的"西昆体"的代表人物。晚年做西京留守,谢绛、尹洙、欧阳修、梅尧臣等聚集麾下,诗酒唱和,为一时之盛。

木 兰 花

城上风光莺语乱。城下烟波春拍岸。绿杨芳草几时休,泪眼愁肠先已断。　　情怀渐变成衰晚。鸾鉴①朱颜惊暗换。昔年多病厌芳尊②,今日芳尊惟恐浅。

注释

① 鸾鉴:即鸾镜。据云古罽宾国(今克什米尔附近)国王获一鸾鸟,三年不鸣。其夫人说:"闻鸟见其类而后鸣,何不悬镜以映之。"鸾从镜中看到自己的影子,于是生起情投意合的感情,不禁感叹悲鸣,响彻中天,奋飞而死。(见《艺文类聚》引南朝刘宋范泰《鸾鸟诗序》)
② 昔年多病厌芳尊:这里不是说昔年因体弱多病而不饮酒,而是说昔年因饮酒沉酣"作病"(引发疾病),最终不愿再饮酒了。厌:厌弃。

评析

　　钱惟演是五代吴越国的旧王孙,晚年他因政治上的失势被赵宋的朝廷贬谪到汉东(今湖北随州),创作了这首歌词。在那里的酒宴上,他都会请歌女歌唱它,用来劝酒;在饮酒将要结束的时候,歌唱它的人也被感动得流下眼泪。在钱惟演的家里,还有一位以前吴越国过来的、已经步入老年的曾侍奉过钱惟演父亲钱俶的惊鸿——她的名字取自曹子建《洛神赋》"翩若惊鸿"。惊鸿对钱惟演说:"我想起先王弥留之际,提前准备好在送葬的挽歌中,唱他写的《木兰花》,其中有'帝乡烟雨锁春愁,故国山川空泪眼'的句子,与您这里写的意思非常相似,难道您也要不久于人世了吗?"(见宋朝释文莹《湘山野录》卷上)

　　"城上风光莺语乱。城下烟波春拍岸",是钱惟演身处政治时局变化中躁动不安的心理的象喻。"绿杨芳草几时休,泪眼愁肠先已断",就是惊鸿所说的与钱俶"帝乡烟雨"两句语意非常相近的地方。钱俶词是说,自己客居在汴京城这样的异乡,烟雨迷蒙的春天,生起一团解不开的愁思。原来,他永远不可能再回家乡吴越了,因此想念着故乡的山山水水,只能白白地流泪。钱惟演词是说,绿杨芳草的春天什么时候会结束呢?人间好物不坚牢,诗人看到美好的景色、美好的人物,总会兴起这样的感受。言外之意是说这些美好很快就会过去,如苏轼所说:"雕栏能得几时好。"(《法惠寺横翠阁》)但钱惟演没有直接说出短暂或者迅疾之感,而是提问,什么时候结束呢?这便显得很曲折。其实,不用等到春天结束,作者说他伤春(对春天消逝的伤感)的泪眼与愁肠怕是先要断掉了吧。这里有一个值得注意的修辞法:轭式搭配法,即用一个动词修饰两个名词,就像驾马车,两匹马共用一轭。这里,泪眼、愁肠共用一个"断"字来修饰。说愁肠会断,是成立的,但说泪眼也会断,则有些勉强。

词的下片开端,即乐曲演奏中的"换头",说年岁老大,是不复有当年的进取之心了。结尾两句是乐曲里面所谓的"煞尾",说以前由于多病,因此不敢多饮,而今则一切不计较,唯恐酒杯没有被斟满。这个"多病",是病于酒,也就是沉湎于酒,言外之意,恰恰是"昔年"也就是"朱颜"尚在的那个年龄,是如何的放纵,如何的自由,饮酒往往过量,导致不能再饮了。但如今,则再也不会拒绝病酒了。冯延巳词说:"日日花前常病酒,不辞镜里朱颜瘦。"(《鹊踏枝》)病酒是要催促衰老的,但如今已经是衰晚之态,可谓来日无多,自然不需要推辞什么了。这种斩断决绝的作风是冯延巳以来注入歌词的新质素,所谓"堂庑特大"(王国维《人间词话》),借由这样一种沉痛深刻的抒情扩大了宋词的内在境界。

潘 阆

潘阆(? —1009),字逍遥,一说"自号逍遥子",大名(今属河北)人,一说广陵(今江苏扬州)人。可能是他的祖籍在广陵,后来他的父祖辈迁居到了大名,因此就成了大名人。潘阆二十岁的时候就有了诗名,但他一生的经历十分诡异,他有的时候在朝为官,有的时候在野为隐士;他的身份有的时候是道士,有的时候是和尚;有的时候会看见他去卖药,有的时候则为达官贵人的座上宾;甚至他因为参与政治斗争,被追捕,下过狱。他交往的朋友,如柳开、宋白、王禹偁等,都是宋朝初年的豪杰之士。他死后,葬在杭州的天柱山。有《逍遥词》存世。

酒 泉 子

长忆西湖,尽日凭阑①楼上望。三三两两钓鱼舟。岛屿正清秋。　笛声依约②芦花里。白鸟成行忽惊起。别来闲整钓鱼竿③。思入水云寒。

> 注释

① 凭阑:倚靠着栏杆。
② 依约:隐约,不清晰。
③ 闲整钓鱼竿:《庄子·刻意》:"就薮泽,处闲旷,钓鱼闲处,无为而已矣。此江海之士,避世之人,闲暇者之所好也。"

> 评析

潘阆《酒泉子》词,是十首的组词,这是其中一首写西湖的。释文莹的《湘山野录》(卷下)记载,这首词被称作"忆余杭",后来的翰林学士钱易很喜爱它,把它写在翰林院的后壁上。另一个宋朝人杨湜的《古今词话》则记载,著名的文人石延年见到这首词,让画工画了一幅"小景图"。而明朝人杨慎的《词品》又说,苏轼为翰林学士的时候喜爱它,把它写在翰林院的屏风上。这些故事,都说明它在那时文人士大夫间流传很广,也颇能引起共鸣。其中的原因是,这首词最后两句说,自从离别了西湖,闲暇的时候整理当年使用过的钓鱼竿,也会引起对西湖的思念,更会引发对前往山水烟云间隐居的向往之情。因此,这里的"寒",不只是寒冷的意思,而且包含着冷寂,是与官场仕途的热衷、人间俗世的热闹相对而言的。

酒泉子

长忆观潮,满郭人争江上望。来疑沧海尽成空。万面鼓声中。
弄涛儿①向涛头立。手把红旗旗不湿。别来几向梦中看。梦觉②尚心寒。

【注释】

① 弄涛儿:即弄潮儿,每当潮水来时,在水中作嬉戏状的少年。李益《江南曲》:"嫁得瞿塘贾,朝朝误妾期。早知潮有信,嫁与弄潮儿。"
② 梦觉:梦醒。

【评析】

这首是组词中写八月间杭州人倾城而出,前往城东的钱塘江口观潮。潮水涌来的时候,声势浩大,像把海水倾倒得一干二净,又像万面大鼓齐声共振。而善水性的弄潮儿,则像战场的勇士一般,披散头发,赤膊文身,手持红旗,迎着波涛,腾身跳跃,而能够不令红旗沾湿(见南宋周密《武林旧事》)。弄者尚不觉,观者已胆寒。这一幕深刻地印在潘阆的脑海中,多年过去,它仍在睡梦中多次出现,一下子醒来,惊悸之感久久不能平复。

范仲淹

范仲淹(989—1052),字希文,苏州吴县(今江苏苏州)人。他早年丧父，母亲带着他改嫁到朱姓人家，改姓名为朱悦。宋真宗大中祥符八年(1015)，进士及第，去集庆军(今安徽亳州)做节度推官，改回了本姓，并更名为仲淹。母亲去世后，范仲淹被晏殊召到应天府(今河南商丘)主持府学，写了上宰相的万言书。后来，晏殊推荐他进京做了秘阁校理。范仲淹不畏权贵，仗义执言，在京城被排挤，就到睦州、苏州去做知州。兴修水利，很有政绩，又被召回京城，做了开封府的知府，仍旧不改敢于批评的秉性，这样就得罪了宰相。西夏元昊起兵，反抗宋朝，以龙图阁学士的身份，被派到前线；由于很会用兵打仗，善于跟西夏的党项羌人打交道，很受敬重，被尊称为"龙图老子"。庆历三年(1043)，范仲淹做了参知政事，开始推行"新政"，但很快以失败告终，他本人也在十年之后去世。范仲淹是一代名臣，士大夫立身严正、处事秉公的楷模。他写的词，境界阔大，情深意重，是他本人性情的体现。有《范文正公文集》传世。

苏　幕　遮①

怀　旧

碧云天，黄叶地。秋色连波，波上寒烟翠。山映斜阳天接水。芳草无情，更在斜阳外。　　黯②乡魂，追旅思。夜夜除非，好梦留人睡。明月楼高休独倚。酒入愁肠，化作相思泪。

注释

① 苏幕遮：本是印度祭祀神祇的群体性游行歌舞，传入龟兹(今新疆库车)，

与泼水驱寒的游戏相结合,被称作"泼寒胡戏",再传入长安。后来由歌舞形式演变为一支乐曲。《全宋词》题"怀旧",下同。

② 黯:江淹《别赋》:"黯然销魂者,唯别而已矣。"

> 评析

这样一首深切婉转的小词,出自一代名臣范仲淹笔下,曾令很多人觉得不可思议。其实,以范仲淹的深沉、宽厚、真诚的情性,正应该有这样的作品才是。后来,王实甫《西厢记》第四本《草桥店梦莺莺杂剧》第三折,崔莺莺送别张生赴京,唱的那一首《正宫·端正好》:"碧云天,黄花地,西风紧,北雁南飞。晓来谁染霜林醉?总是离人泪。"便是直接化用的这首词。元曲较之宋词,要自然、直接、显豁得多,但情境却不免狭促。词的上片写眼前的景色,一步步铺展开来,情感也在这个过程中一层层地加重加深。碧云、黄叶、冷波、寒烟,大处着墨,一派秋色。"山映斜阳天接水",别开一番景色:"芳草无情,更在斜阳外。"芳草是春天的象征,但这里移到了秋天的景物当中,颇耐人寻味。显然这是词中要传递的相思之情,弥漫开来,便如这春天的芳草一般,蔓延生长,一直到斜阳的尽头,仍旧是望不到边际的宽广。

换头"黯乡魂,追旅思",写居住在高楼里的女子对远行人的思念。"黯乡魂",是说离人在外,黯然销魂;"追旅思",是说居人相思,梦里追行。是互文相足的两句。据唐代陈玄祐《离魂记》说,青年男女之间的相思,是会"寝梦相感",在梦中相会的。词中所写,正是此意。由于远行人长久没有音信,因此只有一场好梦,才会让"我"心安。然而,梦醒之后呢?又不免延续独自倚楼、独自饮酒的泪洒相思。

御 街 行

秋 日 怀 旧

纷纷堕叶飘香砌。夜寂静、寒声碎。真珠帘卷玉楼空,天淡银河垂地。年年今夜,月华如练,长是人千里①。　　愁肠已断无由醉。酒未到、先成泪。残灯明灭枕头攲②。谙③尽孤眠滋味。都来④此事,眉间心上,无计相回避。

> 注释

① 长是人千里:谢庄《月赋》:"隔千里兮共明月。"
② 攲:倚靠。也写作"欹",李白《清平乐》:"欹枕悔听寒漏,声声滴断愁肠。"宋人也称作"支枕",陆游《病起》:"断香漠漠便支枕,芳草离离悔倚阑。"支与倚,互文见义。
③ 谙(ān):承受,经受。
④ 都来:算来。

> 评析

这首《御街行》,较之上一首《苏幕遮》,其传递女子的相思之情,要显豁许多。然其境界的开阔,情意的深沉,则并无不同。"真珠帘卷玉楼空,天淡银河垂地",便是一般的写女子相思的词中不容易看到的阔大高迥。"都来此事,眉间心上,无计相回避"又比李易安的"此情无计可消除,才下眉头,却上心头"(《一剪梅》)要深重沉着。因此,它虽然明确是写一个女子的相思,但阔大深沉的境界,让这份情绪可以离开具体的情事与个人的限制,传递出共通的感受来:"酒未到、先成泪。残灯明灭枕头敧。谙尽孤眠滋味。"本来是再具体细微不过的情事,但这里冲破了相思怨别的限制,更有力度地写出了无论是居者还是行人,男性或是女性都会有的郁抑难伸的感受。

渔家傲

秋思

塞下秋来风景异。衡阳雁去无留意。① 四面边声连角起。② 千嶂里。长烟落日③孤城闭。　　浊酒一杯家万里。④燕然未勒归无计。⑤羌管悠悠霜满地。人不寐。将军白发征夫泪。

注释

① 衡阳雁去无留意:朝着衡阳方向飞走的大雁,不带着一点眷恋之感。王勃《滕王阁序》:"雁阵惊寒,声断衡阳之浦。"相传衡阳有"回雁峰",是说大雁南飞至衡阳,就不再向更南飞了。

② 边声:生活在边塞的人、畜、乐器等发出的各种声响。角:类似军号的乐器。陆游《冬夜闻角声》:"袅袅清笳入雪云。""角"也称作"笳"。李陵《答苏武书》:"胡笳互动,牧马悲鸣,吟啸成群,边声四起。晨坐听之,不觉泪下。"

③ 长烟落日:王维诗:"大漠孤烟直,长河落日圆。"长烟的"长",就是"山长水阔""山长水远"的"长",义同"阔"与"远"。就如"大漠孤烟直"的"直",也是表现广阔,而不限于字面上的笔直(马茂元《唐诗选》)。

④ 浊酒一杯家万里:与家人相聚,饮上一杯浊酒,曾是再寻常不过的事,但现

今由于万里之遥,也成了梦想。嵇康《与山巨源绝交书》:"今但愿守陋巷,教养子孙;时与亲旧叙离阔,陈说平生。浊酒一杯,弹琴一曲,志愿毕矣。"
⑤ 燕然:今蒙古国境内杭爱山脉。东汉永元元年(89),窦宪、耿秉破单于,遂登燕然山,刻石勒功,命班固作铭(班固《封燕然山铭并序》)。勒:镌刻。

> 评析

这首《渔家傲》词,是庆历元年(1041)范仲淹在延州或者庆历二年(1042)在庆州,与西夏作战的时候创作的。反映战事的词,在北宋的歌词创作中并不多见,但在南宋成为一大宗,以至于那首著名的传为岳飞的《满江红》词中,还是在声称"踏破贺兰山缺"——贺兰山本是西夏都城的所在,可见西夏留给宋人的印象是多么深刻。国际局势的恶化所带来的危机感对于身在那个时代的士大夫,本是无可回避的。范仲淹将时事的变化,写进了诗,也同时填进了词。这一举动本身,就说明词在宋人那里,已经不只是一种酒宴歌席上供娱乐调笑的消遣品,而是有着它独特的历史承担。

柳 永

柳永,生卒年不详,原名柳三变,字耆卿,崇安(今福建武夷山市)人。早年以举子身份,客寓京城,纳祐颂圣,撰写歌词。宋仁宗景祐元年(1034),进士及第,已年过五十。做过睦州团练推官、定海晓峰盐场(后避宋英宗讳,改称"晓峰盐场")监官、泗州判官等。庆历三年(1043),他到吏部要从选人改为京朝官,结果因为填写的歌词触犯了仁宗的忌讳,只好改名柳永,才得以改官著作佐郎,迁著作郎,知余杭、华阴等县。为太常博士,转屯田员外郎,致仕,赠屯田郎中,世称"柳屯田",所撰歌词,流播天下。尽管北宋的士大夫已经称赞柳永之于词,犹如杜甫之于诗(黄裳《书乐章集后》),然而,柳词在文学史上的意义,更为接近的应该是莎士比亚之于戏剧。既然从不可能将莎士比亚戏剧的"原本"与流播的"传本"剥离开来,而能够读到的戏剧文本往往是与演出结合的"传本",那么,也有理由相信:传世的柳永《乐章集》是集合了书写的文本与表演的文本,同时也超越它们文本总和的,而成为创造出独特的语言形式且能够传递出文字之外更为丰富的意蕴与更加自由的思想的"宋词作品"或者"宋词艺术品"。从这一意义上看,宋词的第一位作家只能是柳永。

曲　玉　管

陇首云飞,江边日晚,烟波满目凭阑久。立望关河萧索,千里清秋。忍凝眸。① 杳杳神京,盈盈仙子②,别来锦字终难偶③。断雁无凭,冉冉飞下汀洲。思悠悠。 暗想当初,有多少、幽欢佳会,岂知聚散难期,翻成雨恨云愁。阻追游。每登山临水④,惹起平生心事,一场消黯⑤,永日无言,却下层楼。

> **注释**

① 忍:岂忍,怎忍。凝眸:注目。
② 盈盈:容貌姣好的样子。仙子:沈祖棻说:"唐人诗中习惯上以仙女作为美女之代称,一般用来指娼妓或女道士。"(《宋词赏析》)这里指歌女。

③ 锦字：《晋书·列女传》载，窦滔妻子苏蕙（字若兰），织锦为回文旋图诗，赠给被流放的窦滔。后代指书信。终难偶：沈祖棻说："终难相会（'偶'作遇解）。"
④ 登山临水：宋玉《九辩》："登山临水兮送将归。"
⑤ 消黯：即销黯，黯然销魂。

> 评析

词中的"陇首"，从地志上讲，应指今在甘肃省天水市境内的"陇山"。但它在诗文当中的含义并非如此固定，尤其是当南朝齐梁时代的诗人柳恽思念远人的名句"亭皋木叶下，陇首秋云飞"（《捣衣诗》）出现后，"陇首"一词便成了"清秋"与"思归"的代指。《曲玉管》之外，柳永另有一首当日盛传都下的《醉蓬莱》词，一起便说："渐亭皋叶下，陇首云飞，素秋新霁。"这是完全用来指清秋京城的新气象。至于这里的"陇首"，自然也不必着实于地理方位，而是由"陇首"牵引而出的"思归"之情。"立望"，一本作"一望"，这或系"立"字缺坏所致。"立"字正从前"凭阑久"而来。陇首、江边尚是身处的环境，关河之外则仅存遥想而已，可望不可即。"日晚""云飞"，暗示凭阑立望或已近一日。词人所远望遥想者，正是相隔千里的"神京"，却也仅点出姿态绰约的女子。叶梦得记载"（柳永）为举子时，多游狭斜"（《避暑录话》卷三）。词中所写也并无隐饰，可以视为他当日生活的实录。锦字难偶，断雁无凭，能够弥补空间上的远隔的，唯独悠悠相思。作为"双拽头"（第一段与第二段句数和字数相同）的词体，第三段前半是呼应第二段的"思"；"阻追游"以下则呼应第一段的"望"，这样的章法安排，似诗文中的"隔句相承"，无非这里将"隔句"的"句"换成了"句群"，也就将诗句技法扩展至结构章法。而作者借助在抒情体歌词中植入这种头尾完整、细密工致的叙事，改变了原先短小词体的抒情模式。"每登山临水"，"每"一本作"悔"，可从。词人盖谓，登山临水本为消解离愁别绪，未料反而"惹起平生心事",赢得"一场消黯",所以生"悔"。然而,这终不过是故作反语。

虽然柳词在抒情中扩充了叙事的成分,但就抒情主体而言仍旧限定在一个较为封闭的空间:"凭阑一层楼"。这较之将词境置于室内甚至是更为狭小的屏风之中的"花间词",并不具备颠覆性。但柳词在宋词史上的典范意义,也正在于它能够在"封闭的空间"之中借助"流动的时间",尽可能地容纳过往、现在与未来的所有人事,而这一词境的出现,也是柳永贡献给宋词的一种全新的抒情模式。

雨 霖 铃①

寒蝉凄切。对长亭晚,骤雨初歇。都门帐饮无绪②,留恋处、兰舟③催发。执手相看泪眼,竟无语凝噎④。念去去、千里烟波,暮霭沉沉楚天阔。　　多情自古伤离别。更那堪、冷落清秋节。今宵酒醒何处,杨柳岸、晓风残月。此去经年,应是良辰、好景虚设。便纵有、千种风情⑤,更与何人说。

注释

① 雨霖铃:这是唐代的教坊曲,取夜雨闻铃之意,据《乐府杂录》载,取材于唐玄宗逃难到西蜀的经历,由乐工张野狐创制。
② 帐饮:搭起帐幕来饮宴。绪:情绪。
③ 兰舟:木兰舟,一种对船的美称。
④ 凝噎:说不出话。

⑤ 风情：男女间沉迷、眷恋、相思等情感的概称。

> 评析

柳永《乐章集》中凡言及京城离别之后的"楚天"，并非指的长江中下游一带的"吴楚"，而是淮河中下游一带的"淮楚"，亦即柳永曾经任职的泗州（今江苏盱眙）——汴河至此入淮河，东北至楚州（今淮安），然后继续南下。"楚天"既然指"淮楚"，则不妨推定《雨霖铃》是柳永赴泗州任军事判官时所作。至若具体的作年，却并不能有确指，但可以归入柳永于仁宗景祐元年（1034）及第后的早期仕宦生涯中的作品，大概应在景祐三年（1036）之后的几年中间。当时自京城至泗州，水路大约要走上四五日。旅途行役的忧愁厌烦成为柳词的主题，与之一道出现的另一主题便是对京城佳人的思念：一个发生在当下，一个则永远是过去；一个有着坚实的现实感，一个带着忧伤的梦幻性。从"讲故事"来看，这些都太过呆板而少变化；但从"词境"着眼，则时间要素在程式化的故事中不自觉地被延展拉伸。而在《雨霖铃》中，甚至进入了"自古"这一渺远的时间长河之中。

换头以下所对应的现实时间，从上片"对长亭晚"算起，则应是前一天傍晚送别，但并非选择夜晚动身；而是送别宴饮、留宿至第二天的清晨动身。作者揣想，前去的"楚天"之地，是暮霭沉沉，情怀也因此郁积难畅；而"今宵"所至之处，也只有杨柳相伴的冷寂。在"楚天"与"今宵"之间插入了"多情自古伤离别"这一垫笔，也是一重笔。显然，歌词当中一触及空间地理要素，都会让作者感到现实处境的束缚，他的选择——真也是别无选择之选择，只能是努力通过"时间的流动"来延缓自身的感伤烦闷。然而，就这首词来说，由于作者所写的地理空间要素完全是揣想，它们的现实感也便无意间被抽空，成为摸不着的忧患。即便他将目光投向了"自古"以来，结果仍然只能加重身处离别之际的伤感。如果把"限定空间"之中的"时间的流动"视为柳永所创作出的全新抒情模式,则《雨霖铃》中的时间流动是有些凝涩的。由于是离别的场景,词中的时间要素若要进一步延伸,势必会带来更为严重的伤感。

在《雨霖铃》这样摹写离别之际的作品中,情感的处理自然小心翼翼。至于它的空间要素则貌似被固定在了"都门""长亭",但立即被突破的势头已经不可遏制,没有任何蕴含情绪与消解悲哀的可能。较之在柳词中出现频繁且基本成型的"限定空间中流动时间"的抒情模式,这可以视为柳词抒情模式的"微调"。

夜 半 乐

冻云黯淡天气,扁舟一叶,乘兴①离江渚。渡万壑千岩②,越溪③深处。怒涛渐息,樵风④乍起,更闻商旅相呼。片帆高举。泛画鹢⑤、翩翩过南浦⑥。 望中酒旆闪闪,一簇烟村,数行霜树。残日下,渔人鸣榔归去。败荷零落,衰杨掩映,岸边两两三三,浣沙游女⑦。避行客、含羞笑相语。

到此因念,绣阁轻抛,浪萍⑧难驻。叹后约丁宁竟何据。惨离怀,空恨岁晚归期阻。凝泪眼、杳杳神京路。断鸿声远长天暮。

注释

① 乘兴:乘着很高的兴致。《世说新语·任诞》载,王子猷夜雪访戴安道"乘兴而行,兴尽而返"。

② 万壑千岩:《世说新语·言语》载,顾恺之从会稽还,人问山川之美,顾云:"千岩竞秀,万壑争流。"

③ 越溪：即若耶溪（"若耶"可能是古越语音译），越女浣纱的所在。
④ 樵风：顺风。《会稽记》载，汉太尉郑弘打樵采薪，遇神人，对他说："愿旦南风，暮北风以载薪。"后果如其愿。
⑤ 画鹢：《淮南子·本经训》："龙舟鹢首。"鹢，大鸟。画大鸟的形象放到船头
⑥ 南浦：代指送别的地方。《楚辞·九歌·河伯》："子交手兮东行，送美人兮南浦。"
⑦ 浣沙：即"浣纱"的别体字，呼应"越溪"。游女：此处泛指浣纱的越女。
⑧ 浪萍：萍水，随水漂流的萍草。

> 评析

　　柳词中的名篇《夜半乐》也出现了类似的抒情模式之"微调"。与《雨霖铃》中时间流动的凝涩不同，它的空间似乎不存在任何的限定性。但是在第二叠出现的"望中"，第三叠出现的"到此因念"，则表明了上述沿江的空间变化，其实是作者立足于行舟之上这一限定空间内的所望所念。只是较之描写登楼、登高的词作，这里的空间是在移动的载体——扁舟之上而已。这一抒情模式的"微调"，稍稍摆脱了柳词略带程式化的"现在—过去—现在"章法的限制。眼前空间长度的拉伸，缓冲了今昔对比之中所生的悲感冲击——尽管第三叠中抒发的情感一如既往的浓重，但第二叠中跃动纯美的图景更令人流连，第一叠又因为移动的空间而显现磅礴大气、浑灏流转的特点。

戚　　氏①

　　晚秋天。一霎微雨洒庭轩②。槛菊萧疏，井梧零乱惹残烟。凄然。

望江关。飞云黯淡夕阳间。当时宋玉悲感③,向此临水与登山。远道迢递,行人凄楚,倦听陇水潺湲。正蝉吟败叶,蛩响衰草,相应喧喧。　　孤馆④度日如年。风露渐变,悄悄至更阑。长天净,绛河⑤清浅,皓月婵娟。思绵绵。夜永对景,那堪屈指,暗想从前。未名未禄,绮陌红楼,往往经岁迁延。　　帝里风光好,当年少日,暮宴朝欢。况有狂朋怪侣⑥,遇当歌、对酒竞留连。别来迅景如梭,旧游似梦,烟水程何限⑦。念利名、憔悴长萦绊。追往事、空惨愁颜。漏箭移、稍觉轻寒。渐呜咽、画角数声残。对闲窗畔,停灯向晓,抱影无眠。

注释

① 戚氏:乐曲名,应该取自汉高祖的戚夫人,王维等也曾以她的名字为题创作诗篇。
② 庭轩:庭院的栏杆。一说轩指轩窗。
③ 宋玉悲感:宋玉《九辩》:"悲哉秋之为气也!萧瑟兮草木摇落而变衰。憭慄兮若在远行;登山临水兮送将归。"这里词人以宋玉自况,但身处的地理方位却不必与在荆湘之地的宋玉相一致。但词中出现的"陇水""江关"也自然地把柳永的行踪扩大到了长江的上游。
④ 孤馆:驿馆。
⑤ 绛河:银河。
⑥ 狂朋怪侣:指狂放古怪、不合常规的友人。
⑦ 何限:多少。

评析

这是一首可以从"叙事"的角度来展开分析的抒情歌词,只是我们不得不遗憾地面对柳永创作出的并非是"讲故事"的文本,即这些"故事"的情节与叙述方式是如此千篇一律而无法让人真正着迷。因此,相对于叙事模式中的时间、人称与情节,有着"言志"与"缘情"传统的古典诗歌可以完全忽略的人称与情节的问题——变化叙述角度与情节展开的不完整对于诗歌并不新鲜与独特,这构不成抒情的模式。但时间要素则要复杂得多,它在诗歌与小说中都会存在:时间在小说中是指"讲故事"的次序,而在诗歌中则成为一种构成"境界"的要素。我们常常在古典诗歌中看到,诗人们往往倾向于选择一年当中的春与秋、一天当中的黄昏与夜,这在柳永之前的"花间词"中有着集中的体现,也便有了"静止性",而柳永的作品却存在着此前少见的"时间的流动",且这样的"流动"呈现"二重奏"的交织:一个是当下的时间流动,"夕阳—更阑—向晓";另一个是回忆的时间流动,"当时—从前—往事"。双重的时间流动又限定在"庭轩""孤馆""闲窗"这一相对逼仄的空间之中,因此无论是写景还是叙事,无不起到层层加重加厚词人"悲感"的效应。

八声甘州①

对潇潇、暮雨洒江天,一番洗清秋。渐霜风凄惨,关河冷落,残照当楼。是处②红衰翠减,苒苒③物华休。惟有长江水,无语东流。　　不忍登高临远,望故乡渺邈④,归思难收。叹年来踪迹,何事苦淹留。想佳人、妆楼颙望⑤,误几回、天际识归舟⑥。争知我、倚阑干处,正恁凝愁。⑦

注释

① 八声甘州:"甘州"是唐代来自西域的大曲;"八声"是自古曲《甘州》中截取

一段,共"八均拍"。
② 是处:处处。
③ 苒苒:即冉冉,渐渐。
④ 渺邈:渺不可及,远得望不见的样子。
⑤ 颙望:凝望、呆望。
⑥ 天际识归舟:谢朓《之宣城郡出新林浦向板桥》:"天际识归舟,云中辨江树。"
⑦ "争知我"三句:沈祖棻《宋词赏析》指出,倚栏凝愁,本是实情,却从对方设想,显得十分空灵。梁启超以"照花前后镜,花面交相映"形容其章法结构的回环照应。(《艺蘅馆词选》引)

评析

"霜风凄惨",在较为通行的柳词版本中,作"霜风凄紧"。据赵令畤说,"霜风"三句曾为苏东坡所欣赏:说它"于诗句不减唐人高处"(《侯鲭录》卷七)。"霜风凄紧"的"凄紧"本指"风凄物紧",用以状秋天果实成熟。后来,"凄紧"在诗歌中的指向发生变化,"紧"含有"急"而"高"的意思被纳入进来,似乎与秋风更为匹配。当"凄惨"开始进入诗境时,这个直接传达情绪的词虽与周遭景物相结合,如杨炯《登秘书省阁诗序》:"烟云凄惨,白露下而四郊空;林野苍茫,青天高而九州迥。登山临水,无非宋玉之词;高阁连云,有似安仁之兴。"但毕竟太过直接,就很少用以状物,如苏轼的名作《寓居定惠院之东杂花满山有海棠一株土人不知贵也》:"雨中有泪亦凄惨,月下无人更清淑。"完全是以人拟物。苏轼友人僧仲殊的《醉蓬莱》词中出现了"骤西风凄惨",或者与柳词有关。但也只能算作偶然的用例。

因此,是不是苏轼选择了柳词流传过程中出现的"霜风凄紧",已不再最为要紧了。这一看似终不可解的公案,实际在提醒我们注意"柳永"可能蕴含着一个集体创作的内涵,而这个集体是综合多种艺术的集合,但今天能够看到的只是停留在文学层面的"柳永"。那么,"唐人高处"的评语恰恰是将"柳永"纳入文学传统的一种观照,盛唐诗人所追求的"骨气端翔,音情顿挫,光英朗练"(陈子昂《与东方左史虬修竹篇序》),在柳词"霜风"三句中正有着充分的呈现。

望　海　潮①

东南形胜,三吴②都会,钱塘自古繁华。烟柳画桥,风帘③翠幕,参差④十万人家。云树⑤绕堤沙。怒涛⑥卷霜雪,天堑⑦无涯。市列珠玑⑧,户盈罗绮⑨竞豪奢。　　重湖叠巘清嘉⑩。有三秋桂子⑪,十里荷花。羌管弄晴,菱歌泛夜⑫,嬉嬉钓叟莲娃⑬。千骑拥高牙⑭乘醉听箫鼓,吟赏烟霞。异日图将好景⑮,归去凤池⑯夸。

注释

① 望海潮:这首词是宋仁宗至和元年(1054)柳永进献给枢密副使来知杭州的孙沔的。(《吴熊和词学论集》)

② 三吴:东汉以来,将吴地以钱塘江为界,其东划分为吴兴郡(今湖州)与吴郡(今苏州、杭州),其西为会稽郡(今绍兴)。这首词所咏的钱塘,即杭州,正是三吴地区的一大都会。

③ 风帘:门帘,或是指悬在窗户外面的窗帘,用来挡风。

④ 参差:大约。一说指万家楼阁参差错落。

⑤ 云树：高耸入云的树木。

⑥ 怒涛：钱塘江潮。

⑦ 天堑：这里指代钱塘江。

⑧ 珠玑：玑是小珠，这是说市井繁华，货物如珠玉般珍贵。

⑨ 罗绮：指丝绸衣服。

⑩ 重湖：西湖分为内外湖，故曰重湖。叠巘：重叠的小山。清嘉：秀美。

⑪ 三秋桂子：秋天的第三个月，即农历九月，称为三秋，这是说九月间开放的桂花。

⑫ "羌管"两句：是互文写法，无论白昼还是夜晚，歌唱表演总未断绝。羌管：即羌笛。弹奏乐器叫作"弄"。菱歌：采菱采莲的歌曲。

⑬ 嬉嬉：即嘻嘻。钓叟：垂钓的老翁。莲娃：采莲的女子。

⑭ 千骑：汉乐府《陌上桑》："东方千余骑，夫婿居上头。"后用来指代太守。高牙：牙就是牙旗，将帅出征，建牙旗。孙沔挂着枢密副使的官衔，这是掌管军事的最高行政长官之一，所以这样说他。

⑮ 异日：他日。图将好景：把好风景画出来。

⑯ 凤池：魏晋时期的中书省在宫禁当中，凤凰池就是宫禁中的池沼，后来就用它代指宰相。

> 评析

歌词早期的宴会功能，主要涉及两个方面：一个是歌女演唱用于宾朋劝酒，另一个就是夸赞甚至歌颂宴会的主人。前者发展成为言情的歌词，艺术上取得很高的成就；后者则因为实用性过强，而最终限制了艺术上的发展。柳永个人的创作，也主要集中在这两个方面。他没有例外，在前一个方面发展出了自己独特的抒情模式，用写羁旅行役之苦来开拓言情的深广度；而在后一个方面不过加入"以赋为词"的阵营,铺排罗列,在写景上虽然已经非常努力,但限制性仍旧显露,与抒情之作中的写景如"一簇烟村,数行霜树"(《夜半乐》)、"霜风凄惨,关河冷落"(《八声甘州》)比较起来,都显得生气不足。就如这首词中据说是让金主亮生出对南宋觊觎之心的"三秋桂子,十里荷花",也不过是突出节令特征,算得上写景清丽而已。

张　先

张先(990—1078),字子野,吴兴(今浙江湖州)人。四十一岁得中进士,历任宿州掾、吴江知县、秀州签判。六十一岁的时候,晏殊知永兴军,召他做了通判,算是官位有些高了。两年之后,以尚书屯田员外郎知渝州,又知虢州。退休后,到杭州、湖州等地居住。神宗元丰元年去世。有《张子野词》传至今。他的词没有着意地选用阔大、发抒与激越的字眼,但能够自然而然地显示悠长、辽远与清越的韵味。

千　秋　岁

数声鶗鴂①。又报芳菲歇。惜春更把残红折。雨轻风色暴②,梅子青时节。永丰柳③,无人尽日飞花④雪。　　莫把幺弦⑤拨。怨极弦能说。天不老,情难绝。心似双丝网,中有千千结。夜过也,东窗未白孤灯灭⑥。

> **注释**

① 鹈鴂：《离骚》："恐鹈鴂之先鸣兮，使夫百草为之不芳。"鹈鴂的鸣叫，预示着春天的结束。鹈鴂，一说是杜鹃，其实应该是鴂，即伯劳，在夏至鸣叫。
② 风色暴：《诗经·邶风·终风》："终风且暴。"写男子负心后的粗暴。
③ 永丰柳：洛阳永丰坊有垂柳一株，白居易为赋《杨柳枝词》："一树春风千万枝，嫩如金色软如丝。永丰西角荒园里，尽日无人属阿谁。"
④ 花：柳花、柳絮。
⑤ 幺弦：唐宋相传的琵琶，是四弦四柱、用木拨子弹奏的。这里的"幺弦"，应该是指琵琶的"缠弦""老弦""中弦""子弦"四弦中的"子弦"，音最高，多次弹拨，会生出哀怨凄厉之感。
⑥ 孤灯灭：一作"凝残月"。

> **评析**

　　春天的消逝，远人的不归，令人难堪，对于有着特定身份的歌女来说，更是别有一种情味。这首词用了很多典故，时时处处暗示词中人的身份。用《楚辞》的典故，暗写容颜的难以久驻；用《诗经》的典故，暗示那个薄情郎的秉性并不良善，甚至"雨轻风色暴，梅子青时节"，也是自己被男子玩弄之后遭到粗暴对待的隐语；"永丰柳"，则自哀身世的不由自主。换头处，歌女又弹起了她熟悉的琵琶曲，韦庄词说："弦上黄莺语。"本来是婉转动听的乐曲，这个时候要凄厉许多了。然而，让人意想不到的是，这个被欺骗、被抛弃、怨恨到极点的女子，仍旧不能忘记，也不能放下这份情感，她说"天不老,情难绝",是与汉乐府《上邪》中女子发誓愿"天地合,乃敢与君绝",同一用意。既生怨,又生恋,这样的矛盾就构成了不可解的心结,苦痛地挨过了又一个夜晚。

醉垂鞭①

双蝶绣罗裙。东池宴。初相见。朱粉不深匀②。闲花③淡淡春。　细看诸处好。人人道。柳腰身。昨日乱山昏。来时衣上云。

注释

① 醉垂鞭:韦庄《古离别》:"晴烟漠漠柳毵毵,不那离情酒半酣。更把玉鞭云外指,断肠春色在江南。"这首曲子的得名也与饮宴有关,盖醉后悬挂马鞭,取留客不行之意。
② 匀:涂抹。
③ 闲花:装饰在女子头上的娴雅优美的花样。一说好淡妆如娴雅优美的春花。

评析

这首词从"初相见"写起,以最近一次即"昨日"的再度相见收束。两次相见,都是在宴会上,这在"初相见"的时候被点了出来,但在"昨日"的相见中隐含了起来;同样,"初相见"的时候,这位女子的衣着、容饰、体态也是明豁的,表露出她是一位宴会上的舞者,但在"昨日",这一切又写得十分含蓄,甚至有些突兀:"昨日乱山昏。来时衣上云。"和李白的"云想衣裳花想容"、晏几道的"当时明月在,曾照彩云归"对比来看,则可以明了这里写的其实是一种云样装饰的舞裙。三位作者不约而同地将关注的焦点放在装饰上,由这样一个局部扩展出更为宽阔的境界——显然,这在张先的词中体现得尤其充分,他完全离开了宴会舞蹈的时间与空间的局限,而写出一个与此乍看起来迥然不同的乱山、昏暗、云飞的新时空。然而,细想起来,宴会的灯火昏黄、舞姿翩跹,不正是与此有相通之处吗?只是作者不但不明言,而且从这样一种相通的感觉,跳脱开来,别开一样境界。

一丛花令

伤高怀远几时穷。无物似情浓。①离愁正引千丝乱,更东陌、飞絮蒙蒙。嘶骑②渐遥,征尘不断,何处认郎踪。　　双鸳池沼水溶溶。南北小桡③通。梯横画阁黄昏后,又还是、斜月帘栊④。沉恨细思,不如桃杏,犹解⑤嫁东风。

注释

① 无物似情浓:张先《木兰花·和孙公素别安陆》:"人生无物比多情,江水不深山不重。"同一意思,更为朴拙有力。
② 嘶骑:从马的鸣叫声中辨别男子的行踪,是唐宋词中独特的场景。
③ 桡:船的小桨。
④ 帘栊:帘幕和窗棂。
⑤ 解:能够。贺铸《芳心苦》:"当年不肯嫁东风,无端却被秋风误。"用了同样

的比喻。皆本自李贺诗："可怜日暮嫣香落,嫁与东风不用媒。"(《南园》)

> 评析

　　这首思念远人的词是以"情语"开头,高亢发抒,有别于张先词一贯的含蓄作风。上片写女子慨叹:如此这般登高念远的日子,什么时候才结束呢?摇曳的柳丝、漫天的柳絮,更加重了"我"的愁思;从这里经过的马儿,又一次渐渐地走远了,一次又一次扬起的尘土,哪一次才会是自己思念的那个人呢?下片写女子的居处环境,也是她与心上人曾经幽会的地方,这里的一切如旧:溶溶泄泄的一片池水,悠闲的一对鸳鸯,往来南北的一只小船,阁楼的黄昏过后,月光依旧会照在帘栊之上;然而,那通向阁楼的梯子却是横放着的,这说明并没有人要来,留给"我"的是没有期限的寂寞。词的最后,女子似乎是放开了喉咙,说:"我"还不如那春天里的桃花杏花,它们尚且得到春风不失约定的吹拂,如期开放。

天　仙　子

时为嘉禾小倅、以病眠不赴府会①

　　水调②数声持酒听。午醉醒来愁未醒。送春春去几时回,临晚镜。伤流景。往事后期空记省。　　沙上并禽池上暝。云破月来花弄影。重重帘幕密遮灯,风不定。人初静。③明日落红应满径。

> 注释

① 嘉禾:嘉兴县的古称,北宋属秀州境内,这里用以代指秀州。小倅:指签

判,全称为"签书判官厅公事",是处理州县文案的低级官职。沈祖棻说:"词中所写的情事,与题很不相干。此题可能是时人偶记词乃何时何地所作,被误认为词题,传了下来。"(《宋词赏析》)这个记录所谓"词题"的人怕就是作者本人,属于作者"自注"的一种形式。

② 水调:宫调名。但唐人即以"水调"为大曲名,即《水调歌》;又制新腔,即《新水调》。宋人词调"水调歌头",在"中吕调",是就大曲《新水调》摘取一段,加以改造而成。

③ 人初静:即"人定"。《孔雀东南飞》:"庵庵黄昏后,寂寂人定初。"大约在亥时。

评析

词前有一段详细的说明,即"词题"或者说是"词序";而这在张先歌词创作之前,却是很少有的现象。因生病而入睡,故不能亲赴州府的宴会。倘要着实这个"病"字,大可怀疑是病于酒了。春天的离去,让作者不免生出伤感来,这是他醉酒、病酒以至于酒醒后,那春愁仍旧不曾离去的原因。"临晚镜"的"晚"字,既是过午之后,日光向晚,也是指年岁老大。这是"愁"的一个层面。"伤流景"中的"伤",是一个很重的字眼。从意义上讲,"临晚镜"而"伤流景",并无差别,但其情感效应不同,应该是更进一层,"伤流景"中包蕴着的是一种对自身经历的"自伤"。"往事后期空记省",过往的经历已不可复现,未来的许诺也无从实现,存留在心中,终是徒劳无益的。"空"在句中,本就包括"徒劳"与"仅仅"双重内涵。"愁"最终落脚在"空"字上,亦即"闲愁",它的特征是广阔四溢又无计可施,只是此刻尚未完全呈现而已。

换头"沙上并禽池上暝。云破月来花弄影。"后一句,据说是张先颇为自矜也为当日名公宋祁、欧阳修所称赏的警策之句,王安石则认为不如李冠的"朦胧淡月云来去"(《后山诗话》)。"沙上并禽池上暝"类似画布上的"静物",但这静物画的对象是有着活泼泼生命的禽鸟,是"动而静";而"云破月来花弄影",则无一物不在"动",且无一物是生物,因此是"静而动"。本来是动物的,静了下来;而静物的,则动了起来,形成有别于现实场景的另一番词中境界。这番动态的境界,在呈现它的华美后,接下来的是摇摆不定的一种"动"与它令人难堪的结局。"人初静"中"静"字的点出,正反衬出"动"的持续不止。下片写"景"无论是"动而静"的禽鸟,还是"静而动"的云、月、花,抑或是作为"动"的来源"风",以及它的结果"落红满径",都是上片蓄积而四溢开来的"闲愁"的象喻,正如张先《临江仙》词所云:"寻常景物,到此尽成愁。"从这一点来看,"云破月来花弄影"就是这份"闲愁"发展与流动的分界,前此它的蓄积已经令人无计可施,后此则完全四溢开来,直至"落红满径"而不可收拾。

木 兰 花

乙卯吴兴寒食①

龙头舴艋②吴儿竞。笋柱③秋千游女并。芳洲拾翠④暮忘归,秀野踏青来不定。　行云⑤去后遥山暝。已放笙歌⑥池院静。中庭月色正清明⑦,无数杨花⑧过无影。

注释

① 乙卯:宋神宗熙宁八年(1075),张先已八十六岁。吴兴:湖州。寒食:冬至后一百零五日为寒食节,在清明节前。寒食清明,两节相连,民间有龙

舟竞渡、出游踏青的活动。

② 舴艋：形似蚱蜢的小船。

③ 笋柱：用竹竿子做成的秋千架。清明寒食，各地筑起秋千架，是一项男女都喜爱参加的活动，所谓"人家依树系秋千"（王禹偁《寒食》）。但宋词里的"秋千"，一般暗指女性。

④ 拾翠：古代女子拾取翠鸟的羽毛，以用作头发的装饰。语出曹植《洛神赋》"或拾翠羽"。

⑤ 行云：宋玉《高唐赋》："旦为朝云，暮为行雨。"这里是双关语。既指时光向晚，又指歌女，与"昨日乱山昏。来时衣上云"同一思理。

⑥ 笙歌：指歌女的表演。按，当时有所谓的"队舞"，她们表演结束，被称作"放队"。

⑦ 清明：清澈明晰。

⑧ 杨花：柳絮。

评析

张先在当时被称作"张三影"。在他的词中，写"影"出色的，不止三篇。比如这里的"中庭月色正清明，无数杨花过无影"，俞平伯先生认为，"说飞絮漫天，却不遮明月，说'无影'更无声，极静中有动态"（《唐宋词选释》），道出了写"影"的妙处来。还要注意的是，这是全词的煞尾，那么它的作用更能引起来的，则是韵味不尽。冯延巳词："独立小桥风满袖，平林新月人归后。"（《鹊踏枝》）与这里所写的境界非常相似，它们展示的境界之中，无不冲荡着开放阔大、自由自在的气息。

青门引[①]

春 思

乍暖还轻冷。风雨晚来方定。庭轩寂寞近清明,残花中酒[②],又是去年病。　楼头画角风吹醒。入夜重门静。那堪更被明月,隔墙送过秋千影。

> 注释

① 青门引:王绩《晚年叙志示翟处士》诗:"失路青门引,藏名白社游。"但这里的引,仍当乐曲的名称讲,最符合词调命名的习惯。青门:汉代长安的城门,门外有灞桥,是折柳送别的所在。可以推想,这首《青门引》的乐曲本来所关系的情事与抒发的情绪。
② 中(zhòng)酒:饮酒沉醉。

> 评析

写"影"的词,总是寂寞情怀的表露,而这首《青门引》则是这份情感的极致表达。与"云破月来花弄影"和"无数杨花过无影"都不同,这里的"隔墙送过秋千影"的写作背景非常模糊,我们不能够知道这是词人什么时间、在何种境遇之中的一种创作。但有一点则是不含糊的,这是一首代言词,是代女子的言情之作,从"秋千"两个字可以看出,这是女子居住的庭院。她的相思之苦、寂寞之悲,在全词当中从不直接抒发,而是一层又一层地包裹起来,又一丝又一丝地抽绎出来。直到"那堪更被明月,隔墙送过秋千影",如俞平伯先生所说,"言秋千影,人影可知。一说秋千架的影儿被明月送过墙来,是怀人寂寞境界,亦通。但此处以动态结静境,有人影似较好"(《唐宋词选释》)。似乎这寂寞要被"影"打破了,可谁又知道下面的故事呢?

御 街 行

送 蜀 客

　　画船横倚烟溪半。①春入吴山遍。主人凭②客且迟留,程入花溪远远。数声芦叶③,两行霓袖④,几处成离宴。　　纷纷归骑亭皋晚。风顺樯乌⑤转。古今为别最消魂,因别有情须怨。高台独上,不堪凝望,目与飞云断。

注释

① 画船横倚烟溪半:韦应物《滁州西涧》诗:"野渡无人舟自横。"画船横靠在岸边,烟水作为它的背景,这是言说景致的开阔。又,郑谷《柳》诗:"半烟半雨溪桥畔。"
② 凭:请。
③ 芦叶:胡笳,据说是胡人卷芦叶而吹之,但这里实际上是指唐宋时代流行的从西域传来的筚篥,它其中一种的形制,类似今天民乐中的唢呐,前部是以箝为角,因此以芦叶代指。
④ 霓袖:指舞衣,上面有云霓样式或者图案的装饰。
⑤ 樯乌:桅杆上乌鸟形象的风向标。

评析

　　这是一首地理空间感极强的作品。词题为"送蜀客",上片又提到吴山,自是作者身在吴中送人归蜀之作，因此也是一篇自叙性的作品，即可以由此得知它应该是作于张先在苏州吴江县令任上。上片用了"花溪"一词，如果不是处在"程入花溪远远"的语境中，则"花溪"不妨泛指；但因为明确讲到是去程归入"花溪"十分遥远，又是"送蜀客"，则"花溪"一定是指成都的"浣花溪"了。下片提到的两个地名：一是"亭皋"，这自然是实景，但也有柳恽"亭皋木叶下，陇首秋云飞"的情景；二是"高台"，这既是泛指，也不必说是"用典"，但作者选了"高台"这个词，而不是"高楼"，也能见出他的匠心来。从《古诗十九首》的"西北有高楼"算起，"高楼"往往是和孤独愁闷的情绪相关联。《尔雅·释宫》说："四方而高曰台，狭而修曲曰楼。"楼与台的这个建筑特性，在诗词的语境中，有着绝妙的呼应——四方而高，气象峥嵘者，正好表现出盛唐时代诗歌的个性；狭而修曲，气韵婉转者，也恰恰是宋词的面貌。

《全宋词》中出现"高楼""楼高""危楼"，约有三百余篇，而出现"高台"，却不过三十余篇。数字统计只是最直接的旁证，并不具备实际的阐释力度。如晏殊词中便已经出现了"高台树色阴阴见"，这个"高台"，纵然可以理解为楼台，暗指的还是楼，没有四方开阔的视野，但毕竟他用了"高台"，而不是"高楼"。同样是在晏殊词中，"独上高楼，望尽天涯路"，则开阔异常。我们看，晏殊词中高楼与高台的情感指向，恰恰倒置了过来。这或许可以用来作为理解晏殊词风的一条门径，即他词中散发的阔大气象是包容在狭而修曲的楼上，在四方而高的台上又往往收敛了这种阔大感。然而，在张先的词中，"高台"所具有的阔大、超越的情感指向，显豁开来。煞尾处的"高台独上，不堪凝望，目与飞云断"，一本作"更独自、尽上高台望，望尽飞云断"。我们很难一下子判别哪个版本更接近张先的原貌，但有一点无疑，即后者显然更具有超越的态势。

上片从"吴山"写到"花溪"，迤逦而来，以空间的变化暗寓下片时间的延展。换头点出"亭皋晚"的"晚"，后又出"古今"一词，则转入写时间，最大限度地拉伸时间能够触及的情感线索。如果仅仅止步于此,则柳永词中的"时间移动",显然要更胜一筹。但张先的意义在于,煞尾处的"高台独上"(或"尽上高台望"),则从立体的角度来扩展空间。与柳永与晏殊借助时间来扩展词境相比,张先则是完完全全地显露词境的壮阔来。从陈廷焯以来,学者都认为张先是苏轼的导夫先路者,这从词境的构造来看,也可以提供坚实的证明。

晏 殊

晏殊(991—1055),字同叔,临川(今江西抚州)人。他七岁,就参加神童科目的考试,宋真宗赐给他"同进士出身",官做到翰林学士。刘太后听政,他因为上疏,被罢官,派往知宣州,后来改知应天府,兴办学校。宋仁宗庆历中,他做到宰相,举荐贤才,非常急迫。但有人揭发他在刘太后听政的时候,为仁宗的生母草拟的墓志铭,没有提"诞育圣躬"的事,因此受到降官处分,到地方为官,不久因病返回京城,就去世了。晏殊的性格刚强简率,诗文华丽,终身勤学,至老不倦,他的文集据记载有二百四十卷之多,但传到今天,完整的只有《珠玉词》,被称为"北宋倚声家初祖"(清冯煦《宋六十一家词选·例言》)。

浣 溪 沙[①]

一曲新词酒一杯。去年天气旧亭台。夕阳西下几时回。　　无可奈何[②]花落去,似曾相识燕归来。小园香径[③]独徘徊。

> 注释

① 浣溪沙：又作"浣溪纱"，本来是歌咏西施浣纱故事的乐曲。
② 无可奈何：《庄子·人间世》："知其不可奈何而安之若命。"
③ 香径：落花铺满的小路。

> 评析

这首词中的名句"无可奈何花落去，似曾相识燕归来"，据宋人吴曾《能改斋漫录》说，下半句是晏殊南下杭州，路过扬州，得遇王琪，由后者续成的；王琪也因此受知于晏殊，并获得晏殊的举荐，得入馆阁而仕途通达。但无论是从晏殊抑或是从王琪的行迹来看，都不存在王琪续成这首词的可能性。但宋人偏偏流传着这么一个故事，则也非空穴来风。晏殊词中的这个名句，又见于他的一首诗《假中示张寺丞王校勘》，其中的"王校勘"就是王琪，诗云："元巳清明假未开，小园幽径独徘徊。春寒不定斑斑雨，宿醉难禁滟滟杯。无可奈何花落去，似曾相识燕归来。游梁赋客多风味，莫惜青钱万选才。""元巳"即上巳，三月三日；清明，三月节，二者相连为假日。"假未开"的开，即开除的开，是说假未销，也就是尚在假中。诗的最后两句，用了两个典故：一个是汉代的文士司马相如、枚乘都曾是梁孝王的门客；另一个是唐代的员半千称赞张骛说，他的文辞就像青铜钱，万选万中。显然，这里一壁夸赞诗题中的"张寺丞"与"王校勘"文采富赡，一壁也透露出由于身在假中与张、王二人不能相会而感到的寂寞无聊。

同一句文辞，既能入诗，又能入词，且在后者的文本结构中成为千古佳句，这里面的原因是耐人寻味的。这说明宋人的诗中并不乏情致绵邈、情韵悠长的作品。在与晏殊同一时期的诗人创作中,我们还可以读到类似"蕉心不展怨春风"(杨亿《无题》)、"佳人盼影横哀柱"(穆修《烛》)和"尽日垂帘细雨中"(寇準《初夏雨中》)等同样可以入词的诗句。不过,正如叶嘉莹先生说大晏词的特色在于"情中有思";她引苏东坡《赤壁赋》中"自其变者而观之,则天地曾不能以一瞬"来解释"无可奈何花落去"中的"哀感",又以"自其不变者而观之,则物与我皆无尽也"来解释"似曾相识燕归来"中的"哲思"(《灵溪词说·论晏殊词》),揭示出这样两句在小词的文本结构中所具有的对字面言内或言外之意的某种超越。

浣 溪 沙

一向①年光有限身。等闲②离别易销魂。酒筵歌席莫辞频。　　满目山河空念远,落花风雨更伤春。不如怜取③眼前人。

> 注释

① 一向:一晌。
② 等闲:平常。
③ 怜取:怜,怜爱;取,语末助词。

> 评析

词的上片说,春天的时光非常短暂,而个体的生命又十分有限,平平常常的一次离别,都会让人神伤不已。那好吧,逢着饮酒作乐,就请尽情放纵,不要频频地推辞了。下片说,山川满目,远行的人究竟在哪里呢?思念终是徒劳。风雨交加,落花满径,岂不是更加伤感年光逝去吗?那好吧,就请关心眼前的人,珍惜正在发生的相遇相逢。合看词的上下片,是一意的反复申说。什么意呢?可以说是及时行乐。但词的妙处,不在于传递出意,而在于散播一种精神,营造一种气息。就这首词的精神与气息来看,在"及时"这个意思之外,冲荡着的是一种从容的气息;而在"行乐"这个意思之外,则拓展出的是一种开阔的境界。

清　平　乐①

红笺小字。②说尽平生意。鸿雁在云鱼在水。③惆怅此情难寄。斜阳独倚西楼。遥山恰对帘钩。人面不知何处,绿波依旧东流。④

注释

① 清平乐:唐教坊曲,取河清世平之意,本来是颂圣的乐曲。乐,古读为"洛"。
② 红笺小字:红色的笺纸,尺幅不大,因此要写小字,唐宋时代多用于题诗。
③ 鸿雁在云鱼在水:据说鸿雁可以传书,见《汉书·苏武传》。汉乐府诗《饮马长城窟行》又有:"呼儿烹鲤鱼,中有尺素书。"其实是说当时书写所使用的木牍,两片合在一起呈鱼形。
④ "人面"两句:唐崔护《题都城南庄》诗:"人面不知何处去,桃花依旧笑春风。"

> 评析

　　从"红笺小字"来看,似乎是一位女子将自己的柔情蜜意,细致地一一写在了红色的笺纸上面。然而,纵然是将自己平时想说而没有说的话,都寄托在这份信笺上,但寄向什么地方呢?"鸿雁在云鱼在水",表面上是说没人来给自己传递书信,实际上则是收信的人不知在何处游荡。写信的时候是情深意切,信写好之后则是失落惆怅,其间有一种力,蓄积在内,含蕴不发,所导致的苦痛可想而知。换头写景:夕阳西下,一个人孤零零地倚靠在小楼之上;而她的居室,卷起帘幕,却正对着远山,遮住了眺望的视线。那么,眼前就只有这瞬息不曾停步的水流,它是时间流逝的象征。唐代崔护的诗说:"人面不知何处去,桃花依旧笑春风。"这是写物是人非的名句,这里的点化,在宋词中有一个特定的术语,叫作"檃栝",本来是像木工手艺人一般,改造前人的成句,用于配合乐曲的需要,但同时改造的还有诗歌境界的深浅大小。

清　平　乐

　　金风①细细。叶叶梧桐坠。绿酒初尝人易醉。一枕小窗浓睡。紫薇朱槿花残。斜阳却照阑干。双燕欲归时节②,银屏③昨夜微寒。

> 注释

① 金风:秋风。秋季对应五行中的"金"。
② 双燕欲归时节:燕子春分至,秋分归去。

③ 银屏：屏风上的图案，是以银泥为材料绘出的。

> 评析

　　这是极为细腻也是极为真切地写出了初秋的节候之感，以及附着在这种感受上面或者说由这种感受引发的孤独寂寞的情绪。初秋的风，生起丝丝的凉意，庭院中梧桐树的叶子片片落下。碧绿色的酒，刚入口，就酣醉了过去。困倦在小窗之下，正得了一场沉睡。醒来，无意到庭院中去。那红色的紫薇花、木槿花已经凋谢了，一天的光景也伴着斜阳要收尽了。这是燕子成双成对飞回南方的季节。就在昨夜，银色屏风背后的卧榻，也已觉出些许的寒意。

木　兰　花

　　燕鸿过后莺归去。细算浮生①千万绪。长于春梦几多时，散似秋云无觅处。　　闻琴解佩神仙侣。②挽断罗衣留不住。劝君莫作独醒人，烂醉花间应有数。

> 注释

① 浮生：《庄子·刻意》说："其生若浮，其死若休。"是说人活着，就像水泡，偶然出现的；人死了，就像休息一下，没有什么需要挂念的。浮生一般也被当作匆忙人生的代指，如这里的用法。
② 闻琴解佩神仙侣：据《史记·司马相如列传》载，文君新寡，司马相如弹琴挑逗她，一起私奔。又据刘向《列女传》载，郑交甫于江边遇见二女子，女

子解下玉佩赠他,行不多久,发现玉佩不见了,恍然大悟是遇见了神女。

> 评析

  这首词与"一向年光有限身"一样,都是酒宴上歌女行酒令的时候所唱的曲子,是用来劝客人及时行乐、饮酒为欢的。燕子、大雁都飞回去了,连同黄莺也要飞走了:又一个春天就这样结束了。人的一生究竟能有多少个春天呢?细细想一想,如同泡影的一生,飘忽而过,又千头万绪。这一生是能比春日的梦思保留得更加长久一些吗?还是较之秋天的浮云,能多留下一些痕迹呢?这里是檃栝了白居易描写冰花的诗:"来如春梦不多时,去似朝云无觅处。"人生匆匆,与此正相似。过去的佳偶,传说的神女,都是遥不可及的,你想她们有什么用呢?就是把衣服的袖子扯断,你也留不住她们呀!"青春挽留渠不住。"(曾几《春晴》)挽留的是佳偶,也是青春。不如就在当下沉醉一场——你要知道,就是这样的沉醉,一生当中又能有几回呢?这样极力地劝说行乐,以为由此会得到的欢喜,其内在蕴藏着的则是面对人生无常而无所作为的悲哀。

木 兰 花

  池塘水绿风微暖。记得玉真①初见面。重头②歌韵响铮琮,入破③舞腰红乱旋。 玉钩阑④下香阶畔。醉后不知斜日晚。当时共我赏花人,点检如今无一半。

> 注释

① 玉真:本是道家所谓的仙女,这里代指歌女。
② 重头:乐曲的第二段开头完全重复演奏第一段开头,叫"重头"。
③ 入破:"破"是大曲的最后一个部分,节奏急促,这里指一支乐曲的最后段落。
④ 钩阑:高下曲折的栏杆。指歌舞表演场所,也作"勾栏"。

> 评析

悲哀之感,不可避免地会在宴会欢乐之余出现。池水满溢,翠绿满眼,暖洋洋的微风拂动,都在告诉我们春天的逝去。时光带走的,还有一个难以忘怀的人:她的歌声曾是如此清亮,舞姿又是那么生动有力。然而,无论是风光,还是佳人,一切都已不在眼前。貌似不变的栏杆、台阶这些无情之物,也正留下过她的踪迹与芳泽。一场沉酣之后,一天的光景不知不觉也要收尽了,数一数宴会上的歌女,曾在春天一同赏花饮酒的,怕是还不及当初的一半吧!

玉 楼 春①

绿杨芳草长亭②路。年少③抛人容易去。楼头残梦五更钟,花底离情三月雨。　　无情不似多情苦。一寸还成千万缕。天涯地角有穷时,只有相思无尽处。

> **注释**

① 玉楼春：《唐宋诸贤绝妙词选》题"春恨"。
② 长亭：秦代十里设置长亭，五里设置短亭，供行人休息，也为送别的场所。
③ 年少：双关语，指年光，也指少年人。据《宾退录》载，晏幾道曾举出这句词来，证明他父亲的歌词当中没有"妇人语"（男女相思怨别的话），就是只将它理解为年光了。

> **评析**

这是写别后相思的词。就在那个芳草绿杨、情意缱绻的春天，长亭离别也到来了；那人的离去，是如此轻易，就像春天的飘逝，将人抛下。然而从此后，无论是五更天的钟声惊醒的好梦，还是三月里雨打花落的哀愁，无时无处，不在思念，不在惆怅。春天无情地走了，一如那人无情地离开，哪里会顾及多情之人的悲苦。一寸情思，都是千丝万缕地结成，缠绕回环，不得开解。天之涯，地之角，就算再辽远，也总会有一个尽头；如果相思之情能够用空间的距离来测量，那没有谁知道它的尽头究竟在哪里。晏幾道词说："要问相思，天涯犹自短。"（《清商怨》）又说："静忆天涯，路比此情犹短。"（《碧牡丹》）都可与晏殊词相互发明。

踏 莎 行

祖席①离歌，长亭别宴。香尘已隔犹回面。居人匹马映林嘶，行人去棹依波转。　　画阁魂消，高楼目断。斜阳只送平波远。②无穷无尽是离愁,天涯地角寻思遍。

> 注释

① 祖席:古人出行,祭祀路神,叫作"祖";送行饯别,也称为"祖"。这里指送别的宴席。
② 斜阳只送平波远:辛弃疾《木兰花慢·滁州送范倅》:"无情水都不管,共西风、只管送归船。"这是写水送船去。而晏殊词则要更含蓄一些,他写无情的斜阳只管送水而去,暗含着人的远行,也暗含着时光的流逝。

> 评析

　　这也是写别后相思的词。起首两句是"互文"关系,祖席、长亭,都是离别的代语。"香尘"点出节令:暮春时节,落花满地,扬起的尘土中也杂有香气。分别之后,犹恋恋不舍,频频回首。送行的人孤零零地策马穿过树林,在行人眼中,影影绰绰,只有靠着传来的熟悉的马的嘶鸣声,才辨识出来。乘船离开的人,随着水流的方向行进,并不忍迅疾而去。曾经相会的画阁,如今已是令人魂销之地;高楼之上的眺望,用尽了目力,也不见行人的归来。等来的,只会是不变的落日,映入缓慢地流向远方的水波之中。这岁月也将如流水一样消逝,日复一日,相思不但不减,反而愈加感到没有希望。那"斜阳"只管目送着"平波"远去,一点留恋也没有,反衬出"我"的多情:让"我"生出无穷无尽的相思愁怨,纵然是能够想到天地之间的所有地方,然而一定能寻得那个人吗?与"绿杨芳草长亭路"比较来看,这首词的境界要开阔一些,情感也要深沉一些。

踏莎行

小径红稀,芳郊绿遍。高台树色阴阴见。春风不解①禁杨花,蒙蒙乱扑行人面。　　翠叶藏莺,朱帘隔燕。炉香静逐游丝②转。一场愁梦酒醒时,斜阳却照深深院。

注释

① 不解:不能。
② 游丝:飘动的青虫、蜘蛛等吐出的丝。沈约《三月三日率尔成篇》:"游丝映空转,高杨拂地垂。"杜甫《白丝行》:"落絮游丝亦有情。"

评析

这首词写居人与行人所共有的一种相思而不得相见的惆怅心情,不动声色,自然婉转,句句传神。上下片的两处结句,尤见含蓄精妙。开头两句仍是用互文手法,写春天的逝去,惋惜之情从"红稀"的"稀","绿遍"的"遍",见得真切;第三句承接:在枝叶稠密的树木掩映下,高耸的楼台也不能见得完全了。这是从行人的眼中写出。此刻,行人向往着与楼台之上的居者相会,然而现实的不可能令他倍感惆怅。骀荡的春风,飘舞的柳絮,密密蒙蒙,正是这位行人惆怅感的隐喻。同样的枝叶稠密的树木,也在居人的眼中写出:春天鸣叫的黄莺,已经隐藏在层叠翠绿的叶子后面。"翠叶藏莺"是居人实际处境的一个象征,"朱帘隔燕"暗示着与行人之间的远隔。与楼台之外的飞絮纷乱相对,缓慢到几乎是静止状态的炉烟,与青虫吐出的丝,相伴随着,在房室内浮动。如此的静谧,是初夏到来时候的景象,这间房室也好久没有客人前来了。沉醉的居人从梦中醒来,或者梦中他们相见了,但醒后会有更深的失望。又是寂寞、无聊的一天。长长余晖在深院当中,一点点收尽,也正是居人惆怅之感的隐喻。前后两结句,各写行人居人,虽然同是一种惆怅,但动静有别,后者传递的情感程度似乎要更加深刻厚重一些。

蝶 恋 花①

六曲阑干偎碧树。杨柳风轻,展尽黄金缕。谁把钿筝②移玉柱。穿帘海燕③双飞去。　　满眼游丝兼落絮。红杏开时,一霎清明雨。浓睡觉来莺乱语。惊残好梦无寻处。

> 注释

① 蝶恋花:《全宋词》列入晏殊的"存目词"中,据《阳春集》归入冯延巳作。这是宋词中的"互见"现象,在晏殊、欧阳修与南唐词人冯延巳之间尤其显著。
② 钿筝:筝上有螺贝、金银、玳瑁装饰成的图案。
③ 海燕:燕子从南方归来,被认为是渡海而来,故称。

> 评析

曲曲折折的六面栏杆,靠着碧绿的杨柳树。微风拂过,将映着春日暖阳的、嫩黄的柳眼吹展开来。寻常景色却构成了一幅色彩鲜明的图画。筝上的柱曾被调试移动过,像是要弹一支曲子,但终于没有弹;帘幕卷开,屋梁上的燕子成双地飞走了。这是暮春时节的寂寞情怀,几乎每一句都没有直接点出这层意思,但每一句又跳脱不开关系。像是一种旁观者的姿态,又无不是切实地介入其中。这样就在鲜明的图景中蒙上一层说不清道不明的情致意韵。下片,这里的人出场了,但仍在尽量避开直接抒写:满眼望去,空气中游动着青虫吐出的丝,飘落着的还有柳絮;杏花开放了,一阵清明时节的雨过,春天就要宣告结束了。黄莺的鸣叫,搅扰了午后的沉睡,也惊醒了一场好梦。

鹊 踏 枝①

槛②菊愁烟兰泣露。罗幕轻寒,燕子双飞去。明月不谙离恨苦。斜光到晓穿朱户。　　昨夜西风凋碧树。独上高楼,望尽天涯路。欲寄彩笺兼尺素。③山长水阔④知何处。

注释

① 鹊踏枝:这首词又收在张先的《张子野词》中,词调名作"蝶恋花"。
② 槛(jiàn):栅栏,栏杆。菊花是种在栅栏里面的,"槛菊"成了一个词语,与之类似的,还有"井梧",水井栏杆旁边的梧桐树。见柳永《戚氏》:"槛菊萧疏,井梧零乱惹残烟。"
③ 彩笺:染色的纸,代指书信。这里后面跟上"尺素",虽是用典(汉乐府《饮马长城窟行》:"呼儿烹鲤鱼,中有尺素书。"),也说明所谓的"纸",本来是指用于书写的"帛";但唐宋以后,书于尺素之上,则不多见。兼:一作"无",也通。

④ 山长水阔：晏殊《无题》诗："油壁香车不再逢，峡云无迹任西东。梨花院落溶溶月，柳絮池塘淡淡风。几日寂寥伤酒后，一番萧瑟禁烟中。鱼书欲寄何由达，水远山长处处同。"这首诗是写春愁，而词是写秋思，但在结句的措辞上是一致的。

评析

清晨刚放亮的光景，夜来的宿烟还未散开，团露凝在了花片之上。一夜为愁思困扰而不曾安寝的词中人，目睹此时此景，自觉得那"菊"与"兰"便成了自己的化身。以露水譬喻泪水，尚不见出特异来；以"烟"字来写"愁"，似更胜。"愁"是极抽象与无端倪的一种情感，状以"烟"，真是恰到好处了。然而，作者又在《踏莎行》中说："细草愁烟，幽花怯露。"似乎是因烟（清晨的雾气）而生愁、因露而发怯一般。只是"诗无达诂"，通于此者往往有碍于彼，是读诗读词的时候常会发生的事，因此不必将两句词作一律的理解，尽管它们的情景非常接近。接以"罗幕轻寒，燕子双飞去"，则反衬出一己的孤单来。至若"明月不谙离恨苦"二句，则"明月"本无情，无论懂得不懂得词中人离恨之苦的问题，然偏偏要将"明月"来嗔怒一下，无非见出孤单已甚而已。这句词的妙处，恐怕不在"不谙"一词，而在下句的"斜光到晓穿朱户"上。这首词的上片本是写清晨的情景，有了这"斜光到晓"一句，则刚刚收尽的一夜便也呈露，而词中人的不眠之愁与相思之苦随之全在其中。这是"直笔"写景，情全在言外，较之开头的"愁烟""泣露"自要高明。但没了开头的"密处"铺垫，自也无这"疏处"之胜来。

换头是借着这"疏处""直笔"写"昨夜"之事。俞平伯说此处全用"白描"，因而王国维说其有"诗三百"《蒹葭》之意。黄庭坚诗："落木千山天远大"，正可以与这首词的换头三句相互发明。这里的"独"字、"高"字、"尽"字，皆是程度极深的字眼,但它们奔凑一处,则"昨夜西风"过后,可以想见"碧树"凋落是若何之甚。此一层意。"碧树"凋落之后,所"望"自然开阔,此"天涯路"三字也绝非夸大其词了。此又一层意。由此而知,这三句正是景外有人,意中含景;承上片之"疏处""直笔",更趋向于开阔。王国维将此比作人生第一境界。煞尾处,更点出"山长水阔",以词意而论,不免熟套;以境界而论,则无异于点睛。

张 昇

张昇(992—1077),字杲卿,韩城(今属陕西)人。大中祥符八年(1015)进士,官至参知政事、枢密使。立朝数十载,历仁宗、英宗、神宗三朝,清忠谅直,大节磊落。

离 亭 燕

一带江山如画。风物向秋潇洒。水浸碧天何处断,翠色冷光相射。蓼岸荻花中①,隐映竹篱茅舍。　　天际客帆高挂。门外酒旗低迓②。多少六朝③兴废事,尽入渔樵闲话。怅望倚危栏,红日无言西下。

注释

① 蓼:水草,花红色。荻:陆生草本植物,芽可食,杆可为燃料,花黄白色。

② 迓：迎。
③ 六朝：以建康（今南京）为都城的六个朝代，包括三国时代的东吴、东晋，南朝的宋、齐、梁、陈。

[评析]

这首《离亭燕》词的作者张昪，载籍中有作"张昇"，字形相近，字音却差了许远；不过，他的字是"杲卿"，作"昇"作"昪"，倒是都通。比这个问题更为棘手的，是《离亭燕》的作者归属。《全宋词》归为"张昇"，依据的是范公偁的《过庭录》；而南宋人楼钥的《攻媿集》（卷七十）却提及王诜据"孙浩然金陵《离亭燕》"的词意画过一幅图，还有黄昇的《唐宋诸贤绝妙词选》里面收录这首词，也是作"孙浩然"。如此，便出现了两个作者。"孙浩然"淹没不闻，而张昪却是曾与韩琦定策、拥立宋英宗即位的国家重臣，二人身份地位在当日判若天壤。关于这首词的文本，有三个来源：一是范公偁的《过庭录》，二是黄昇的《唐宋诸贤绝妙词选》（卷七），三是朱彝尊的《词综》（该书卷四作"张昇"）。楼钥的《攻媿集》里面虽然提到孙浩然的词题，但仅录"多少六朝兴废事，尽入渔樵闲话"两句。三本比勘，"翠色冷光相射"的"翠色"、"蓼岸荻花中"、"天际客帆高挂"的"天际"、"门外酒旗低迓"、"红日无言西下"的"红日"，《唐宋诸贤绝妙词选》《词综》分别作"霁色""蓼屿荻花洲""云际""烟外酒旗低亚""寒日"。在上下片共十二句词中，其中有半数都存在异文，有的句中还出现了两处。这种异文频繁出现的现象，很自然地会将问题的根源指向那个身份不明的"孙浩然"。盖在宋人词的流传过程中，往往出现乐工伎人对歌词文本的改造。也就是说，《离亭燕》中出现的异文，并不全都是发生在书写层面上，因为形近、音近而产生的，而是有着歌唱人声层面上的原因。

宋 祁

宋祁(998—1061),字子京,安陆(今属湖北)人。他与兄长宋庠一同被选送参加进士科考试,结果宋祁考了第一名。当时主政的刘太后觉得哥哥在弟弟后面不妥,就把宋庠放到了第一名。从那时开始,大小"二宋"名声也就流传开来。宋庠官至参知政事,就是宰辅;宋祁同样有机会进入宰辅行列,但为了避嫌,主动放弃了这样的机会,官做到翰林学士。宋祁早年与著名的音乐家李照、学者胡瑗等试验乐律,晚年又与欧阳修共同修撰唐史,传世的《新唐书》"列传"部分就出自他的笔下。他还曾明确地向皇帝上书,提出冗官、冗兵的问题。宋祁去世前,自撰墓志铭说:"吾学不名家,文章仅及中人,不足垂后。"但他的文章并未泯灭,只是词传世的不多。

玉 楼 春

春 景

东城渐觉风光好。縠①皱波纹迎客棹。绿杨烟外晓寒轻,红杏枝头春意闹。　　浮生长恨欢娱少。肯爱千金轻一笑。②为君持酒劝斜阳,且向花间留晚照。

注释

① 縠(hú):绉纱,皱缩的纱。

② 肯爱千金轻一笑：岂肯吝惜千金为重而以（美人）的一笑为轻呢？

> 评析

　　这首词也是"酒筵歌席莫辞频"（晏殊《浣溪沙》）的意思，是劝酒、送酒的歌词。它在对节候变化的把握上，是非常细腻的。词的上片围绕着一个"渐"字展开。说"东城"，不说"南城""北城"，就不是指的一个具体的地点，而是说春天似乎给人的感觉是打东边开始渐渐地暖和起来了，和煦风光，舒畅人心。水波如皱缩的纱一般，层层荡开，这是迎接客人的船驶来了。青绿的杨柳已经有了堆叠之势，它们更加茂密了，像是罩着一层烟气，但在清晨还留着一些寒气。迫不及待的杏花已经绽放，"春意闹"三字营造出春天唤醒大地、赋予万物生机的浓厚氛围。李渔说如何是"闹"字，为什么不用"打"字、"吵"字？这个说法实在是无理取闹了。王国维说因为这样一个"闹"字，"境界"全出。这个所谓的"境界"，就是指的景物描写中贯注的生气。下片转入劝酒的本题，与晏殊的"劝君莫作独醒人，烂醉花间应有数"（《木兰花》），同一用意。

> 欧阳修

　　欧阳修(1007—1072)，字永叔，庐陵（今江西吉安）人。号醉翁，晚号六一居士。他四岁死了父亲，由母亲教他学习，因为家贫，甚至用芦荻做笔在地上学习写字。他后来到随州（今属湖北），从废书麓中得到了韩愈的文集，心生企慕之情。到京城，参加礼部考试，为第一名，最终被皇帝拔擢列在了甲科，选调到洛阳，做西京推官。他从尹洙游，开始学古文；与梅尧臣游,进行歌诗的唱和,他的文章之名于是为天下之冠。他因为范仲淹被贬,掷书谏官高若讷提出批评,结果,他被贬到了夷陵做知县。"庆历新政"失败,他又上疏提出范仲淹不应当被罢官,因此被牵连也离开京城,去滁州做知州。他在翰林学士任上,参与编写了《唐书》。嘉祐二年(1057)的贡举考试,他作为主考官,扭转了一个时代的文风。晚年他做到了枢密使、参知政事。熙宁五年(1072),终老在颍州,谥号文忠。有《欧阳文忠公集》一百五十三卷(其中《近体乐府》三卷)、《醉翁琴趣外篇》六卷等著述传于世。所谓诗歌史上的"宋调"在他手中正式形成,叶梦得说他的诗专以气格为主(《石林诗话》),那么情致与情韵自然会更多地离开诗而成了词的专有;而他旺盛的气格却不自觉地影响到了词中情致的传达。以前人说宋代诗文至欧阳修为一变(《围炉诗话》),词也不例外。

玉 楼 春①

尊前拟把归期说。未语春容先惨咽。人生自是有情痴②,此恨不关风与月。　离歌且莫翻③新阕。一曲能教肠寸结。直须④看尽洛城花,始共春风容易⑤别。

注释

① 玉楼春:《欧阳文忠公近体乐府》注:"一名木兰花令。"
② 情痴:《世说新语·纰漏》:"(任育长瞻)尝行从棺邸下度,流涕悲哀。王丞相闻之曰:此是有情痴。"
③ 翻:旧曲翻新之意。

④ 直须：应须，应该。

⑤ 容易：这里当匆匆讲。

评析

这是欧阳修在洛阳送别朋友的时候所创作的劝酒歌词，交给歌女们来演唱。因此，"未语春容先惨咽"的"春容"，就是饯行宴会上之歌女自指。开头两句是说，酒宴上还没有提到"归期"——（行人）回去的日期，也是离别的时刻，但歌女们已经禁不住感到悲哀。这是一种深情的体现，不管是否亲身经历，是否有风月的情事发生在自己的身上，都会被情事感动、被情绪感染。欧阳修还说："明朝车马各西东，惆怅画桥风与月。"又说："隔帘风雨闭门时。此情风月知。"（《阮郎归》）这都是亲身经历者必然有的感受，然而不关风月也动情，才是真正的深于情者，亦即"情痴"。深于情者，会进入一种"无我"或者"超我"的境界。忘记或者超越"我"这个个体的，不只是社会关系中的那个被名缰利锁束缚住的"我"，还有经历风花雪月、关涉朝云暮雨的"我"。前者会引"我"进入阔大浩渺的境界，后者则让"我"沉浸在深沉厚重的境界。

换头说"离歌且莫翻新阕。一曲能教肠寸结"：这样一支曲子就已经够了，再也不需要劝酒的时候展示才艺，临时创作什么新的曲子了。这是顺延着"情痴"来说的。但在结尾却能够突然振起，一下子豁达豪放起来，说是要看尽洛阳的春色，才向春天道别。这其实是留客的话，当然不可能实现，但能够在沉痛的极点突然反折，用得上旧式批评家的两个套语：有千钧神力，或者非大神力不能办。叶嘉莹先生说这首词是"以遣玩之意兴挣脱沉痛之悲慨的一种既豪宕又沉着的力量"（《迦陵论词丛稿·说欧阳修〈玉楼春〉词一首》），与最后两句是相切合的。

浪 淘 沙

把酒祝东风。且共从容。垂杨紫陌①洛城东。总是②当时携手处,游遍芳丛。 聚散苦③匆匆。此恨无穷。今年花胜去年红。可惜明年花更好,知与谁同。

> 注释

① 紫陌:京城的街道。
② 总是:都是。
③ 苦:程度副词,很。

> 评析

这首词很可能是一首悼亡词,是欧阳修因想念自己刚刚去世不久的妻子而创作的。"垂杨紫陌洛城东",紫陌是京城的代指。这是说无论在京城还是在洛阳,都曾经留下他们携手游赏的踪迹;然而,就在今年这个春天,一切戛然而止,他们之间经历了永远的离别,留下了无法弥补的遗憾。这首词一起是向春天祈愿,希望它放慢离开的脚步;换头是说人生聚散的迅疾,照应的正是开头的"从容"——显然,春天的脚步没有放慢,人间的离别来得也太过迅速。"今年花胜去年红"是虚设一句,不是要说今年,而是为了说下一句的明年,是说明年无人与同了。俞陛云评价这首词说:"深情如水,行气如虹。"(《唐五代两宋词选释》)这是令人向往的境界。不论这首词是不是写悼亡,总之是人生难堪的经历,不是朋友间普普通通的离别。从中我们读到了欧阳修的深情,更读到了他的大气;也可以说,正是由于欧阳修可以担负起来深情连带的痛苦,才会有大气流转。

朝　中　措

送刘仲原甫①出守维扬

平山②阑槛倚晴空。山色有无中。③手种堂前垂柳,别来几度春风。文章太守,挥毫万字,一饮千钟④。行乐直须年少,尊前看取⑤衰翁。

注释

① 刘仲原甫:即刘敞(1019—1068),他的字是原甫("甫"也写作"父"),排行在二,因此称之"仲原甫"。他号"公是先生",是欧阳修生活时代的著名学者。嘉祐二年(1057)闰三月,刘敞因为要避亲嫌(他的姑表兄弟王尧臣成为执政大臣),到扬州做知州。欧阳修用自己家的歌女乐工为他饯行,并创作了这首歌词。后来,刘敞到永兴军(今陕西西安)做安抚使,为欧阳修收藏金石碑刻提供过帮助。

② 平山:平山堂,欧阳修知扬州时所兴建,后世屡经焚毁,又屡次重修,今天所见的在扬州蜀冈中峰大明寺内的平山堂,为清代同治年间重修。

③ 山色有无中:王维《汉江临眺》:"江流天地外,山色有无中。"

④ 钟:即盅,盛酒器。

⑤ 看取:即看,"取"是语助词。有试看、且看、不见(反问语气)之意。苏轼《西江月》:"世事一场大梦,人生几度秋凉。夜来风叶已鸣廊。看取眉头鬓上。"

> 评析

欧阳修外放为官,在扬州做知州,曾修建了一座平山堂,作为宴会的场所。欧阳修还将自己创作的歌词,连同前人的名篇佳作一道,编成了一部用于歌唱的集子,取名为《平山集》。"平山阑槛倚晴空",是说登上平山堂,就像倚靠着浩瀚无边的晴天,这是极言平山堂的高迥。"山色有无中"是用王维诗,其实是设想刘敞到了扬州平山堂,眼前的山色恐怕会在氤氲的水云之间,若有若无。平山堂前的杨柳树,是欧阳修兴建的时候所手栽,一别之后,不知不觉已经数年过去了。"垂柳"同时还是歌女的代指,用以暗示刘敞到扬州后,也应该会在平山堂的宴会上见到当年的歌女。扬州作为"歌舞地",可谓地利人和兼备,那么刘敞这样的博学之士,到了那个地方,自然应该尽情地施展才华。换头的三句,既是对刘敞的赞美,也是对他的期许。可以想象,刘敞离开京城,不免有些失落,年长的欧阳修就劝他说:及时行乐就应该是你这样的年少之士要做的事,看看"我"这样的老翁在酒樽前又能有什么作为呢?"有花堪折直须折,莫待无花空折枝。"欧词表达的也是这样一个意思。及时行乐在晏殊词中多了一层人生无常的惆怅,但在欧阳修词中却是热心事功的积极昂扬。

采桑子

轻舟短棹西湖①好,绿水逶迤。芳草长堤。隐隐②笙歌处处随。无风水面琉璃滑,不觉船移。微动涟漪。惊起沙禽掠岸飞。

> 注释

① 西湖：颍州（今安徽阜阳）的西湖，欧阳修曾于宋仁宗皇祐元年（1049）正月来知颍州，次年七月离任北上知应天府（今河南商丘）。
② 隐隐：同殷殷，形容声音盛大。

> 评析

《采桑子》词，欧阳修一共写了十三首：前十首是一组，都以"西湖好"发端，写自春至夏的西湖风光；后三首是一组，与西湖没有直接关系。庆历五年（1045），欧阳修因为范仲淹新政失败，上书皇帝，希望挽留范仲淹在朝廷，结果被指为"朋党"。虽然他写下了千古名文《朋党论》辩驳，但仍不能逃脱也被贬谪的命运，先去了滁州；后来，在皇祐元年（1049）又从扬州来知颍州。颍州给欧阳修留下了深刻的印象，所以在二十年之后的熙宁元年（1068），他在颍州规划修造房舍，卜居于此。这十首中的最后一首说："俯仰流年二十春""谁识当年旧主人"。三年后，欧阳修致仕，才到此地来居住。那么，这十首词应该就是他致仕退居后创作的。词中所散发出来的那股夙愿已偿、从容自在的气息，正与这样一段绵长曲折的个人经历有关。

采桑子

群芳过后西湖好，狼籍残红。飞絮蒙蒙。垂柳阑干尽日风。　　笙歌散①尽游人去，始觉春空。垂下帘栊。双燕归来②细雨中。

> 注释

① 散：解散。组织歌女们来宴会上表演，叫作勾队；演出完毕解散，叫作放队。寇準《惜花》："黄昏欲放笙歌散。"
② 双燕归来：以前燕子都是住在人家的屋梁上，所以叫作归来。冯延巳《鹊踏枝》词："双燕归来，陌上相逢否。"

> 评析

　　这是第四首，写暮春时候的西湖，群芳争艳已经成了过去式，但西湖仍旧有值得留恋之处。那么，这留恋处在哪里呢？"西湖好"又好在什么地方呢？似乎都没有讲。其实，这里不是说群芳过后，西湖还有什么没有成为过去式的值得留恋的好处，而正是这群芳过后的西湖，生出一种别样的美："狼籍残红""飞絮蒙蒙"。本来这是大好春光逝去，让人惋惜、令人心惊的场景，然而，在欧阳修的眼中，这也是一种美，也是西湖的好处，与群芳争艳的西湖不相上下。如此，欧词也便没有了他的前辈钱惟演词中的哀感、晏殊词中的惆怅，而别生出一种豪放的情志。"垂柳阑干尽日风"，其风神意态，是从冯延巳的"独立小桥风满袖"而来。换头写宴会的结束，歌女游人的散去，或许直到这个时候，才可以说"春空"——春天的消逝。然而，才要放下帘幕的时候，从迷蒙的春雨当中飞回了一对燕子。这燕子成双成对地来，在他人的词中也不知要生出多少怨恨来，但在欧阳修的词中是春天还没有完全离开的标志，是希望的所在，也是西湖好处的所在。

蝶　恋　花①

庭院深深深几许。杨柳堆烟,帘幕②无重数。玉勒雕鞍游冶处。③楼高不见章台路④。　　雨横风狂三月暮。门掩黄昏,无计留春住。泪眼问花花不语。乱红飞过秋千去。

> 注释

① 蝶恋花:《近体乐府》注:"一名凤栖梧,又名鹊踏枝。"关于本篇,《全宋词》注:"冯延巳词。"李清照说这是欧阳修的词(《临江仙》词序)。
② 帘幕:不是实写,而是说烟雾笼罩的杨柳,密密匝匝,像帘幕一样。宋祁的"绿杨烟外晓寒轻",亦即杨柳笼罩上了一层或者数层烟雾,就像有了帘幕帷幔的遮挡一样,因此在它之"外"才会感觉"晓寒"。
③ 玉勒:用玉装饰的马衔口。游冶:娇艳美饰叫作冶,游冶就是指到妓馆游玩。
④ 章台路:《汉书·张敞传》记载京兆尹张敞"无威仪,时罢朝会,过走马章台街,使御史驱,自以便面拊马"。这里代指冶游的所在。

> 评析

这首词从一起笔点出三个"深",以下铺展,无不由此引起。"杨柳"二句,写居处空间之深;"玉勒"句,写行人,亦同《踏莎行》(候馆梅残)之"两面兼写";"楼高不见",是居人于"楼高"之上,也望不见行人游冶的章台路。"百草千花寒食路,香车系在谁家树"(冯延巳词),与此处词意无别。换头之下,则先入时间,次入人事,总在一个庭院的固定空间之中。由此所积蓄之情思,层层叠叠,至煞尾"乱红飞过"一句,决绝无望之态毕现。杜甫《登高》尾联云:"艰难苦恨繁霜鬓,潦倒新停浊酒杯。"可与欧词相发明。转入下片之后,"庭院""玉勒""章台"等标明词中男女身份的要素,借助"雨横风狂",通通扫尽。文本自身出现了内在拓展,不论是作者有意与否,抑或是读者的想象引擎被发动,总之那种共性式的深厚婉转开始趋向一定之旨归,一种脱离文本语汇与结构限制的深沉且复绝的东西开始显露出来——这就是所谓的"境界"所在,是可以称之为一种时代精神的光芒绽放。

踏 莎 行

候馆①梅残,溪桥柳细。草薰风暖摇征辔。②离愁渐远渐无穷,迢迢不断如春水。　　寸寸柔肠,盈盈粉泪。楼高莫近危阑倚。平芜尽处是春山,行人更在春山外。③

注释

① 候馆:驿馆。
② 草薰风暖:江淹《别赋》:"闺中风暖,陌上草薰。"征辔:远行人手中的马缰绳。
③ "平芜"两句:这里比较远近的写法,是所谓的"透过一层",即本来"平芜尽处"已经算得上是远了,但行人则较之更远。钱锺书说:"诗歌里有两种写法,一、天涯虽远,想望中的人更远;二、想望中的人虽近,却比天涯还远。"前者如李觏的《乡思》:"人言落日是天涯,望极天涯不见家。已恨碧山相阻隔,碧山还被暮云遮。"后者如吴融的"坐来虽近远于天"。此外,王沂孙的《法曲献仙音》咏梅词:"茌苒一枝春,恨东风、人似天远。"是说人与

天涯一样远,算得上是第三种。第二种即所谓"其室则迩,其人则远""隔花阴、人远天涯近",渊源很古,也被翻新过。但第一种显然是诗词中更常见到的,如欧阳修还有一首《浪淘沙》说:"长亭回首短亭遥。过尽长亭人更远,特地魂消。"

评析

关于这首《踏莎行》词的煞尾两句,明代杨慎曾引石延年"水尽天不尽,人在天尽头"与之相较(《词品》),而清代王士禛则以为"工拙悬殊",云"此等入词为本色,入诗即失古雅"(《花草蒙拾》)。权置工拙不论,二者相较,其直观的阅读感受确如王氏言入于词更为适当。以时间与人事言之,则欧词正未丝毫离开"伤春怨别"之范围。若以地点这一要素来观照,则石诗欧词恰恰出现了"偶同":高楼与楼高——此即杨慎之能有所对比之依据。然细绎二者之文本,欧词的构境显然要更为深隐:"楼高莫近危阑倚",词中的地点并不是固定在高楼之上,而是退居于高楼之后的居室之中。对看石延年之"水尽天不尽,人在天尽头"为登楼之所目寓,欧词"平芜尽处是春山,行人更在春山外",却是未曾登临而出想望之语。此间细微之差异,或者在石诗欧词而言,只能算得上是"偶异";然由此所构成之诗境与词境,却呈现境界截然相反之特征。石延年登楼诗二首云:"水树春烟重,庭花午影圆。人边无限地,鸟外有余天。"(《春日楼上》)"寒食少天色,春风多柳花。倚楼心目乱,不觉见栖鸦。"(《春阴》)春日之楼上,诗人的情感呈现一种开放之态势,即并不构成相对封闭的空间来安放情感。"人边无限地"虽是对身处楼上的切实描写,却印证了"倚楼心目乱"——地点要素只是情感假借以发抒而非凭借以安放。

"登楼"之入于词,却是另一番面貌。温庭筠《梦江南》词云:"梳洗罢,独倚望江楼。过尽千帆皆不是,斜晖脉脉水悠悠。肠断白蘋洲。"尽管这是温庭筠少有的"空灵疏荡"(唐圭璋《唐宋词简释》)之作,然词境的构成,仍旧呈现空间限制性之特征。"独倚望江楼"是目之所及、情之所注,与江楼构成一封闭完足之境界。俞平伯云:"《西洲曲》'楼高望不见,尽日阑干头'意境相同;诗简远,词婉转,风格不同。"(《唐宋词选释》)造成简远与婉转风格不同之文本"内在动因",正取决于是否可以构成一定之空间而实现情感之安放。以温庭筠为代表的"花间词"之于词体特质形成之关系,即就时地人事三要素观之,不仅是在主题上奠定了"伤春怨别"的基调,也在词境构成上形成了相对封闭的美学空间。欧阳修《踏莎行》的词境构造承"花间词"而来,未曾完全离开一个相对封闭的空间;但较"花间词"封闭在一定居室内,已经实现了微观状态下的"词境迁移"。由于写作手法上的突破,即居者与行人"两面兼写"(俞陛云《唐五代两宋词选释》),虽然在词境构成上不是两个各自独立的"境界",但"迁移"的迹象显然:由居者或者行人一端引绪,进而为另一方设想;若以上片行人为叙述中心,下片则转入对行人的思念,正由一个外在的空间转向一个封闭的居所之内;若以下片居者为思念的出发点,上片则在居者想望心眼中出之。空间出现的微观移动,使得所安放之情绪更为复杂。如此言之,欧词所具有之特质,不仅是与石延年诗比较具有词之本质的一般特性,即凭借地点构建一个相对封闭的空间来安放情感;同时由于"词境迁移",所达到的情感深度已是"花间词"无法企及。

韩 缜

韩缜(1019—1097),字玉汝,开封雍丘(今河南杞县)人。他兄弟八人,连他算起来,有三人曾在朝为宰相,这在当时是了不得的事。史书上说他的两位兄长，韩绛因是王安石变法的左膀右臂，被说成"小人同而不和"；韩维则因为反对王安石、助成司马光，被说成行事端正；至于韩缜，则以严厉甚至暴戾而著称，除了他壮年曾出使过西夏、辽之外，没有什么功业可以称道，尽管他的两次出使也只是走到了边界的驿馆而已。

凤箫吟

锁离愁，连绵无际，来时陌上初熏①。绣帏人念远，暗垂珠露，泣送征轮②。长行长在眼，更重重、远水孤云。但望极楼高，尽日目断王孙③。　　消魂④。池塘⑤别后，曾行处、绿妒轻裙⑥。恁时携素手，乱花飞絮里，缓步香茵。朱颜空自改，向年年、芳意长新。遍绿野，嬉游醉眠⑦，莫负青春⑧。

注释

① 熏：通"薰"。江淹《别赋》："闺中风暖，陌上草薰。"

② 征轮：郑谷《曲江春草》："香轮莫辗青青破，留与愁人一醉眠。"

③ 王孙：《楚辞·招隐士》："王孙游兮不归，春草生兮萋萋。""王孙"本指贵族子弟，《招隐士》中指的是隐士，这里用典是歇后用法，歇后出"春草"。王维《送别》："春草年年绿，王孙归不归。"白居易《赋得古原草送别》："又送王孙去，萋萋满别情。"

④ 消魂：江淹《别赋》："黯然销魂者，唯别而已矣。"

⑤ 池塘：谢灵运《登池上楼》诗："池塘生春草。"

⑥ 绿妒轻裙：牛希济《生查子》："记得绿罗裙，处处怜芳草。"又，王安石诗：

"遥怜草色裙腰绿。"

⑦ 醉眠：见上引郑谷《曲江春草》诗。

⑧ 青春：春天。

> 评析

　　这是一首抒写离愁的作品，也是一首以春草为主题的咏物词。春草在唐宋词中是离愁的象征，"离恨恰如春草，更行更远还生"（李煜《清平乐》），"倚危亭，恨如芳草，萋萋刬尽还生"（秦观《八六子》）。写春草也是在写离愁。这首词一起，写离愁的不可开解，就像春草一般蔓延开来，没有尽头；记得春草初生的时候，和煦的春风夹杂着青草的香气，让人沉醉，但离别时刻也就到来。"来时"，是时间名词，即"昔时""从前"的意思。"绣帏人"，即居人，她的居住环境悬垂着帘幕、隔绝着屏风，也被称作"锦屏人"。居人眷恋将远去的人，不觉垂泪。这里用来比喻"泪"的"珠露"，也正是清晨悬挂在春草之上的。"泣"既是属于居人的，又是挂着露珠的春草的拟人化。远行的人前途漫漫，春草也蔓延到了远方，因此无论走到哪里，都会见到春草，就像见到"绣帏人"一样；然而，远方不只有春草，还有远水、孤云，一重又一重。"君若清路尘，妾若浊水泥"（曹植），是一种比喻。"奴如飞絮，郎如流水"（秦观），又是一种比喻。而这里则是居人将自己比作春草，而将远水、孤云比作行人，春草虽然会长在行人的眼中，但行人如流向远方的水、漂泊无定的云，他的归来显然是遥遥无期的。上片结句说，"我"在高楼之上向极远的地方眺望，但所见到的仍旧是无边无际的春草——春草又重回到离愁的象喻。

　　上片写离别时刻，下片写别后"消魂"。梦魂本来是被寄托的，可以赶去追寻远行人的方向与脚步，但"消魂"之下，断了这一层的希望。"池塘别后"既是写曾经携手的故地，也化用了"池塘生春草"而歇后出"春草"来。"记得绿罗裙,处处怜芳草。"(牛希济)春草的青绿色,会兴起女子衣裙的联想。这里是以轻罗裙的青绿颜色连春草有知也会生出嫉妒,来写自己当年的青春貌美。"恁时"三句,为当年情事的追忆,"香茵"还是指的"春草",仍旧不犯"春草"的"本位"——"春草"两个字始终不出现。春草年年发,佳人容易老。"春草"的漫山遍野,预示着春天逝去,都说"诗酒趁年华",那就"莫负青春",嬉戏游赏,醉眠于春草之上吧。

王安石

王安石(1021—1086),字介甫,临川(今江西抚州)人。好读书,过目不忘,下笔如飞;议论高奇,果于自用。庆历二年(1042)进士及第,三次推辞到京为官,慨然有矫世变俗之志,上《万言书》,称"因天下之力以生天下之财,收天下之财以供天下之费"。神宗即位,知江宁府,旋召为翰林学士,拜参知政事,领制置三司条例司,推行青苗、均输、免役、市易、方田等新法,天下骚动。熙宁三年(1070),拜同书门下平章事;七年,罢为观文殿大学士、知江宁府;八年,复拜相,成《三经新义》;九年,退居江宁;元祐元年(1086)卒。有《临川先生文集》传于世。他的词就收在他的文集中,这在他同时代的士大夫中还是不多见的,虽然数量不多,但颇见出"雍容奇特"(王灼语)来。

桂 枝 香

登临送目。正故国晚秋,天气初肃①。千里澄江似练②,翠峰如簇③。归帆去棹残阳里,背西风、酒旗斜矗。彩舟云淡,星河鹭起,画图难足。　念往昔、繁华竞逐④。叹门外楼头⑤,悲恨相续。千古凭高,对此谩嗟荣辱。六朝旧事随流水,但寒烟、芳草凝绿。至今商女⑥,时时犹唱,后庭遗曲。

注释

① 肃:收缩。
② 澄江似练:谢朓《晚登三山还望京邑》:"余霞散成绮,澄江静如练。"练:生丝制品,白色。
③ 翠峰如簇:山峰相互簇拥着。苏轼《满江红》:"巫峡梦,至今空有,乱山屏簇。"一说"簇"通"镞",是说山峰像箭镞一样,亦通。
④ 繁华竞逐:六朝的繁华盛景,曾经呈现相互追逐之势。一说,六朝的繁华一个接着一个竞相逐灭了。
⑤ 门外楼头:杜牧《台城曲》:"门外韩擒虎,楼头张丽华。"张丽华是陈后主的妃子,在隋朝大将韩擒虎攻陷建康城的时候,他们一道躲进了一眼井中,但也没有逃脱被擒拿的命运。
⑥ 商女:商人妇,她们一般是歌女出身,后嫁给商人,如白居易《琵琶行》所写。杜牧《泊秦淮》:"商女不知亡国恨,隔江犹唱后庭花。"《玉树后庭花》,陈后主所作歌曲。

评析

　　这首词中几乎每一句都可以找到它的出典,有些直接就是化用前人成句。这与用前人成句的"集句词"有些差别,在创作上貌似更为灵活。但从作者自身创作的状态来看,则是有些"拘谨"地捃扯"六朝""金陵"相关的历史、人物、景物来组成合乎词调规定的语句与结构。因此,王安石在此呈现的,是写诗中的"化用"的功夫,而非"填词"的本领。虽然,这首词的经典性已然铸成,但吴梅先生指出这首词只是"稳惬"(《词学通论》),平心而论,并非无因。有时,由于作者本人丰富的人生经历,增加了解读者对这首词的兴趣,但从词作本身看,它的确只是一首稳惬的怀古之作。南宋《花庵词选》《草堂诗馀》给它加了一个至今无人可以替换的"金陵怀古",便是一种有力的说明。同时,杨湜那部不太认真的《古今词话》拉来苏轼的"野狐精"的评语,早在南宋时代便被接受,也正说明王安石以写诗的方式写了一首词,并非"正宗"已是不争的事实。但这种对"填词"的习惯作法的颠覆,为词的创作开辟了一条康庄大道。

晏幾道

晏幾道(1038—1110),字叔原,临川(今江西抚州)人,他是晏殊的幼子。因为父亲做过宰相,便以这样的关系获得了小官,算是进入仕途。他与黄庭坚有终生的交往,苏轼曾希望见他一面,但遭到拒绝。他的歌词,有相当比重是为歌女莲、鸿、蘋、云等而作。元丰中,他监颍州府许田镇,手写歌词献给韩维。主张"作文害道"的道学家程颐曾经诵读他的"梦魂惯得无拘检,又踏杨花过谢桥"之句,说是"鬼语",好像也不能不受到一点触动。他还应范仲淹的儿子范纯仁的邀请,编辑了自己创作的词集,取名《乐府补亡》。晚年,蔡京也请他作歌词,但他并没有刻意去谄媚这位权贵。他不媚世,不疑人,也不营生,被人视为"痴"。可以说,他是士大夫群体之中独以歌词而非倚仗诗文、政事、学问而名世的有宋以来第一人。黄

庭坚评价他的词:"寓以诗人句法,清壮顿挫,能动摇人心。"(《小山集序》)

临 江 仙

梦后楼台高锁,酒醒帘幕低垂。去年春恨却来时。落花人独立,微雨燕双飞。①　记得小蘋初见,两重心字罗衣②。琵琶弦上说相思③。当时明月在,曾照彩云④归。

> 注释

① "落花"两句:取用五代诗人翁宏《春残》诗:"落花人独立,微雨燕双飞。"
② 心字罗衣:用"心字香"薰染的罗衣;一说衣领屈曲作"心"字。
③ 相思:即《相思子》,乐曲名,唐人以王维"红豆生南国"配合演唱,见任半塘《唐声诗》下编。此处则不必有歌,只是琵琶曲而已。
④ 彩云:指舞衣。李白《清平调词》:"云想衣裳花想容。"又,《宫中行乐词》:"只愁歌舞散,化作彩云飞。"

> 评析

"楼台"与"帘幕"在冯延巳、欧阳修的歌词中,是最应关注的空间标志,它将情感释放、人事发生的空间由室内引向了庭院与楼台。但在晏幾道的歌词中,"楼台"与"帘幕"的空间效应有些淡出,这里更为强调的是"梦后""高锁""酒醒""低垂"这一系列相对照应的流动的状态,是叙事的场面,是人物的动作。而当"去年"一词出现时,很自然会联想到作者父亲晏殊的那些名篇佳句——这种移动的时间标志帮助晏殊的歌词实现了境界的深化。但在这里,它所散发出的光芒同样不是夺目的。俞平伯先生提醒说,"却来"是"重来""又来"的意思,"'去年春恨'是较近的一层回忆"。(《唐宋词选释》)"却"的本义,有"退""返"的意思,"却来",意即"返回""归来",也就是"重来";因此,它的意思,不是再一度的到来,而是重又回来,很有点"归去来"即退回到原地的意味。重又回来的是"春恨",这倒是宋人词中常见的字眼,但接下来作者直接用了一个对句来写这一段"春恨"——"落花人独立,微雨燕双飞"。它的化用,是在补充"梦后"两句之外的"场面"与"人物",虽然只是部分的。

　　词的换头以下,作为最为中心的人物"小蘋"出现了——"两重心字罗衣",随之更为清晰的"场面"也呈现了——"琵琶弦上说相思"。歌词中写到女子的容颜与动作,从"花间"到柳永、晏殊、张先、欧阳修等都有名篇佳作,甚至不乏生动活泼、个性鲜明,可供考察唐宋之际妇女的装饰、身份与地位。从"叙事性"的要求来看,它们应该比晏幾道的这首词,更为合格。但我们强调的不是与"抒情"有所区别的"叙事",而是"抒情的叙事"。在这样的叙事中,人物的容貌与性格,并非处在第一位;人物的出现,是要推助抒情的发展。因此,俞平伯先生继续提醒说,这是"更远的回忆"。"抒情的叙事"目的不在"讲故事",也不在刻画"人物",而是借助叙事中情节发展、场面变换与时间推移来加深情感,从而拓展整个词的境界。"当时明月在,曾照彩云归。"如果认定这"彩云"就是"小蘋"的代指,则就这一句而论,张先的《醉垂鞭》结尾云:"昨日乱山昏。来时衣上云。"似乎要更为新奇而更胜一筹。但正如晏幾道拿来翁宏的诗句而成就了千古名句一样,这个承袭前人的比喻必须置于全篇之中来看。这首词的开篇笼罩在昏沉的午后,一切都是被压抑的状态,"楼台高锁"与"帘幕低垂"掩盖着的是一颗自由而光亮的心灵,借助叙事的推助,它不断地向更前、向更高、向更明亮处追寻,当"彩云明月"完全出现,则歌词步入了真正的庄严高洁之境界。康有为曾评价"梦后"两句"纯是华严境界"(梁令娴《艺蘅馆词选》引),其实,移用以评这煞尾两句,或许最合乎这首词的特征。

蝶 恋 花

梦入江南烟水路①,行尽江南,不与离人遇。睡里消魂无说处。觉来惆怅消魂误。　　欲尽此情书尺素。浮雁沉鱼②,终了无凭据。却倚缓弦歌别绪。断肠移破③秦筝柱。

> 注释

① 梦入江南烟水路:岑参《春梦》:"枕上片时春梦中,行尽江南数千里。"
② 浮雁沉鱼:雁能传书,鱼也是书信的代指,这里说音信不通。
③ 移破:即移尽移遍。一说因弦急而令柱破。

> 评析

这首词写在梦中追寻远行的人到了江南,烟水迷离,一派迷蒙。走遍了江南的角角落落,也没有能够遇到与自己离别的那个人。梦里是失落痛苦,梦后又是莫名惆怅。留在梦里,让自己的魂魄被一线希望牵着,梦醒了,那一线追寻的希望自然也没有了,剩下的只能是无尽的怅惘。"消魂误"的"误",即耽误、错失;"消魂"是说梦里的离魂,但由于梦中离魂没有能够遇见行人,那么醒来之后暗自怨恨错失了一次"相逢"。思念有多长,又有多厚,一言难尽,把它写进了书信,总算让这份情感有所依托。然而,这信又将寄往何处呢？还是弹一曲离别的曲子吧,在低沉的缓弦上,诉一诉悠长的哀愁;然而移遍了筝柱,却无不是令人肠断之声。

蝶　恋　花

醉别西楼醒不记。春梦秋云①,聚散真容易。斜月半窗还少睡。画屏闲展吴山翠。　　衣上酒痕诗里字。点点行行,总是凄凉意。红烛自怜无好计。夜寒空替人垂泪。②

> 注释

① 春梦秋云:白居易《花非花》诗:"来如春梦不多时,去似朝云无觅处。"晏殊《玉楼春》:"长于春梦几多时,散似秋云无觅处。"
② "红烛"两句:杜牧《赠别》:"蜡烛有心还惜别,替人垂泪到天明。"晏殊《撼庭秋》:"念兰堂红烛,心长焰短,向人垂泪。"

> 评析

西楼宴会上的沉醉完全不记得了。这首词就是从这个地方写起,将最热闹、最让人留恋的场景统统先一笔略过。旧式的词话当中有所谓"扫处即生"的手法,就是指的这一种。先扫去最应该写的场景,看似最精彩的部分已经成为过去式,实际上是一个新的开端。"来如春梦不多时,去似朝云无觅处。"欢会总是短暂,分别又是如此轻易。然而,分别之后的漫长与孤独却又是那么令人难以挨过。窗外的月已经渐渐地低沉了,但仍旧没有什么睡意;围绕在床头的屏风,绘着的是江南的山水,它静静地、空荡荡地在眼前展开。舞衣上还留着醉酒的污痕,在酒宴上歌唱的诗篇也在手边。然而,这个时刻再看那些及时行乐的诗句,都已经转化为了散去后的凄凉孤寂。与自己相伴的,唯有床前的灯烛,它好像成了有情之物,替孤独人儿洒下悲伤的泪水——尽管这想象中的一切仍旧不免是徒劳的。

鹧鸪天

彩袖殷勤捧玉钟。① 当年拚却②醉颜红。舞低杨柳楼心月,歌尽桃花扇影风。③ 从别后,忆相逢。几回魂梦与君同。今宵剩把银𫓧④照,犹恐相逢是梦中。

注释

① 殷勤:频繁地、珍重地。玉钟:即玉盅。
② 拚(pàn)却:不管不顾。
③ "舞低"两句:这是说舞蹈的时间已经很长,月亮都已经西沉了;歌唱的时间也已经很长,歌扇都挥舞不动了。扇影风:一作"扇底风"。
④ 银𫓧(gāng):银灯。𫓧:本来是指穿车轴的铁圈,环状的灯台也被叫作𫓧,泛指灯烛。杜甫《羌村三首》诗:"夜阑更秉烛,相对如梦寐。"

评析

陈廷焯评价这首词说:"言情之作,至斯已极。"(《词则·闲情集》卷一)也就是说，它是宋词中的登峰造极之作。这首词可以从煞尾的"今宵"两句说起。宋人已经指出，这两句是从杜诗"夜阑更秉烛，相对如梦寐"化出的。杜诗所写，为乱后重逢，沉重质实；晏词化用，则世情无常，错综缠绵。杜诗中"更秉烛"的"更"字，宋僧惠洪曾创为新解，释为"更互""更换"（《冷斋夜话》），遭到陆放翁批评；在放翁看来，不外谓"夜已深矣，宜睡而复秉烛，以见久客喜归之意"（《老学庵笔记》卷六）。但发生在宋人之间的争论，可以见出杜诗中的"更"字的关键。而晏词之中的"剩把银釭照"的"剩"，同样不容轻易放过，虽然它不存在理解上的差异。"剩"，是"只""唯"的意思，本义是余留下来的一个。那么，有余留，也便有逝去。这逝去的，便是由这首词上片所写的"当年"歌舞宴会的场面所牵连出来的"悲欢离合之事"。

晏小山词中"抒情的叙事"并不会把叙述角度与情节结构放置在第一位，占据主流的永远是情感的变动，叙事只是推助力。因此，歌词之中，无须刻意地划分出作者的自述抑或歌女的声吻。况且，由于词中所写的"当年"，已经是"昨梦前尘"，过去的成为"梦"，不但不可复现，甚至让作者怀疑它是否发生过。由此，则"今宵""犹恐"之事，正是源于那逝去的"梦境"再也无缘之故了。这种曲折复杂，不是叙事文学中的叙述角度的变换与情节的曲折造成的，而是作者本人感于今昔盛衰的"如幻如电"，对过去与现实发生的一切，由情感来主导改变了事情本身的存在状态。

菩 萨 蛮①

哀筝一弄湘江曲。声声写尽湘波绿。纤指十三弦②。细将幽恨传。当筵秋水慢。玉柱斜飞雁。③弹到断肠时。春山④眉黛低。

> 注释

① 菩萨蛮：唐代的教坊曲。它应该是从骠国（今缅甸）传入唐朝的，本来是佛曲。《宋词三百首》将这首词认作张先词，《全宋词》注："此首别误作张子野词，见《类编草堂诗馀》卷一。"
② 十三弦：清乐筝十二弦，六朝末发展出十三弦的俗乐筝，唐宋时代使用之。
③ 玉柱斜飞雁：筝十三弦，各有一柱，排列如雁行斜飞的样子。
④ 春山：小山形状的眉样。

> 评析

　　这首词写一位弹筝女子的哀怨。她弹奏的乐曲，称为《湘江曲》。不难知道，这应该是关于《楚辞·九歌》"湘君""湘夫人"的乐曲。据说她们是帝尧的女儿、帝舜的妃子。帝舜死在苍梧，二妃前往，也死在湘江，就与湘水原有的一对配偶神混同起来。《楚辞》中传递的是这样一对配偶神彷徨怅惘中对对方深长的怨望（马茂元《楚辞选》）；后来琴曲里面的《湘妃怨》《湘夫人曲》，也延续了这样的情调。在一些传说中，湘夫人还曾将自己的哀怨，用筝瑟一类的弦乐器，抒写了出来（《乐府诗集》卷五十七收录的唐代诗人鲍溶的《湘妃列女操》）。

　　词中写"细将幽恨传""弹到断肠时"，还只是《湘江曲》中的"断肠时"与"幽恨"，那么"当筵秋水慢""春山眉黛低"，则隐隐流露出的是弹筝者的哀怨了。然而，与《楚辞》"交不忠兮怨长、期不信兮告予以不闲"、唐人诗"目眇眇兮意蹉跎，魂腾腾兮惊秋波"比较起来，诚如清代的词学家黄苏所说，这里的哀怨是"意浓而韵远""妙在能蕴藉"（《蓼园词选》）的。

生 查 子

关山魂梦长,鱼雁音尘少。两鬓可怜青①,只为相思老。归梦碧纱窗,说与人人道。真个别离难,不似②相逢好。

> 注释

① 可怜青:可怜本是动词,表示怜惜、可爱,但这里是作程度副词,实际上是说两鬓青黑的地方已经不太多了。苏轼《西江月》:"莫教空度可怜宵。"类似的用法如李白《菩萨蛮》:"寒山一带伤心碧。"这里的"伤心"也是作程度副词,是寒山一带的青碧颜色已经很深的意思。

② 不似:不如,哪里比得上。

> 评析

这首写相思的作品,一反常态,在词的下片写到了相思的结果:是大团圆的结局吗?那个思念的人回来了吗?可以坐到碧纱窗下,"却道巴山夜雨时",话一话离别的苦吗?不是的。"归梦碧纱窗"以下都是想象之词,是想象那个人归来了,并且想他说给"我"听:离别真是难熬,怎么比得上待在一处好呢。这些都是设想的场景,真实发生的只在上片,梦魂精疲力竭地去追赶还是受到了关山的阻隔,边塞归来的大雁又很少能够带来一点音信。那并不太多、也不会持续太久的青黑色的两鬓,眼看着就因为相思过苦而一天天衰老斑白了。

玉 楼 春

东风又作无情计①。艳粉娇红吹满地。碧楼帘影不遮愁,还似去年今日意。　谁知错管春残事。②到处登临曾费泪。此时金盏直须深,看尽落花能几醉。

> 注释

① 计:商量。
② 谁知错管春残事:这句是说春天已经快过去了,残花剩草,谁曾想仍旧眷恋、还要游赏,这便不是时候了,所以说是"错管"。秦观《虞美人》:"轻寒细雨情何限,不道春难管。"

> 评析

春天的逝去,在词人的眼中就像是一场无情的劫难。落红满地,不忍对视,放下碧瓦楼台上的帘幕,飘忽的帘影,也不能遮住满眼的落花飞絮。这一切,都像去年的今日。这是个什么日子呢?去年的今日,怕是有个人离去。但这一层意思,词中没有明说。只是说谁让我多情呢?错将这残春眷顾留恋不已——要把春留住,结果只能是处处都洒一把相思泪了。此时此刻,应该做的恐怕还是多饮几杯,毕竟春不长住,又有几时?

木 兰 花

秋千院落重帘暮。彩笔①闲来题绣户。墙头丹杏雨余花,门外绿杨风后絮。　朝云②信断知何处。应作襄王春梦去。紫骝③认得旧游踪，嘶过画桥东畔路。

> 注释

① 彩笔：江淹年少的时候，梦人授五色笔，从此文思大进。晚年又梦郭璞来索要，则从此就再也没有写出好的诗篇来。事见钟嵘《诗品》。
② 朝云：宋玉《高唐赋》载，楚襄王游高唐，梦见巫山神女，自云"旦为朝云，暮为行雨"。
③ 紫骝：红身黑鬃毛的马叫作骝，紫骝是骏马的一种。

> 评析

　　这是词人故地重访、目睹人去屋空的场景后写下的一首词。次句说："彩笔闲来题绣户。"像是对当年的回忆，"绣户题诗"该是多么难忘的一段往事啊。秋千院落的主人应该已经离开了，重重帘幕，暗示的就是这一点。春雨过后，墙头的红杏枝头还留有残花；春风骀荡，门外碧绿的杨柳树也已经飞絮飘荡。这些都在说明最美好的时光已经不在，那个人又去了何方？换头用朝云的典故，便点醒了这一层意思：她音信全无，应该是到楚襄王的梦里去了吧。这是说她的行踪不定，已经不在此地了。但当打此地经过的时候，"我"的紫骝马竟然还能认得是当年的常来之地——画桥东畔路，也像那个时候一样嘶鸣起来；只是这本来要为秋千院落里的人儿提前通报的嘶鸣，如今还有谁能够听得到呢？

清 平 乐

留人不住。醉解兰舟去。一棹碧涛春水路。过尽晓莺啼处。　渡头杨柳青青。枝枝叶叶离情。此后锦书休寄,画楼云雨无凭。

> 评析

这是送别的作品,夹杂着较为复杂的情绪。眼看着离别的时刻来临,极力地挽留也无济于事,只好目送沉醉的人解舟远去。随着她去的,还有春天的消逝。想着离人远去的这一路上,春意渐浓,春水向暖,清晨黄莺的啼鸣也不能唤回春天离开的脚步。这里面暗含着这一段情感怕是要因这场离别而终止了。唯有离别之际还是依依不舍。渡头的杨柳树,每折一枝都带有挽留之意。然而,自此别后,就再也不需要通音信了,毕竟云雨不定,又有什么凭据可言呢?最后两句是实情,也是反话,更是无奈至极。

阮 郎 归

旧香残粉似当初。人情恨不如。一春犹有数行书。秋来书更疏[①]。衾凤冷,枕鸳孤。愁肠待酒舒。[②]梦魂纵有也成虚。那堪和梦无。

> 注释

① 疏:稀少。
② 愁肠待酒舒:愁肠是回旋缠绕的,所以要待酒来舒展。

> 评析

　　这也是写离别之后的情绪，与"梦入江南烟水路"的极力追寻不同，这首词中已经放弃了这样的努力。结尾处说，纵然能够在梦中相会，也是一种幻景，更不能忍受的是，连这样的幻景也没有了。这是很沉痛的话。在男女情事上述说一种受伤且绝望的状态，是小晏词中常见的，我们已经看不到"天涯地角寻思遍""山长水阔知何处"般的开阔。尽管同样是感到再会无期，大晏词总能摆脱具体情境的拘束，但小晏词则是春蚕作茧，愈加紧缚。

阮 郎 归

　　天边金掌①露成霜。云随雁字长。绿杯红袖称重阳。人情似故乡。
　　兰佩紫，菊簪黄。②殷勤理旧狂。欲将沉醉换悲凉。清歌③莫断肠。

> 注释

① 金掌：《汉书·郊祀志》载，汉武帝时所造的承接露水的承露盘，下面是一个铜人用手擎着，叫作"金掌"，这里的"金"，就是指的铜。
② "兰佩紫"两句：佩戴紫兰花，头簪黄菊花。宋代士大夫有饮宴之上簪花的习俗。黄庭坚《鹧鸪天》："风前横笛斜吹雨，醉里簪花倒著冠。"
③ 清歌：《世说新语·任诞》："桓子野每闻清歌，辄唤'奈何'。谢公闻之，曰：'子野可谓一往有深情。'"

> 评析

　　发愤抒情,是旧有的诗歌传统,但这个传统进入词当中来,小晏算得上是开端。相比之下,柳永因为考不中进士所写的《鹤冲天》,还夹杂着一点自我解嘲的意味,完全不似这里的严肃沉重。汉武帝的时候建有铜柱,上有仙人掌,有承露盘。写天气转凉,在词中为何要用这样一个凝重的典故,是值得进一步思考的。小晏的故乡在什么地方呢?他虽然祖籍是江西临川,实际上生长在京城;而也只有在京城才会有天边金掌这样的建筑,且如果不是皇帝好神仙、求长生,这样的东西也没有必要提及。如此来看,这首词怕是小晏在那个自封为道君皇帝的宋徽宗时代的作品,他已经进入老年,客居在外,恰逢重阳佳节,得到了当地官员的款待,让他暂时缓解了异乡孤寂之苦。这在他人或许已经是倍感安慰了,但小晏却要"殷勤理旧狂",那因年岁老大、生活环境变迁被消磨、被压抑的清狂,在红袖绿杯的宴会上重新发动起来。他似乎重新回到了京城宰相的旧宅之中,那里有富有才华、性格刚直的朋友,也有灵心慧性、婉转歌喉的女子。他希望通过沉醉,将现实的悲凉短暂忘却,但宴会上的歌声不要再高亢了——那会反过来引起他的凄凉之意,生出断肠之痛。

苏 轼

　　苏轼(1036—1101),字子瞻,一字和仲。宋仁宗景祐三年(1036)十二月十九日生于眉山(今属四川),幼时在母亲程氏教导下读书。仁宗嘉祐二年(1057)，进士及第，礼部试的主考官是欧阳修。熙宁中，王安石推行新法，苏轼以"求治太急"提出异议，为开封府判官。通判杭州，知密州、徐州、湖州。御史李定、舒亶等摘这期间创作的诗文，指为谤讪朝廷，下御史台审查，即历史上著名的"乌台诗案"，最终贬谪在黄州。元祐中，迁中书舍人、翰林学士。蜀洛党争起，知杭州、颍州、扬州。绍圣中，新党执政，被派去知英州，途中又被斥责，命往惠州安置。后又以琼州别驾，安置昌化，于是渡海，人不能堪其忧，苏轼则能自乐。宋徽宗即位，赦还；次年即建中靖国元年(1101)七月二十八日在常州病卒，年六十六。苏轼为文，初染贾谊、陆贽政论之风，言事论理，深挚透辟；既而好庄子，携恣肆混漾之势，臻精微难言之境；黄州之后，融会佛理，自然而发，触处无碍。我国士大夫的文学至苏轼，叹为观止，盛矣难继；此并非一己之力所能及此，实文化数千年之累积至此完全成熟，脱略幼稚粗陋，尚未老衰疲苶，而自然散发其精壮华美之故。

江 城 子

乙卯①正月二十日夜记梦

十年②生死两茫茫。不思量。自难忘。千里孤坟③，无处话凄凉④。纵使相逢应不识，尘满面，鬓如霜。　夜来幽梦忽还乡。小轩窗。正梳妆。相顾无言，惟有泪千行。料得年年断肠处，明月夜，短松冈⑤。

注释

① 乙卯：宋神宗熙宁八年(1075)，苏轼知密州。按，本篇及下篇，《全宋词》词

调名都是依据明代吴讷编《百家词》本《东坡词》作"江神子",本篇题:"公之夫人王氏先卒,味此词,盖悼亡也。"下篇题:"猎词。"这里的词调名与词序,则都依据元南阜书堂本《东坡乐府》卷下。

② 十年:宋英宗治平二年(1065),苏轼的妻子王弗在京城去世。

③ 千里孤坟:苏轼的妻子王氏去世后,回家乡眉山安葬。由于这十年来,苏轼一直宦游在外,没办法去扫墓祭奠,所以说是"孤坟"。

④ 无处话凄凉:是苏轼说自己由于不能回乡,因此没有地方倾诉数年来的凄凉之感。这凄凉的主语是苏轼,不是妻子王氏。

⑤ 短松冈:妻子王弗的墓地。由于苏轼不能来扫墓,所以说会令妻子的魂魄也断肠,这断肠的主语是王氏。

评析

这是苏轼的一首怀念自己故去十年之久的妻子王氏的作品。宋英宗治平二年(1065),王氏在京城去世,次年,苏轼的父亲苏洵也在京城亡故。苏轼、苏辙兄弟两人就护送老苏的灵柩返回故乡眉山,王氏的灵柩也一同被送回去,并先后安葬在当时眉山的东北彭山县安镇乡可龙里。而写这首词的时候,苏轼在密州知州的任上。密州在今天的山东诸城,距离四川的眉山,不止千里之遥了。这首词一起写生死两隔,是茫然更是凄然。就算是不会刻意想念对方,但时时而来的凄然孤独之感,让"我"如何不记起"你"来。只是故乡与坟茔都在千里之外,实在是无处述说自己的凄凉。纵然能够与"你"相逢,怕"你"也认不出"我"来。岁月无情,人事浮沉,"我"早已不复当年的精神与容颜,而是疲惫不堪、老态已见。我们知道,苏轼写这首词的时候,不过三十九岁,尚未老大,纵然古人喜言老,但也不至于鬓如霜,显然这是有些夸大了,是对现实生活状态极度不满而说出的话,且拟想着是向自己最为亲近的人的一种倾诉。或者更为确切地说,是有倾诉的一种意愿。

　　这样的意愿实在太过强烈了,以至于形诸梦寐,这才有了下片在梦中词人回到了家乡,走到了妻子当年居住的庭轩之下,透过小小的窗户,仿佛看到了那个年轻的她,正在梳妆打扮。这一幕非常温馨,是青春的回忆,是深情的沁透。然而,不要忘了,妻子的容颜还停留在当年,而自己则已经是鬓如霜以至于没人敢认了。只有"你"是真正怜惜"我"的人,"我"看着当年的"你",知道"你"已不在人间;"你"看着现在的"我",完全不是当年的那个"我"。两相对视,无言有泪。"你"已沉埋地下,而"我"虽然生存,又有什么生意可言?"我"知道了,这一年又一年,"你"是若何的相思苦痛,在那月明之夜,遍布短松的长眠之地。本来是自己思念妻子,想起过去美好的生活,但结句反过来写自己可以想到妻子也在思念自己,以至于断肠。这当然是更为虚设的一笔。说它更为虚设,是因为上片结句写"纵使相逢应不识",已经是虚设;下片入梦,是更进一层的虚设,至此写相思,则虚设之中复又虚设。层层推进,笔笔空灵,而真情流露,至不能已,深沉浓重,发在真性。

江　城　子

密　州　出　猎

　　老夫聊发少年狂。左牵黄。右擎苍。①锦帽貂裘,千骑卷平冈②。为报倾城随太守③,亲射虎,看孙郎④。　　酒酣胸胆尚开张。鬓微霜。又何妨。持节云中,何日遣冯唐⑤。会挽雕弓如满月,西北望,射天狼⑥。

注释

① 左牵黄:黄就是黄犬。右擎苍:擎是举着,苍指苍鹰。《史记·李斯列传》

载李斯临被杀的时候,想着牵黄犬,臂苍鹰,从上蔡(李斯是那里的人)东门出,也不可得了。

② 卷:聚集。这句意思是说大队人马在平坦的山冈上集合,准备去打猎。

③ 为报倾城随太守:为了报答全城百姓跟随太守,前来观猎。

④ "亲射虎"两句:孙权曾亲自乘马射虎,见《三国志·孙权传》。这里以孙权自比。

⑤ "持节"两句:冯唐是汉文帝时候的一个郎官,他向汉文帝陈说:云中太守魏尚因为一点小过失而受到的处罚太严苛。汉文帝就派冯唐带着符节前去赦免魏尚。见《史记·冯唐列传》。节:古代的使臣前去执行命令的凭据。这里苏轼自比魏尚,希望朝廷能派人前来重用自己。

⑥ 天狼:《楚辞·九歌·东君》:"青云衣兮白霓裳,举长矢兮射天狼。"王逸注:"天狼,星名,以喻贪残。"喻外来的入侵者,这里指与西夏之间的战事。

[评析]

这是著名的一首豪放词,作于苏轼知密州期间。上片写集合人马、预备打猎的场景,先说自己年岁老大,也学着少年豪士的模样,左手牵着黄犬,右臂举着苍鹰。和戴着锦帽、穿着貂裘的军士们一道,聚集在平坦的山冈之上。为了回报全城百姓观猎的盛情,"我"亲自射猎,与当年射虎的少年英雄孙权相比如何?下片写饮酒的豪气,接着上片结尾来写。但没有直接去比较,而是先说饮酒酣畅,胸怀胆力,因而还可以开阔增强。这个"尚"字,已经暗含了比较的意思:是与少年人相比,饮酒之后的自己不是沉醉,而是豪气仍旧。如此,又何必再计较自己年岁的老大呢?想一想汉代尚且有冯唐拿着汉文帝授予的符节,前往边塞关口的云中郡,起用云中太守魏尚。然而,当今的皇帝何时会眷顾到"我",也派一个"冯唐"来,交付一项关系边境安危的任务给

"我"呢？倘若真有这样的机会，那"我"就像现在出猎一样，不是"射虎"，而是将挽起雕弓，让它张开如满月，向着西北方向，击退扰乱边境的西夏敌人。苏轼一生虽不曾参与宋朝与北方强敌辽国、与西北方的边患西夏之间的无论是外交还是战事当中去，但与辽国的外交和西夏的战事始终是王朝关注的重要问题，因此，苏轼在他的歌词当中提到这样的事，并说自己愿意到边塞有所贡献，并不是不合实际的。

水 调 歌 头

丙辰①中秋，欢饮达旦，大醉。作此篇，兼怀子由

明月几时有，把酒问青天。②不知天上宫阙，今夕是何年。我欲乘风归去③，又恐琼楼玉宇，高处不胜寒。起舞弄清影，何似在人间。④　转朱阁，低绮户⑤，照无眠。不应有恨，何事长向别时圆。⑥人有悲欢离合，月有阴晴圆缺。此事古难全。但愿人长久，千里共婵娟⑦。

注释

① 丙辰：宋神宗熙宁九年（1076，岁在丙辰）。这一年，苏轼四十一岁，在知密州（今山东诸城）的任上。他的胞弟苏辙（子由）三十八岁，在齐州（今山东济南）任掌书记。
② "明月"两句：李白《把酒问月》："青天有月来几时，我今停杯一问之。"
③ 我欲乘风归去：《列子·黄帝》："乘风东西，犹木叶干壳，竟不知风乘我邪？我乘风乎？"这是作者自比谪仙人，所以将天上宫阙比作可以归去的故地。
④ "起舞"两句：李白《月下独酌》："我歌月徘徊，我舞影零乱。"何似：不如。

是说：与其乘风归去，"还不如在人间对月起舞"（沈祖棻《宋词赏析》）。对这两句还有一种解释："翩翩起舞，孤影自喜，已是仿佛天上，又哪像在人间呢？"（缪钺《苏、辛词与〈庄〉〈骚〉》）即将"何似"解释成为"哪像"，但是这并没有训诂上的依据。

⑤ 低绮户：绮户是雕镂的窗户。低，宋朝有人说应该改称"窥"，见胡仔的《苕溪渔隐丛话》。其实，这个"低"，就是晏幾道"舞低杨柳楼心月"的"低"，是说夜已深而月也将低沉下去了。

⑥ "不应"两句：苏辙《水调歌头》说："素娥无赖，西去曾不为人留。"傅幹注："牛僧孺云：嫦娥妒人，不肯留照；织女无赖，已复斜河。"石曼卿（延年）诗："月如无恨月长圆。"苏辙与苏轼讲的是一个意思，但立场不同；苏辙是带有斥责的味道的，说月亮不肯始终满照，是因为月宫中孤寂的她总是那么的无赖与嫉妒；苏轼则与石曼卿一样，是带有一丝怜悯的，说月宫中的嫦娥倘若心满意足地去做神仙，没有了人间离别的怨恨，就不会总是不得满照了。何事：为何。

⑦ 千里共婵娟：谢庄《月赋》："美人迈兮音尘阙，隔千里兮共明月。"婵娟：美好貌，代指月中嫦娥。

评析

宋朝人说："眉山苏氏一洗绮罗香泽之态，摆脱绸缪婉转之度，使人登高望远，举首高歌，而逸怀浩气，超然乎尘垢之外。"（胡寅《酒边词序》）指的就是这类词作。它与那些描写女性以及男女相思怨别的歌词，明显地区别开来。以前曾将这样的创作认作"豪放"，但又觉得不限于一味地针对现实境遇的豪气发抒，便修正说是"超旷"或者"旷放"，但仍旧不是彻头彻尾的脚不沾地、虚无超越，那种对人间世的热情眷恋，又在超越的外表下充溢着一股不可掩的热力,自"何似在人间"直贯到这首词的结束,因此可以说是"清雄":雄壮强健的积极的用世之志,以一种无所挂碍的、清气往来的方式得到了发抒。无论如何,这首词的底色已经不再是缠绵婉转、不可断绝的情绪,而是登高举首、超乎尘世的浩气。如果说在苏东坡之前,宋词曾经走向一种内在式的超越,即借助"深情"(情痴)进入无我或者超我的境界,超越名缰利锁的"我"甚至风花雪月的"我"(见前欧阳修《玉楼春》评析);那么,这首《水调歌头》中秋词则开启了一种外在式的超越,不需要有所假借,以最为直接的方式作出选择,走向与人间世种种关系相背离的另一个清明世界。

内在式的超越,是历经一番情感锻炼之后的大彻大悟。如"春花秋月何时了",这里的"何时",是从"无"上说,是无时不了,喻指愁怨之深之长,无有已时;婉转厚重,深沉阔大,读其词者,由此感动,彻悟"空无",与作者一道实际走进无我的境界,亦即王国维所评论的"俨有释迦、基督担荷人类罪恶之意"。外在式的超越,则是去追寻真实纯粹的"我"的存在,如此,"明月几时有"的"几时",就是从"有"上说,是盈缺离合,亘古如斯,自然长存。最终,摆脱名利交织种种关系的"我"也就不妨乘风上驭——纵"不胜寒",也得"起舞弄影",与风月共"长久";可谓扫尽纤尘,进入明净爽朗的境界。

永 遇 乐

夜宿燕子楼,梦盼盼,因作此词①

明月如霜,好风如水,清景无限。曲港跳鱼,圆荷泻露,寂寞无人见。紞如三鼓②,铿然一叶,黯黯梦云③惊断。夜茫茫,重寻无处,觉来④小园行遍。　　天涯倦客,山中归路,望断故园心眼。燕子楼空,佳人何在,空锁楼中燕。古今如梦,何曾梦觉,但有旧欢新怨。异时对,黄楼⑤夜景,为余浩叹。

> 注释

① 夜宿燕子楼：《全宋词》序前有"公旧注云"，其后有"一云：徐州梦觉此登燕子楼作"。这里一并删去。盼盼：唐代徐州节度使张愔的妾。张愔死后，盼盼念旧爱不嫁，就住在张氏旧宅的燕子楼上。白居易听闻此事，作《燕子楼诗》三首。
② 纨（dǎn）如：即纨然，形容鼓声。三鼓：三更。
③ 梦云：指朝云。宋玉《高唐赋》载，巫山神女"旦为朝云，暮为行雨，朝朝暮暮，阳台之下"。
④ 觉来：由梦断而醒来。下片"何曾梦觉"，与之相呼应。
⑤ 黄楼：是苏轼在徐州任上的一桩政绩。熙宁十年（1077）秋七月，黄河决口，大水漫至徐州，苏轼亲自率民与城共存亡。水退之后，又请朝廷增筑徐州城，并在城东门拆掉年久失修的"霸王厅"，自本年七月至九月盖起这幢新楼，一定要以黄土粉刷，是取"土胜水"之意，它自然也成为当地官员宴饮的新场所。"黄楼"的修成，对苏轼而言有着某种特殊的纪念意义，苏轼将自己在徐州所作的诗词，定名为《黄楼集》。其《十月十五观月黄楼席上次韵》说："为问登临好风景，明年还忆使君无。"

> 评析

　　这是苏轼在徐州知州任上所作的宴会歌词，其境界的空灵超轶，似在整个苏词甚至宋词中都难觅其匹。上片"黯黯梦云惊断"之前，所写纵然是实景，也是"寂寞无人见"，可谓空明境界以空灵笔致出之。夜半三更时分，那场不知名的梦被秋冬的一片落叶惊醒，词人走遍整个小园，意欲在茫茫深夜中重拾"梦境"。梦中甚分明,觉醒反混茫。换头"天涯"三句三件事。"天涯"是相对于故国、故乡而言的,又加上了"倦客",在苏轼算来,自从熙宁四年(1071)离开京城已过了八年——倘要自进士登第算起则已是二十年的宦海漂泊,岂不身心倦怠?"山中归路",也就是要归隐了,但又无路向可言。这种尴尬的处境,唯余下"望断故园心眼"——用尽了眼力也看不清故园的所在。

现实的混茫让词人接着谈起了空明的"梦","燕子"三句有意重复使用"燕""楼""空"三个字;这样一种用字上的循环,意在暗示人生悲欢离合的循环,而在这种人事的循环中,更换着作为个体的人。如此来看,这三句岂是在讲盼盼的情事,盼盼与燕子楼不过是千古情事中的"一个"而已。那么,东坡本人呢?他与盼盼的身份经历迥别,踪迹也不会局限在那燕子楼之上。然而,自此循环中"一个"观之,则"余"与"盼盼"岂能有别?"天涯""山中""故园"与"燕子楼"岂非成了"一处"?这最彻底的"虚无",却在艺术境界上实现着前所未有的超越。

水 龙 吟

次韵章质夫杨花词①

似花还似非花,也无人惜从教②坠。抛家傍路,思量却是,无情有思③。萦损柔肠,困酣娇眼,欲开还闭。④梦随风万里,寻郎去处,又还被、莺呼起。　　不恨此花飞尽,恨西园、落红难缀。晓来雨过,遗踪何在,一池萍碎⑤。春色三分,二分尘土,一分流水。细看来,不是杨花点点,是离人泪。

> 注释

① 章质夫：章楶(1027—1102)，字质夫，浦城人。试礼部第一。与苏轼唱和这首词的时候，应该是元丰中提点湖北刑狱，而苏轼贬谪在黄州。后来，章楶官至知枢密院事。杨花：柳絮。章词："燕忙莺懒花残，正堤上、柳花飘坠。轻飞点画青林，谁道全无才思。闲趁游丝，静临深院，日长门闭。傍珠帘散漫，垂垂欲下，依前被、风扶起。　兰帐玉人睡觉，怪春衣、雪沾琼缀。绣床旋满，香球无数，才圆却碎。时见蜂儿，仰粘轻粉，鱼吹池水。望章台路杳，金鞍游荡，有盈盈泪。"

② 从教：从，任从、任凭；教（jiāo），让、令。

③ 无情有思：这是把"情思"两个字拆开。情思连起来就是情绪、情感；拆开来，"情"是情性，是生物的本性，而"思"则是无生命的物质，也可以被赋予某种含义。杨花不是严格意义上的花，花鸟或者有情，但杨花不是花，自然无情，可它的名字中又带有一个花字，可能被赋予一种含义。范成大《早发竹下》："清禽百啭似迎客，正在有情无思间。"

④ "萦损"三句：这是用人来写花。说杨花萦绕飞舞的样子，就像人之缠绵苦痛的回肠；而杨花委顿飘不起来的样子，又像是人在春困当中抬不起来的眼睑。

⑤ 一池萍碎：苏轼自注："杨花落水为浮萍，验之信然。"但这个说法并无科学依据，应该是柳絮当中的种子，落到泥沙当中生出的柳芽，不是浮萍。

> 评析

这是宋词中的咏物名篇。诗词咏物，来源于赋，陆机所谓"赋体物而浏亮"(《文赋》)者。其实,诗歌的言情、写景、体物在一篇文本中,往往不易完全区别开来,只能说更偏重于哪一个而已。不过,也正因有了偏重,批评的标准与方式随之不同。即如这样的咏物之作,绘画的标准自然介入,即要求在似与不似之间。苏轼也有论画诗说:"论画以形似,见与儿童邻。"对于咏物诗词的批评,也就围绕着"体认""摹写"是否"工""拙"展开,并以此为基础,形成一套独立自足的批评话语,如"不即不离""遗貌取神"等等。不过,诗歌与绘画毕竟是截然有别的艺术形式。绘画中摹写状物的似与不似的要求,可以为写景咏物之作提供批评的借鉴,但不能够成为批评咏物诗词的标准。抒情,仍旧是诗歌的核心功能。那么,对于咏物词艺术高下的判断,最终也取决于其间贯串与寄寓的主观情思的多少与深浅,而这也是苏轼这首和韵之作能够让王国维认为胜于章楶原唱的原因(见《人间词话》)——尽管章楶那首作品中细致深刻的描摹,早在宋人已经发出"曲尽杨花妙处"(朱弁《曲洧旧闻》)的赞叹。

对于绘画而言,无论你是采用直接的描摹还是间接的烘托,也无论你是古典派的细致刻画还是印象派的瞬间摄取,"物"是实际存在而无可回避的。但诗歌之中的"物",永远不会是"实体",它的存在只有借助想象。诗歌的语言也不可能如绘画的颜料一般,直观呈现"物"。诗歌的咏物便走上了两条道路,一是"语言的形象化",二是"形象的思想化"。前者利用语言呈现"物",最大限度地减少想象所带来的不确定感,凸显此物非彼物,我们看章楶所写的"柳花"即柳絮就是如此。柳枝飘绵的季节,在一开笔便确定了下来,不起眼的柳絮也随之成为主角。章楶一反一直以来诗人对它的忽视,极力形容它在这个季节的不可或缺与独特体征。尤其是下片,写到"香球无数,才圆却碎",是最为直观的形容了。

而苏轼的次韵之词,"直是言情,非复赋物"(沈谦《填词杂说》),完全从杨花身上抽象出来情感与思想。虽然,章楶的原唱与苏轼的和韵,都是沿循着

"杨花(柳花)—思妇"的结构,即"物—事"。但由于原唱文本对于"物"本身形态的追摹,使得这一结构中"物"的直观性成为主角,从而让"人事"包容的复杂内涵趋向单一化,章词煞尾处的"望章台路杳,金鞍游荡,有盈盈泪",对于咏物而言,着实为点睛之笔,但对于诗歌语言来说,则显得寡淡而无意趣。至于苏轼和韵之作,则由于脱略了"物"的直观描摹的限制,打开了"人事"蕴藏着的种种可能——"梦"与"醒"之间的混沌,"不恨"与"恨"的取舍,"春色"的分配。那么,苏词煞尾处的"细看来,不是杨花点点,是离人泪",便是非常圆满地回应了"物—事"这一结构设置。正因"人事"蕴含的内容超越了"物"的体貌,则作者本人的创作态势也自然被囊括其中,尽管作者曾声明这只是一首代言之作,但文本自身已经不再局限于此。

念 奴 娇

赤 壁 怀 古

大江东去,浪淘尽①、千古风流人物。故垒西边人道是,三国周郎赤壁②。乱石穿空,惊涛拍岸,卷起千堆雪。江山如画,一时多少豪杰。　遥想公瑾当年,小乔初嫁了③,雄姿英发。羽扇纶巾谈笑间,樯橹④灰飞烟灭。故国神游,多情⑤应笑,我早生华发。人间如梦,一尊还酹⑥江月。

注释

① 浪淘尽:宋人填写此调,一般都是"仄平平",包括苏轼另外一首《念奴娇》(凭高眺远),也是如此。龙榆生《唐宋词格律》将这首与张孝祥的"洞

庭青草",视为一例,列为《念奴娇》的变格,但张词"近中秋"也是作"仄平平"。因此,洪迈《容斋随笔·续笔》卷九载黄庭坚手书此词,作"浪声沉",不是没有根据的。即便选择了手书版本,这首词与宋人填写《念奴娇》一般的格式不能相合的,仍旧存在:(1)"故垒西边人道是",从文辞意义上应该在"人道是"前断开,且属下句,但若依格式要求,则一般都是作七字句的,下片相对应位置的"谈笑间",也是如此;(2)"小乔初嫁了"的"了",若按照一般的格式要求,则应该属下作"了雄姿英发"连读,却造成了文辞意义上的割裂——至于有人将"了"解释为"完全"或者"正",是颇为勉强的;(3)"多情"句中的"我"字,是属上还是属下,也存在文义与格律之间的龃龉。以上这些都曾被认为是苏东坡词不协音律的地方,但如果考虑到宋人(士大夫)填写词与宋人(乐工歌妓)歌唱词,本是相互有所分工的两件事,那么所谓的不协音律,至少在句式上甚至在部分的字声上,也并非是不能弥合的。

② 赤壁:此指黄州(今湖北黄冈)的赤壁矶,三国时代周瑜与曹操作战之古战场在鄂州赤壁(今湖北赤壁)。这个地名的混淆,即将黄州(唐代称齐安郡)的赤壁矶误会为三国古战场,自唐代已经出现,如著名的杜牧《赤壁》即是。宋人已经指出,苏词"人道是,三国周郎赤壁",谓之"人道是",则心知其非。

③ 小乔初嫁了:有人认为"初嫁了"三字,"初"与"嫁了"相矛盾;更由此将"了"属下,作"了雄姿英发",进而生出不少曲解。"初了"连用,作刚刚完成之意,唐宋词中常见,如李煜"晚妆初了明肌雪"、史浩"靓妆初了"、蒋捷"慢唱寿词初了"等可证。而"初×了"的用法,虽不多见,然亦非东坡词特例,如赵长卿词云:"衫子揉蓝初著了。""初著了",即刚刚换上之意。而东坡谓"小乔初嫁了",也自然是指小乔刚刚出嫁,从"周郎"来讲,也便是"新娶妇"。至于这一描写与历史事实是否吻合,则是在所不计了。

④ 樯橹：《全宋词》本、元延祐刊本《东坡乐府》、明汲古阁刊本《东坡词》皆作"强虏"；明刊本《唐宋诸贤绝妙词选》作"狂虏"。此从宋人王楙《野客丛书》卷二十四所引东坡手书。

⑤ 多情：在唐宋诗词中既可以指人（他人或者自己），也可以指本是无情的物。这里的"多情"是指人还是物，似乎都可以讲得通。如果"多情"是指的人，则这里的人就是古人——周郎等古时的豪杰，那么"故国神游"的主语也就是他们；他们年少有成，神游故地，自然会笑我老大无成。若是指物，则是不变的山川风月，它们在相思怨别的诗歌中出现，则"多情"实质上是同情；但在一洗绮罗香泽的东坡词中出现，则是"南岳献嘲，北垄腾笑"的"嘲笑"，是笑"我"为什么年岁蹉跎，还不曾归去。那么，"故国神游"的主语就是"我"。不过，"我"既然已经"身"在"故国"——赤壁古战场的故地，就不能说是精神游历的"神游"了。因此，还是将"多情"指称为古人，较为恰当。

⑥ 酹：俞平伯先生说："酹，以酒浇地，这里只是赏月饮酒的意思。"（《唐宋词选释》）按，"以酒浇地"的"酹"本是来祭奠古人，但这里用以"江月"。《庄子·齐物论》："天地与我并生，万物与我为一。"东坡《赤壁赋》："惟江上之清风，与山间之明月，耳得之而为声，目遇之而成色。"是"酹江月"的命意所在。

> 评析

这是另一首较为典型地体现苏轼"外在式"超越的作品，但由于它是创作于"乌台诗案"之后苏轼贬谪黄州的时候，因此超越的阻碍也就显得更大；从另一个方面看，能够最终实现超越，说明作者的笔力又是何其雄壮有力。中秋词一起，笔致空灵，直入浩渺空阔的境界；而赤壁词的落笔，则淋漓壮阔，沉雄排奡。上片以景语为主，实处着力，无穷感喟，深蕴其间；又一二概括式的描写，提掇勾勒，不做空头感叹，省却多少闲文，可谓挟天风海雨之势，出以沉郁深厚之笔。换头以"遥想"二字凸显历史人物，不即不离，似有还无。"小乔"事，有穿插映带之妙；"谈笑间"，化实为虚，将古事、哲思打成一片，莫辨人我彼此。"故国神游"，由古入今，脱换无迹，一笔兜转，有千钧力；"人间如梦"，将此百炼精钢化为绕指深情，以古人为故旧，更以江月为知音，人事迁变，老大蹉跎，皆无所计较，自由洒脱，不必乘风，已是清风徐徐，荡涤尘俗。

贺 新 郎

夏 景

乳燕①飞华屋。悄无人、桐阴转午，晚凉新浴。手弄生绡白团扇②，扇手一时似玉③。渐困倚、孤眠清熟。帘外谁来推绣户，枉教人、梦断瑶台④曲。又却是，风敲竹。　　石榴半吐红巾蹙。待浮花、浪蕊都尽，伴君幽独。秾艳一枝细看取，芳心千重似束。又恐被、秋风惊绿。若待得君来向此，花前对酒不忍触。共粉泪，两簌簌。

注释

① 乳燕：语出杜诗《题省中壁》"鸣鸠乳燕青春深"，歇后出"青春深"，大好春光逝去，已是初夏光景。苏轼《春日》诗亦云："鸣鸠乳燕寂无声，日射西窗泼眼明。"

② 白团扇：晋中书令王珉捉白团扇，与嫂之婢女有爱，嫂捶挞婢女，令歌一曲当赦之，婢女歌"白团扇"云云。见《乐府诗集·清商曲辞·团扇郎》。

③ 扇手一时似玉：《世说新语·容止》载，晋王衍容貌整丽，善于谈玄，经常手持白玉柄拂尘，与手同色。

④ 瑶台:《离骚》:"望瑶台之偃蹇兮,见有娀之逸女。"王逸注:"石次玉曰瑶。"即玉台。《淮南子》又载桀纣为"琁室瑶台",指富贵奢靡。后代指仙人居所,如琼楼之谓。也成为男女情事的代指,如本首词就是。唐《逸史》载,许檀暴卒复寤,作诗云:"晓入瑶台露气清,坐中惟见许飞琼。"许飞琼,传说中西王母的侍女。

【评析】

词的上片由"无人"凸显寂寥,进而由百无聊赖进入梦境,并最终以梦断惊醒结束,仍旧停留在一片空寂之中。换头以下,继续申发此意,只是从"人"写到"物",由"榴花"来反衬此种幽独之感。姜白石词云:"昭君不惯胡沙远,但暗忆、江南江北。想佩环、月夜归来,化作此花幽独。"(《疏影》)东坡词可谓导其先路。换头以下专叙榴花,亦是词中人幽独之状的形象体现。而词人弄笔,则即人即物。若谓"待浮花、浪蕊都尽,伴君幽独",夏日榴花实是"似君幽独";而此处偏要出一"伴"字,更显"幽独"而已。以下"秾艳一枝细看取,芳心千重似束"写榴花,亦是写人,不即不离。"又恐被、秋风惊绿"亦是比兴之笔。盖上片言称"梦断",不外余下"幽独"二字,此处言称"惊绿",则不免有"华屋丘山"之感。至此方见出"乳燕飞华屋"一句,实在有笼罩全篇之势。词笔之有别于诗笔,不在泛写与专叙之创格,而在委曲婉转之中,别饶一股劲健深熟之气韵;初见不见得好处妙处,深味方味出精处胜处。若谓"浮花浪蕊"尚在若有若无之间,比意重兴势浅;则此"秋风惊绿"者,却有开阖振荡之气,比兴之意,深在词骨,挺立词格。然倘借此"秋风惊绿"之势,不自收敛,一味疏放,凸显感慨,了无余味。必得于奔涌欲出之际,弓张满月之时,反能屏息敛迹,不动声色,虽内在已是难忍,而外在必要沉静。

卜 算 子

黄州定惠院①寓居作

缺月挂疏桐,漏断②人初静。时见幽人③独往来,缥缈孤鸿影。

惊起却回头,有恨无人省。拣尽寒枝不肯栖④,寂寞沙洲冷⑤。

注释

① 定惠院:位于黄州东南的寺院。苏轼初来黄州,就居住在此。但苏轼在定惠院只居住了三个月,即元丰三年(1080)的二月到五月。词中所写却是秋冬季节,如果不是词人故作狡狯——即词写的是一事,词题写的是另一事,实在是无从解释的。又,这里的词题,是根据宋傅幹《注坡词》本、元延祐南阜书堂刊本《东坡乐府》卷上。《全宋词》据吴讷编《百家词》本《东坡词》,题:"黄鲁直跋云:东坡道人在黄州时作,语意高妙,似非吃烟火食人语。非胸中有万卷书,笔下无一点尘俗气,孰能至是。"

② 漏断:漏声已断,是说听不见铜漏流出水的声音,说明这一夜的时间已经逝去了许多,夜已很深。

③ 幽人:幽居的人。

④ 拣尽寒枝不肯栖:宋人胡仔提出鸿雁并不在树枝上栖息,而是在草丛中,因此说是语病(《苕溪渔隐丛话·前集》卷三十九)。为苏轼辩护的人说,这是诗人的想象之辞,是想说鸟择木而栖的意思。

⑤ 寂寞沙洲冷:《全宋词》、元刊本作"枫落吴江冷",这里从傅幹《注坡词》本、汲古阁刊《宋六十名家词》本《东坡词》。

评析

  这是一首寄托很深的词作,从宋代开始就没有人能够讲得清楚这里的"幽人""孤鸿"究竟指的谁。但"寂寞"的情怀,被放逐而无所归依的苦痛,清冷孤独的境界,却是真切令人感动的。名在"苏门四学士"的张耒,在苏轼去世之后的宋徽宗朝,也被贬谪到了黄州。他走访了二十多年前与苏轼有交往的当地文人潘邠老,后者告诉他关于这首词创作的情况。据此,张耒写了一首诗,说:"空江月明鱼龙眠,月中孤鸿影翩翩。"夜深江空,连水底的鱼龙都有自己的归宿,但偏偏这只孤鸿还没有找到依止的树木——它要到哪里去呢?"有人清吟立江边,葛巾藜杖眼窥天。"除了这只"孤鸿",空荡荡的江边还有一位葛巾藜杖的人,他是谁?他正是那位"幽人",从装束上看,就是苏轼本人。"夜冷月堕幽虫泣,鸿影翘沙衣露湿。"月都快落下去了,"孤鸿"飞到了哪里?江边的"幽人"还要伫立多久?张耒的诗写到这里,就算完结了,最后两句说:"仙人采诗作步虚,玉皇饮之碧琳腴。"是指这首歌词,它的内容是如此清冷孤寂又玄虚微妙,正好可以被仙人拿去,当作歌咏仙家生活的《步虚词》,应该会得到玉皇的赏赐吧。那么,我们是否可以说,张耒这首诗其实并没有提供更多的信息,只是最终无奈地承认这是一首难解的作品呢?不是的。既然张耒向当时亲历者打听到了这首词创作的背景,那么他不会不知道苏轼究竟写了什么,只是他出于一些原因不好明讲,只能一味地强调玄虚的一面。也正是这一面,黄庭坚说这是"非吃烟火食人语"。我们知道,这种玄虚不是本来就是"空",即一种幻象;恰恰相反,它是"实",内在的是"最"有人间烟火的气味的。夏承焘《论词绝句》评论苏轼黄州词说:"落手扁舟兴浩然,柏台不死乞谁怜。黄州学问我能说,狮吼声边猪肉禅。"深刻地揭示黄州时期苏轼创作在旷达自由之外的另一面。

临 江 仙

夜 归 临 皋①

夜饮东坡醒复醉,归来仿佛三更。家童鼻息已雷鸣。敲门都不应,倚杖听江声。　长恨此身非我有②,何时忘却营营③。夜阑风静縠纹平。小舟④从此逝,江海寄余生。

> 注释

① 临皋:苏轼到黄州后,先在定惠院短暂居住,后来就移居到了临皋;两年后,他又在他种田的东坡上面,建造了一座雪堂,四壁绘有雪景。这首词被认为是在东坡上面的雪堂夜饮,回到临皋所作。《全宋词》无题,从傅幹《注坡词》本补。

② 此身非我有:《庄子·知北游》载,舜向他的辅丞问"道",辅丞告诉他:"汝身非汝有也,汝何得有乎道。"舜问:"吾身非吾有也,孰有之哉?"辅丞说:是天地托付的形体而已。苏词本此,谓不能忘却其身,绝弃世情,故有大患。

③ 营营:思虑重,迷惑无方,语出《庄子·庚桑楚》。一说往来忙碌貌。

④ 小舟:即"虚船"(《庄子·山木》),一种没有负累没有忧虑状态的譬喻。也可以理解为"不系之舟",即《庄子·列御寇》所谓"泛若不系之舟,虚而遨游者也"。

> 评析

据说,苏轼在黄州,一次夜饮大醉,在回来的小舟上,迎着江风水气,豪兴大作,写了这样一首词。第二天就风传苏轼驾着小舟,真的是挂冠而去了。这不但让黄州的太守感到很紧张——因为苏轼虽然名为黄州团练副使,实际上是被监管在此地;而且歌词还传到了京城宋神宗那里,连皇帝也怀疑苏轼真的做出了"小舟从此逝,江海寄余生"的举动。这个故事,记载在叶梦得的《避暑录话》里面。叶梦得生活年代距离苏轼并不远,他本人也填写歌词,豪放的风格与苏轼非常相近。但这个故事显然禁不起推敲。我们看这首词的上片明明写的是在"东坡"——苏轼自号东坡居士就是得名于此地——饮酒,醒醒醉醉,又写他回到临皋的家门前,大概已经是夜半时候。他听见家里童仆雷鸣一般的打鼾声,如何敲打门户,也没有人起来为他开门,他只好走到江边,倚着藤杖,在静夜里任凭江水的波声灌进自己的耳中。显然,这不是什么豪兴大发,而是孤独寂寞已极。由这样一种孤独激发出来对自身认知的反醒。苏轼感慨,多年以来,终日里无不是栖栖遑遑,奔波不止,"我"的那个"我"究竟在哪里呢?有的只是朝堂上的"我"、尽职为公的"我"、养活一家老小的"我",而"我"之"我"却因此而不存了。夜快要收尽了,江声渐小,江水渐平,此时苏轼就像江上一条小舟,这是一只"虚舟":自由漂流,随处而安,不再有目的地,也不再有束缚。

定 风 波

公旧序云:三月七日,沙湖①道中遇雨。雨具先去,同行皆狼狈,余独不觉。已而遂晴,故作此词

莫听穿林打叶声。何妨吟啸且徐行。竹杖芒鞋轻胜马。谁怕。一蓑②烟雨任平生。　料峭春风吹酒醒。微冷。山头斜照却相迎。回首向来萧瑟③处。归去。也无风雨也无晴。

> 注释

① 沙湖：在黄州东南。
② 一蓑：形容雨量不大。一作"一莎"，这里"莎"读作 suō，是"蓑"的通假字。而苏轼在黄州正有一件蓑衣，在离开黄州的时候，还嘱咐邻里，"时与晒渔蓑"（《满庭芳》）。
③ 萧瑟：狼狈之状。《全宋词》作"潇洒"，这里从元刊本。苏轼晚年流放海岛，又重提了"回首向来萧瑟处，也无风雨也无晴"（《独觉》）。

> 评析

　　这也是苏轼贬谪黄州时期的作品，它真实地记录了一次偶然遭遇。应该说，本是微不足道的一件小事，倘不是因为这首歌词的存留，就是当事人在事后用不了多久也会全然忘记的。由于突然的一场春雨，让身边没有了雨具的一行人，都瑟缩趋避，行为狼狈。只有苏轼自己，好像什么事都没有发生似的，依然故我地悠闲地行走着。他说，不要管那冲冲作响的雨声。好像这个时候作者不在雨中，而是在屋檐下听雨。他又说，我手中的竹杖、脚下的芒鞋，步履轻快得胜过骑马。所谓"安步当车"，好像作者不是行走在雨中，而是迎着和风漫步。杜甫《饮中八仙歌》："知章骑马似乘船。"这是写醉酒后的前仰后合，姿态不稳。姜夔《昔游诗》还说："长竿插芦席，船作野马走。"则是形容行船飞快，有如野马奔跑。苏轼这里说步行胜过骑马，一方面由于雨落路滑，因此脚不粘地，有骑在马上一样不甚费力、轻飘飘的感觉，也是酒后的一种幻觉。另一方面则手持竹杖，有如行船持篙，也有像马儿一样疾速前行的意思。总之，一场急雨，又有什么好担心的呢？任凭它一生如此，也是无所畏惧的。"一蓑烟雨"中的"蓑"是将名词当作量词,来摹状雨量;换言之,是说这场雨的大小,也就是披上一件蓑衣正好可以抵挡住的。雨后复斜阳,春风带有一丝寒意,将刚才醉意吹醒许多;山头晕染上一层夕晖,顿觉眼前明亮许多。回过头来看一看刚才遇雨的道路上,那一阵萧瑟狼狈的状态,不是像一场梦一样吗?哪里是真,哪里是幻呢?还是不如归去的好,萧瑟的遭遇不是"失",晴朗的时候又岂是"得",人间得失的计较都放下了,如此,哪里还有什么昏沉与晴朗的区别!上片结句的"谁怕",唤起了下片这里的"归去",盖无畏无惧,方才有洒脱自如;倘若畏首畏尾,患得患失,是谈不上什么真正的"归去"的。

青 玉 案

和贺方回韵送伯固归吴中故居①

三年枕上吴中路。遣黄耳②、随君去。若到松江呼小渡③。莫惊鸥鹭④,四桥⑤尽是,老子经行处。　辋川⑥图上看春暮。常记高人右丞句。作个归期天已许。春衫犹是,小蛮⑦针线,曾湿西湖雨。

注释

① 贺方回:即贺铸,见本书贺铸《青玉案》。伯固:即苏坚,吴中人。元祐年间,苏轼知杭州的时候,他来杭州跟随苏轼三年,这时要回去了。
② 黄耳:《晋书·陆机传》:"初机有骏犬,名曰黄耳,甚爱之。既而羁寓京师,久无家问,笑语犬曰:'我家绝无书信,汝能赍书取消息不?'犬摇尾作声。机乃为书以竹筒盛之而系其颈,犬寻路南走,遂至其家,得报还洛。"后以

"黄耳"为寄递家书的典故。

③ 小渡：摆渡。

④ 莫惊鸥鹭：用鸥鸟无机心典故所谓"机心内萌,则鸥鸟不下"(《三国志·高柔传》注引孙盛)。

⑤ 四桥：在苏州。

⑥ 辋川：王维官至尚书右丞,后世以王右丞称之,他曾隐居在终南山,得宋之问辋川别业,又曾绘有《辋川图》。

⑦ 小蛮：白居易有姬妾名小蛮,后成为代称。有人认为这是写苏伯固的家人——家中的妇女在苏伯固出发的时候,给他准备的衣服,到他从杭州回来的时候,就沾染上西湖的烟雨了。但我认为不是。这首词从上片结句"老子经行处"开始,就是苏轼的自道,那么小蛮自是指的苏家的婢女。

评析

　　贺铸的《青玉案》(凌波不过横塘路),传诵一时,也是写的发生在吴中的情事;苏轼选择贺铸词的原韵,是借着地点的一致而联系起来的。这首词一起说,三年来,想伯固你是没有停止过对故乡吴中的日思夜想吧。你这次离开的时候,"我"要像当年的陆机一样,把身边名叫黄耳的犬,随你而去。这只叫作黄耳的犬,在陆机客居洛阳的时候,曾经为陆机送信到松江的家中,又返回洛阳给陆机报信。苏轼用这个典故,可以说是用"本地风光",切合吴中、松江本地的一个典故。用意不过是说,伯固你返回家乡之后,别忘了捎一个信回来。倘若你走到了松江,在小渡口呼唤着船只的时候,声音轻些,莫要惊动了鸥鹭。鸥鸟没有机心,人若是也没有机心,则鸥鸟自然会与人相亲,但人若是有了机心,鸥鸟定然远离而去。苏轼在杭州时有官职在身,苏伯固也来到这样的官场与苏轼结交,因此,苏轼说苏伯固回到家乡,是一层意思;还有一层,则是说不要把官场的气息带回去。苏州的四桥,是"我"曾到过的地方。这一句包含着多少留恋,多少向往。苏轼并没有苏州为官的经历,在贬谪黄州之前,苏轼曾来到杭州做通判,后来又调任到密州、湖州做知州;他北上与南下的时候,都曾途经苏州,因此说是"老子经行处"。

此时苏轼对吴中的想象,就好比王维笔下的辋川——那是王维在长安的官场之外,去往终南山中营造的别墅,后来他也果真归隐于此。春草萋萋,王孙归来。王维在《送别》诗中说:"山中相送罢,日暮掩柴扉。春草年年绿,王孙归不归。"苏轼所记起来的,怕正是这首诗,是一首"招隐诗"。苏伯固的归去,对苏轼而言,起到的正是召唤他归隐的作用。因此,苏轼接着说,倘若定个归隐的日期,想是符合天意的;到那时,"我"身着的春衫,出自家中婢女的手中,又曾经沾染杭州西湖的烟雨。这个结句写得很空灵,将许多要说的话,其实是难以直接说出的话,都包含在内。白居易有小蛮、小素两个婢女,而白居易恰恰又曾经在杭州与苏州两地做过太守。苏轼的意思应该是说,自己若归隐,则必须摆脱家累,斩断情丝,忘记官场或者还是尚在其次的事;换言之,曾经被西湖烟雨打湿的衣衫,如何能够轻易抛弃呢?故龙榆生评论说:"睹物怀人,未能忘情于儿女也。"(《东坡乐府笺讲疏》)

八 声 甘 州

寄 参 寥 子①

有情风、万里卷潮来,无情送潮归。问钱塘江上,西兴浦口②,几度斜晖。不用思量今古,俯仰昔人非③。谁似东坡老,白首忘机④。　　记取西湖西畔,正春山⑤好处,空翠烟霏。算诗人相得,如我与君稀。约他年、东还海道⑥,愿谢公、雅志莫相违⑦。西州路,不应回首,为我沾衣。

> 注释

① 参寥子:僧人道潜,字参寥。元丰元年(1078)苏轼在徐州,他从杭州来访问过苏轼;苏轼称赞他的诗有林逋之风,一年后苏轼到湖州赴任,又与他在松江相聚。苏轼贬谪到黄州,他赶过去跟随苏轼。苏轼离开黄州后,他们一同游览了庐山。这首词是元祐六年(1091)苏轼知杭州的任期届满,准备前往京城,而道潜也应该准备他往,他们之间离别的时候所作。后来苏轼被贬渡海,他还要去见苏轼。他的这一系列举动,被苏轼的政敌盯上了,摘录他诗歌中的话,判了讥刺时政的罪,责令脱掉僧袍,返归普通人。幸好曾肇为他说了话,才又重新做回僧人。

② 西兴浦口:在杭州的对岸。

③ 俯仰昔人非:王羲之《兰亭集序》:"向之所欣,俯仰之间,已为陈迹。"

④ 忘机:没有机心。《庄子·天地》:"有机械者必有机事,有机事者必有机心。"

⑤ 春山:《全宋词》作"暮山",这里从元刊本改。

⑥ 东还海道:南朝的时候,称江浙一带为东土;东还,其实是说还东,回到东土来。海道,因为眼前的钱塘江就是入海口,所以说这里是海道。后来有人说这是"词谶",预示着苏东坡将要贬去海岛,是牵强附会的解释。

⑦ 谢公:谢安。《晋书·谢安传》载,谢安受到朝廷的倚重,但东山归隐的意愿,始终不渝,形于言色。后来,他出镇广陵,因为病危,回到京城,路过西州门的时候,才觉得归隐的本志是不能实现的,发出深深的感慨。他死

后,外甥羊昙一次酒醉中也路过西州门,想起来谢安的这桩事,吟诵着曹子建的诗"生存华屋处,零落归山丘",恸哭而去。雅志:素志、本志。苏轼这里以谢安自指,说不要违背了自己归隐的素志;又用西州门的典故,说不要爽约,归隐不成。

评析

　　这首词创作的时候,苏轼已经五十六岁,在古代算是步入老年了。词一起说,风从万里之外将潮水卷聚到钱塘江口,算不算是有情呢?而随后奔涌的潮水若不停留,又被风送还回到了大海,算不算是无情呢?苏轼在《蝶恋花》词中说:"多情却被无情恼。"风也好,潮也罢,都是无情之物,哪一个也算不上是有情。然而,当风卷潮水而来,观者不免生出一种兴奋热烈之感;而当风送潮水而去,又自然产生落寞孤寂之感。此正自多情之故。然而,还是放一放这样的多情吧——这是隐含的一层意思。那钱塘江口、西兴浦口,潮涨潮落,朝来暮去,谁能知道有过多少次?若是多情向此,又岂有了时?不用发什么思古之幽情,古往今来的人事终不过在俯仰之间,已成陈迹了。不如学"我"东坡老人,因为没有了机心,不再计较人间的得失,自然不会以人间之眼观物,说它是有情还是无情,而能够与物同一,同入自然造化之中。道潜啊,这次与你分别,也不要念吾等几十年的交情,而生出什么悲哀眷恋之情;你只需记着这西湖西畔,正是大好春光,烟雨春山;"我"与你,徜徉其间,自然如此,这才算是真正的"相得",而不是学那自古的诗人,写那些忧戚悲伤的歌诗。道潜啊,"我"今日与你作一约定,一道归隐,"我"但愿这样的约定不要落空。想东晋的名士谢安曾立下归隐东山的志愿,结果未能如愿,病危之际回到京城,经西州门而不能无感慨;死后,他的外甥羊昙在途经西州门的时候,为之悲伤。这首词以这样一典故结束,深切沉重,见出东坡老人可以忘机,但终于不会忘情。冯友兰《论风流》说:"真正风流的人有深情。但因其亦有玄心,能超越自我,所以他虽有情而无我。所以其情都是对于宇宙人生的感情,不是为他自己叹老嗟卑……真正风流的人,有情而无我,他的情与万物的情有一种共鸣。他对于万物,都有一种深厚的同情……以他自己的情感,推到万物,而又于万物中,见到他自己的怀抱。"苏轼歌词正兼具着类似这样的深情与超越。

黄庭坚

　　黄庭坚(1045—1105),字鲁直,洪州分宁(今江西修水)人,自号山谷道人。举进士,调叶县尉;举试学官,教授北京国子监;知太和县,以平易为治,吏不悦而民安之。哲宗立,召为校书郎,预修《神宗实录》,擢为起居舍人。绍圣初,新党论《实录》多诬,使居黟邑以待问,直辞以对,闻者壮之。贬涪州别驾,黔州安置,泊然不以迁谪介意,讲学不倦。徽宗立,以吏部员外郎召,辞不行,主管玉隆观。遭人中伤,锻炼文字以为罪,复除名,羁管宜州,卒,年六十一。山谷学问文章,笃实沉厚,"超轶绝尘,独立万物之表"(苏轼语),有《豫章先生文集》传于世。他本人在去世后不久,便被尊为江西诗派的开山初祖,宋朝人说他是用"西昆体"精严深刻的功夫,达到了老杜诗浑成深沉的境界(朱弁《风月堂诗话》)。尽管欧阳修、王安石、苏轼共有的气骨之高在黄庭坚的诗歌中有着更加充分的体现,但他的词显然要自由自在许多,尤其是收在《山谷琴趣外篇》中的那些夹入大量俗言俚语的创作,让他与苏门中最擅长填词的秦观并称一时。

念奴娇

八月十七日,同诸生步自永安城楼,过张宽夫园待月。偶有名酒,因以金荷酌众客。客有孙彦立,善吹笛。援笔作乐府长短句,文不加点①

断虹霁雨,净秋空,山染修眉新绿。桂影扶疏,谁便道,今夕清辉不足。万里青天,姮娥何处②,驾此一轮玉。寒光零乱,为谁偏照醽醁③。　年少从我追游,晚凉幽径,绕张园森木。共倒金荷家万里,难得尊前相属。老子平生,江南江北,最爱临风笛④。孙郎微笑,坐来声喷霜竹。

注释

① 八月十七:宋徽宗元符元年(1098)八月十七,黄庭坚被贬谪在戎州(今四川宜宾)。诸生:几个年轻的后辈。《全宋词》依据《彊村丛书》校订的《山谷琴趣外篇》作"诸甥",但黄庭坚的外甥当时不在身边,侍从他的是子相与侄桓以及当地的青年学子如蔡相、张溥(字宽夫)等,因此这里依据龙榆生编《豫章黄先生词》所依据的明代嘉靖间宁州祠堂刊《山谷全集》本改为"诸生"。永安城楼:是戎州的南城楼,距离黄庭坚赁居不远。他们一行人路过张溥家的园林,便在此用荷叶杯饮酒、待月并听曲,巧的是张家来了一位能吹笛的客人孙彦立。黄庭坚后来评价这首词,说:"或以为可继东坡赤壁之歌云。"(《苕溪渔隐丛话后集》卷三十一)

② 何处:这里山谷是从空间上写,东坡"明月几时有"是从时间上写,但都归于一种浩渺无迹,超尘脱俗。苏轼虽然也点出月有阴晴圆缺,但他的言外之意,则强调月的长存,因此他在赤壁词中才会与风月同游,取之不尽,用

之不竭。换言之,苏轼关注的还是人,是情,他希望通过风月的长存,反观个体的短暂一瞬,甚至无所差别,从而实现对种种关系中的个体的超越。黄庭坚则进入了"理",将理视为永恒的存在,那么可以动物、可以感人的"气",就不是自然流行的东西,而是以仁义礼智的理为内核,强调内在的自我修养。

③ 醽醁(líng lù):因产地酃县而得名的一种美酒。
④ 临风笛:《全宋词》作"临风曲"。据陆游《老学庵笔记》卷二载,他曾在蜀见得山谷"文不加点"的手稿,"临风曲"作"临风笛",而读作"独"或者"曲"(入声字)。

评析

黄庭坚《念奴娇》是一首完全"诗化"的歌词。起笔写秋雨过后,一派清新。突出的是"霁",是"净",是"新"。这样三个字,如同这位老诗人廓落且无一点俗尘的心胸。

上片连发三问,一问"谁便道,今夕清辉不足",是代人设问。二问"姮娥何处,驾此一轮玉",是人我共问。据《五灯会元》卷二载,有僧人问天柱崇慧禅师:"达摩未来此土时,还有佛法也无?"他的回答是——"万古长空,一朝风月"。我们看苏轼赤壁词,他老人自嘲"多情应笑,我早生华发",进而证悟出"人间如梦",一如《赤壁赋》中所说:"惟江上之清风,与山间之明月,耳得之而为声,目遇之而成色,取之无尽,用之不竭,是造物者之无尽藏也,而吾与子之所共适。"生发出的是风月无穷且永恒,故当与风月为伴侣,不当为倏忽变幻的人事掣肘束缚。而山谷则连同"风月"一并认为是"一朝"之事。盖风月亦有徐疾盈亏,也就不是永恒之物,而唯有长空万里,青天浩茫,永存不易,此即佛家的宇宙本体。如果要从苏、黄的人生境界来看,则苏轼能于超脱之中不失现实热力,则是黄庭坚不能比肩的。但对于山谷而言,自我修养亦即精神的力量将不受现实与个人的钳制,已是常人所难能,纵无事功,也称伟人。三问"为谁偏照醽醁",则是自我设问,应答已在句中。"为谁",一作"为人",自较为显豁,但有伤直率,不能尽作者此处郁勃难伸之气。上片围绕"待月"来写,此一篇文字主题所在;明明是人来"待月",然从上片所写,则转换成了月来照人,而且偏照此刻的名酒相酌。他人于此,定要作豪放汗漫之言,通过放大自我来博得一时豪气所在,此无论东坡山谷,决不作此类屠沽相。且看山谷于此,下得"为谁"二字,是"姮娥何处",亦不能改长空之万古;"偏照醽醁",也无关我不变之本心。

换头以下,依次言及"过张宽夫园"——"年少从我追游,晚凉幽径,绕张园森木","以金荷酌众客"——"共倒金荷家万里,难得尊前相属"。上片结句点出"为谁",暗下已有"我"在;然因作者精神本不受"有月无月""月在何处"的钳制,故而并不出"我"字。换头,点明"我"在,则"我在何处"?"年少从我"也。既曰"年少从我",可知"我"已不再"年少";又曰于此"张园"晚凉幽径之中,虽有金荷相酌,然终非"故园"。虽是平平淡淡,但胸中波涌,已难以阻遏。正有一股澎湃激情,蕴含于不动声色之间。

"老子平生,江南江北,最爱临风笛。"是一篇眼目所在。上片所发三问,郁勃难伸之气,蓄势待发,换头二韵,故作平缓,至此"老子平生"三句则喷薄而出,气势撼人。煞尾云:"孙郎微笑,坐来声喷霜竹。"岂止是在写客有孙彦立之善吹笛而已,正为作者此时此刻气概之写照。据山谷自云,当时有人闻听此曲,"以为可继东坡赤壁之歌",此于山谷本心所感而言,自是莫大之欣慰,然此词终与东坡赤壁词不同。赤壁词借壮美山河以激发雄豪之气,又通过风月永恒以证悟人生如梦,更不忘添上"小乔初嫁"来呼应歌词"本色",阔大雄壮之中清气流转往来。而山谷此作,则完全不借助外在景物之自然壮美,纵如姮娥驾玉,可以用为心境象征,也故作质疑语气,不甚流连。取景写情,皆极为平常散淡,然终能有"声喷霜竹"之气,全依赖内在精神充盈;其气质的伟岸,贯注于小词之中而能别开生面。

秦 观

秦观(1049—1100),字少游,一字太虚,扬州高邮(今属江苏)人。少豪隽,慷慨溢于文词,举进士不中。苏轼勉以应举为亲养,始登元丰八年(1085)进士第,调定海主簿、蔡州教授。元祐五年(1090),除太学博士,校正秘书省书籍,迁正字,复为国史院编修官。绍圣初,坐党籍,出通判杭州,贬监处州酒税。使者承风望旨,候伺过失,既而无所得,则以谒告写佛书为罪,削秩徙郴州,继编管横州,又徙雷州。徽宗立,复宣德郎,放还,至藤州,卒,年五十二。秦观长于议论,文丽而思深。若谓以歌词名世,则其小者。有《淮海集》四十卷、《淮海后集》六卷、《淮海居士长短句》三卷传于世。

满 庭 芳

山抹微云,天粘①衰草,画角声断谯门②。暂停征棹,聊共引③离尊。多少蓬莱④旧事,空回首、烟霭纷纷。斜阳外,寒鸦万点,流水绕孤村⑤。　销魂。当此际,香囊暗解,罗带轻分。谩赢得、青楼薄幸名存⑥。此去何时见也,襟袖上、空惹啼痕。伤情处,高城望断⑦,灯火已黄昏。

注释

① 天粘：《全宋词》据宋刊本《淮海居士长短句》作"天连"，这里据汲古阁刊《宋六十名家词》本《淮海词》改。

② 谯门：建造有瞭望台的城门。

③ 引：杜甫《夜宴左氏庄》诗："检书烧烛短，看剑引杯长。"用"引"字作为举杯饮酒的动作，宋词中常见，如周邦彦《瑞鹤仙》："有流莺劝我，重解绣鞍，缓引春酌。"

④ 蓬莱：本是海上仙山，秦少游早年曾客居会稽，住在当地的驿馆正名为"蓬莱阁"，且有一段恋情，因而创作了这首词（见《苕溪渔隐丛话后集》卷三十三引《艺苑雌黄》）。

⑤ "寒鸦"两句：隋炀帝诗："寒鸦千万点，流水绕孤村。"

⑥ 青楼薄幸名存：杜牧《遣怀》："十年一觉扬州梦，赢得青楼薄幸名。"薄幸：即薄情。

⑦ 高城望断：欧阳詹《初发太原途中寄太原所思》："高城已不见，况复城中人。"据《太平广记》引《闽川名士传》载，欧阳詹登进士第后，曾到太原游玩，与一位身在乐籍的歌女相爱，并许诺回京城后，就来迎娶她，并写了这首诗留别。结果一年过去了，这位歌女相思成疾，自念将亡，便剪下发髻，放入函匣中，嘱咐女弟说，倘欧阳詹派人来，就把这个函匣交付，也写了一首诗。后来欧阳詹果真派人前来，而歌女已逝；当欧阳詹接到函匣，并读了歌女的绝笔，也伤心过度而气绝了。

评析

这首词的上片写至"离尊"，也就是点出了离别之后，不再进一步写了，而是用烘云托月的手法,讲旧事今情,用"烟霭纷纷""斜阳外"数语,渲染出来,不呈露细节。俞陛云评云:"作者用拓宕之笔,追怀往事,局势振起,且不涉儿女语而托之蓬岛烟云,尤见超逸。"(《唐五代两宋词选释》)这是少游词的抒情模式。下片则是放笔直抒,下笔极重,一刻不懈,先说此际之难堪。据《高斋诗话》载,"销魂。当此际"为东坡目为"柳七语"。是否东坡所说,不得考证;然此语以及下面所述"香囊暗解"云云,着实为柳七郎风味,较之上片,是"不够雅正,近乎柳词市井之风"(张春晓编《沈祖棻集·唐宋词赏析》程千帆改笔)。接着又讲未来之难期,更结以"伤情"处一景,为离别之后的回望而难尽其情的写法,远祖《诗经·燕燕》:"瞻望弗及,泣涕如雨。"钱锺书先生在《管锥编》中取张先词概括为"眼力不如人远"的模式。陈寅恪先生说这必是一首别妓之作,原因是"高城"句用了唐代欧阳詹别妓的诗句"高城已不见,况复城中人"(《唐代政治史述论稿》)。这种文人的风流韵事,由于唐人与宋人所处的社会环境差异很大,则本来在唐代的年轻士子当中被认为是平常的行为,落到宋人头上就会成为被指责的道德缺陷,对当事人的前途发展形成阻碍,而秦观本人在入仕之后也不能免除地因此受到过政敌的攻击。

减字木兰花

天涯旧恨。① 独自凄凉人不问。欲见回肠。断尽金炉小篆香②。黛蛾长敛。任是春风吹不展。困倚危楼。过尽飞鸿字字愁。

注释

① 天涯:天涯字面上是指极远的地方,但苏东坡词"天涯倦客",这时他还在

徐州;秦少游也说:"无奈归心,暗随流水到天涯。"他们词中的天涯,都含有离开故土,漂泊他乡的意味。旧恨:旧时的情怨。

② 篆香:把香做成篆文的形状,对应着一天十二时辰。

评析

秦少游的这类小词,就像是进入了恨水愁海,不得一丝喘息、一点让步、一些回环。一个"恨"字,缠绵反复,寸步不离,就是小晏与之相比较,也似没有如此紧致深刻。他人觉得,秦少游所写不过男女相思,自是柔情婉约,弱不禁风。其实,你读这样的词作,却是言外生出凄风苦雨、摧门撼户之感。秦少游的小令,想就是从长调中截出一段,纯是情语,若生情之景,触情之事,皆按住不表,又无不令人想见那景色的动人、事体的曲折。若此词一起写"天涯旧恨",是身在天涯,而旧恨袭来。若谓因何事而至此天涯,又因见到什么景色而触动旧恨,皆无所知,又不会出意料外。写独自一人,又写没有音信传来,可谓凄凉至极。若此至极之态,在他人怕是要收束,或是要宕开,在少游则是停留在此至极状态,一意翻转,若断肠,若敛眉,若倚楼,全就"恨"字发挥极致。

浣 溪 沙

漠漠轻寒上小楼。晓阴无赖似穷秋。①淡烟流水画屏幽。　　自在飞花轻似梦,无边丝雨细如愁。②宝帘闲挂小银钩。

> 注释

① 无赖：多事令人生厌。穷秋：初春如穷秋，晚春则又似麦秋。
② "自在"两句：这是用抽象的梦、愁来写具象的飞花、丝雨。

> 评析

　　初春的寒意犹在，本不凝重，是流动的、轻薄的寒意，它对小楼并不造成压迫的笼罩之势，而是气息的起伏、流动，应和着楼阁中人的一呼一吸。但阴沉的清晨，像一个多事的家伙，在眼前晃来晃去，幻象也就随之来到了：这是生机复苏的春天吗？还是万物凄紧的秋天？幽深的屏上，疏淡轻柔，烟水迷离，更不能辨别清楚究竟是什么时节了。似乎自由自在地飘荡着的春花，就是没有走远的梦，在眼前，又在远方。望不到边际的春雨，细密绵长，也像睡醒后的愁怨一般。帘幕空荡荡地、静静地挂在那里，一切都停在了这一刻。缪钺先生在《论词》中说："吾人读秦观此作，似置身于另一清超幽迥之境界，而有凄迷怅惘、难以为怀之感。虽李商隐诗，意味亦无此灵隽。"

望　海　潮

　　梅英疏淡，冰澌溶泄，东风暗换年华。金谷俊游①，铜驼②巷陌，新晴细履平沙。长记误随车。③正絮翻蝶舞，芳思交加④。柳下桃蹊⑤，乱分春色到人家。　　西园夜饮鸣笳。⑥有华灯碍月，飞盖妨花。兰苑未空，行人渐老，重来是事堪嗟。烟暝酒旗斜。但倚楼极目，时见栖鸦。无奈归心,暗随流水到天涯。

> 注释

① 金谷:洛阳西北有金水,从太白原流来,形成金谷,西晋的石崇在此地建造别墅,一时的著名诗人曾来此集会。见石崇《金谷集序》。俊游:快意的游赏。
② 铜驼:洛阳有铜驼街,留存有汉代所铸造的一对铜驼,当时的俗语说:"金马门外集众贤,铜驼陌上集少年。"(陆机《洛阳记》)刘禹锡《杨柳枝》词说:"金谷园中莺乱飞,铜驼陌上好风吹。"
③ 长记误随车:古代女子乘车,男子乘马,因此会有误会或者故意随车的事发生。韩愈《嘲少年》:"只知闲信马,不觉误随车。"
④ 芳思交加:芳是花香,思是情思,絮飞蝶舞,既有花香的引逗,也有情思的生发,所以说是交集在一起。
⑤ 桃蹊:《史记·李将军列传》:"桃李不言,下自成蹊。"卢照邻《长安古意》:"共宿娼家桃李蹊。"
⑥ 西园:与下文的"兰苑",都指代园林。曹植《公宴》诗:"清夜游西园,飞盖相追随。"鸣笳:胡笳的鸣奏。曹丕在《与吴质书》中回忆西园游玩的时候,说:"清风夜起,悲笳微吟。"

> 评析

晚清的学者冯煦说:"他人之词,词才也;少游,词心也。得之于内,不可以传。虽子瞻之明俊,耆卿之幽秀,犹若有瞠乎其后者,况其下耶?"(《蒿庵论词》)这首《望海潮》词是对所谓"词心"极好的证明,起笔两韵,交代时地。

"暗"字着眼,这是不复少年人的情态;"新晴"的"新"字,则将上面的"金谷俊游,铜驼巷陌"一笔扫为陈迹了。这两句是说当年的事,而今见到的不外是曾经"俊游"的"金谷"与"铜驼巷陌",故下面点出"长记"一词,补足"俊游"的内容。

旧评当中,对这"长记误随车"在词中的位置,有过品评,即谭复堂所谓"顿宕"(《复堂词话》)。以《望海潮》词而论,前起两句并列,一般较为平缓,故此句起到"顿宕"作用。但"长记"一句,早在"暗换年华""金谷俊游"里面埋下了种子,是自然而发的一种呼应,说"顿宕"的"宕",则更有了宕开之感。沈祖棻先生又认为:"'误随车'固在'长记'之中,前三句所写在金谷园中、铜驼路上的游赏,也同样在内。但由于格律关系(此词四、五句要实对,如前面柳永一首亦作'烟柳画桥,风帘翠幕'),就把'长记'这样作为领起的字移后了。"(《宋词赏析》)即她认为"长记"不只是包括"误随车",也包括"金谷俊游""铜驼巷陌"的内容。

上片收束的两韵,貌似疏快,实则沉重。本来,慢词中的领字,只是那歌词在乐曲时代的遗存,所谓"句头虚字",甚至是"空头字"(沈义父《乐府指迷》)。但这里的"正"字一出,眼前还是"梅英疏淡""冰澌溶泄"的淡淡春容,转瞬间变成了"絮翻蝶舞,芳思交加"的一片迷乱。"柳下桃蹊,乱分春色到人家",陈廷焯说这两句"思路幽绝,其妙令人不能思议",准确地说,读者于此是不必自作聪明而代作者去思议其间的丰富情事的。陈匪石说,这一切都是"从'误'字想入"(《宋词举》)。俞陛云说"前段纪昔日游观之事"(《唐五代两宋词选释》),实在全倚仗这数语了。是自"长记"之下,便入回忆之中。至于具体情事,少游不会像前辈词人说得那般艳冶着实,但实际力度不仅丝毫不让,反有过之。

换头点出"西园夜饮鸣笳",相较于上片的迷蒙,显然醒豁许多,似乎也更接近作者所处的现实生活环境。但如果认为"西园"与上片的"金谷""铜驼"

一样,是一个"古典",则这"西园夜饮"四字,就全词而言,是接续着上片的"乱分春色"而言的。"乱分春色"是"日",是白天的光景,而"西园夜饮",则点出了"夜",是更为放纵与无拘束的夜宴,是少年情怀更加让人流连与销魂的时刻。但这些内容,作者都不必直通通地写进词中去,我们见到的只是"华灯碍月"与"飞盖妨花"八个字,完全是烘托渲染的写法。

正沉浸于自由放浪的回忆中时,词人调转了笔锋,让它回到了现在。我们看"兰苑未空"四字,有人说,这"兰苑"就是上面的"西园",这倒也不算错。问题不在"兰苑"指的是哪儿,而是这个字眼相较于"西园"来,内涵上面多泛起一层涟漪。说"西园",则是贵族文人之闲情逸致可见,说起"兰苑",则冶游之事蕴含其间。但这里仅仅点出"未空",便将重心转移到了"行人渐老"上面,而接下去带有总结性的一句是"重来是事堪嗟",则将笼罩的范围更扩大了。清代周济说秦少游"将身世之感,打并入艳情,又是一法",所指即此种。由于少游并不粘着在艳情上面,反而总是用超逸的笔墨来暗含艳情,因此作者本人的身世之感,便就喧宾夺主唱了主角。

然而究为何事,少游本不明指,又转笔而为"烟暝酒旗斜"一句。此句并非闲笔。看这首词开篇所写,那是可爱早春,疏疏落落、红红白白之梅英,嘶嘶淙淙、溶溶漾漾之春水。而经历此一番回忆之后,仅在这一天之内,便已经是日暮黄昏。此种写法,即通过回忆,不知觉地将正在发生的时间向前推移,也是柳词常见作法。然柳词往往是固定在一个地点,如只是倚楼远望之中的回忆。而秦少游则是"新晴细履平沙",移步换景,展开一段又一段的回忆。柳词当中时间在改变,空间则有一定限制。而少游则是时间与空间都出现了变化,因此,所容纳之情绪、事件也便相对丰富与复杂起来。结以"无奈归心,暗随流水到天涯"。周济说:"两两相形,以整见劲,以两'到'字作眼,点出'换'字精神。"(《宋四家词选》)指出这首词在章法上前后两结相呼应的特征。即有了这个"到天涯",方觉得上片的"到人家"之可喜可贵,可供流连,真是欢声和气荡漾于街头巷尾之景象。而也正有了两个截然有别的"到"的内容,方见出开篇这"暗换年华"的"换"字在全篇有着笼罩全篇的作用。

阮 郎 归

湘天①风雨破寒初。深沉庭院虚。丽谯吹罢小单于。②迢迢清夜徂。乡梦断,旅魂孤。峥嵘岁又除。衡阳犹有雁传书。郴阳和雁无。

> 注释

① 湘天:这首词作于绍圣三年(1096)秦观被监管在郴州(今属湖南)的时候。此前他曾被贬官到处州(今浙江丽水)监酒税,被人罗织罪名,遭到削除官阶的处罚,来到湖湘之地被监管起来。
② 丽谯:语出《庄子》,指高高的或者相连的门楼。小单于:唐代的大角曲有《大单于》《小单于》《大梅花》《小梅花》等曲,声音哀怨,应该与《梅花落》相近。唐李益《听晓角》:"无数寒鸿飞不度,秋风卷入《小单于》。"

> 评析

这首词应该是作于秦少游被贬谪到郴州那一年的除夕之夜。地点的要素非常直接,时间的要素就要隐含许多。地点的变迁对人的触动也是非常直接的,而时间的流动往往令人不觉。那么,人生的痛苦,是像地点影响于人一样来得迅疾,冲击深重;还是像时间影响于人一样不知不觉地来,又细密绵长地渗透入人的心底呢? 显然,苏东坡、黄山谷这几位秦少游的老朋友,在面临人生厄运的时候,他们选择了接受"地点型"的痛苦。如苏轼说:"九死南荒吾不恨,兹游奇绝冠平生。"(《六月二十日夜渡海》)如黄庭坚说:"投荒万死鬓毛斑,生出瞿塘滟滪关。"(《雨中登岳阳楼望君山》)而秦少游却选择了"时间型"的痛苦。春风春雨的信息已经到来了,刚刚破除了寒冬的禁锢。深沉的庭院,空荡荡无一人。远处精美的谯楼上,吹起《小单于》乐曲,这个漫长的清冷的夜过后,将送走旧年。然而此刻的"我"却孤身客居在此,回乡的梦已经阻断,游走的梦魂又怎能不觉得孤单?又是一年将尽。"峥嵘",可以形容山高,也可以形容人的老寿、岁月的久长。四季的末尾,就像人的年高一样,也可以说是峥嵘。南来的大雁只飞到衡阳,便不再向南飞,因此,在衡阳尚可以接到北方故旧的音信,但到了郴州,则音信连同大雁都不会有了。

踏 莎 行

郴州旅舍①

雾失楼台,月迷津渡。桃源望断无寻处。可堪②孤馆闭春寒,杜鹃声里斜阳暮③。　驿寄梅花④,鱼传尺素⑤。砌成此恨无重数。郴江幸自⑥绕郴山,为谁流下潇湘去⑦。

注释

① 郴州旅舍:《全宋词》依据宋刊本《淮海居士长短句》无题,此据汲古阁刊本《淮海词》补入。
② 可堪:不堪,怎堪。
③ 斜阳暮:一作斜阳树。说是因为"树"与宋英宗赵曙的"曙"同音,需要避

讳,才改作"暮"的,这样,"斜阳"与"暮"就不免重复了。但类似这样的重复,在诗词中也是常见的一种修辞法。明代张綖就说:"此亦何害而病其重也。"另外一提的是,张綖是秦少游的模仿者,他填写的很多歌词,都曾被误会为秦少游的作品,如《行香子》(树绕村庄),被清代编的《康熙词谱》收到秦观名下,直到今天还有人延续这个错误。

④ 驿寄梅花:据《荆州记》载,陆凯自江南寄梅花,并赠范晔诗:"折梅逢驿使,寄与陇头人。江南无所有,聊赠一枝春。"

⑤ 鱼传尺素:汉乐府《饮马长城窟行》:"客从远方来,遗我双鲤鱼。呼儿烹鲤鱼,中有尺素书。"

⑥ 幸自:本自。

⑦ 为谁:为何。此句意思从戴叔伦《湘南即事》"沅湘日夜东流去,不为愁人驻少时"而来。

评析

这也是秦观在郴州创作的抒发"时间型"痛苦的作品。楼台在薄雾中,迷失不见;津渡在月色里,迷蒙恍惚。距离此处不远的地方,据说就是武陵人误入的桃花源之所在;又传说刘晨、阮肇入天台山,曾在桃树下遇见过两个仙女。(刘义庆《幽明录》)后来这两个故事合而为一,一样的扑朔迷离,不知所在。只留"我"在这孤馆当中,独自忍耐着春寒,无比凄凉;在啼血杜鹃的鸣叫声中,送走了又一个薄暮下的斜阳。远在陇头的人,尚能收到朋友寄送的梅花;住在家中的人,也有远方的客人捎来亲人的音信。只有"我"困居在此,没有人知道,也没有人可以告知。这样的恨一天天堆积起来,何有了时。门外的郴江本来是绕着郴山流转,你看,为什么它还要流入潇湘水去,而"我"则一点离开这里的希望也没有呢?

鹊桥仙

纤云①弄巧,飞星传恨,银汉迢迢暗度。金风玉露一相逢②,便胜却、人间无数。　柔情似水,佳期③如梦,忍顾鹊桥归路。两情若是久长时,又岂在、朝朝暮暮。

注释

① 纤云:轻薄的云。
② 金风:秋风。玉露:白露。杜甫《秋兴》:"玉露凋伤枫树林。"
③ 佳期:《楚辞·湘夫人》:"与佳期兮夕张。"佳:指佳人。

评析

七夕相会,是古老的传说。《古诗十九首》中说:"迢迢牵牛星,皎皎河汉女。纤纤擢素手,札札弄机杼。终日不成章,泣涕零如雨。河汉清且浅,相去复几许。盈盈一水间,脉脉不得语。"牵牛星与织女星,隔着银河,遥遥相对,引发了世间仰望它们的人们出奇的想象。或者起初,人们只是因此而感叹世间有多少夫妇离别的苦痛,就像这不能相聚的天上星宿一样;时间长了,人们觉得遗憾不能总是这样下去,便生出七月七日,织女星渡河,与牵牛星短暂相聚的说法。而这一天,天上的云将会别样的精美,这是织女的巧妙作品;期盼着织女星飞渡过银河,诉一诉那经年不见的离恨。尽管只有这一年一次的相逢,也比人世间无数的尚不能相见的男女,要胜出许多。似水一般的婉约柔美的感情,又如梦一样短暂相处的好时光,就要告别了,怎么能够忍心回看那鹊桥之上的归路。朝朝暮暮,是用宋玉《神女赋》的典故,是男女情事的代指;

这里,作者想要表达这样一个意思:感情作为一种存在,尤其是只在两者之间的一种存在,那么它是否一定需要一个形式,比如相会呢?

贺　铸

贺铸(1052—1125),字方回,卫州(今河南卫辉)人,他是宋太祖所追封的孝惠皇后的族孙。喜谈当世事,臧否人物,就算是权倾一时的达官贵人,稍微不中他的意,就极力抨击,有侠气。元祐七年(1092),苏轼等大臣向朝廷推荐他,改官为承事郎。到鄂州宝泉监作监官,后来又做了泗州、太平州的通判。由于尚气使酒,始终得不到好的差事,悒悒不得志。就退居到了吴下(今江苏苏州),远离世事,不再像往常一样批评人了。宣和七年(1125)二月他死在常州的僧舍,年七十四岁。贺铸博闻强识,工语言,深婉密丽,如次组绣。尤长于度曲,掇拾人所弃遗,少加隐栝,皆为新奇。常言:"吾笔端驱使李商隐、温庭筠常奔命不暇。"家藏书万余卷,手自校雠,无一字误。所为词章,往往传播人口。有《庆湖遗老诗集》《东山词》传于世。

半死桐（鹧鸪天）①

　　重过阊门②万事非。同来何事不同归。梧桐半死清霜后,头白鸳鸯失伴飞。　　原上草,露初晞③。旧栖新垅两依依。④空床卧听南窗雨,谁复挑灯夜补衣。

注释

① 半死桐：《全宋词》题注："思越人，亦名鹧鸪天。""半死桐"是贺铸自拟的题名，语出枚乘《七发》，词调是"鹧鸪天"。这是一首悼亡词，钟振振先生说创作这首词的时候，距离贺铸的夫人的去世，"至近仅可数月，至久亦无逾三年"（《东山词校注》）。

② 阊门：阊阖门，苏州的西城门。

③ 露初晞：古乐府《薤露》："薤上露，何易晞。露晞明朝更复落，人死一去何时归。"是一首送丧的歌曲。

④ 旧栖：旧居。新垅：新坟。

评析

宋代的文人因为歌词的缘故而能够入得《宋史·文苑传》的，只有贺铸、周邦彦等不多的二三人。宋室南渡前后，在词坛上，贺、周两家也是齐名的。这首《鹧鸪天》的"旧谱"，贺铸填上了新歌词，并从词中摘取三字，另命名作"半死桐"，便是"寓声"了。这首情感质实的歌词，处处显露作者的"诗人句法"。起笔重大，所谓"万事非"者，笼罩全篇。接以"不同归"，点出独自一人，次接以"梧桐半死""鸳鸯失伴"，则知为悼亡作。顿挫跌宕，深沉刻挚。换头"露初晞"，出自古挽歌辞《薤露》；"旧栖新垅"，则已成隔世。以空床听雨，无人补衣这一生活细节煞尾，悲凉至骨，有不忍闻者，同时见作者之深情于言外。悼亡词，苏轼之"十年生死两茫茫"调寄《江城子》算是正式开了头，而贺铸词以及异代的纳兰容若《饮水词》以至近人唐圭璋《梦桐词》多有关于此的创作，如"被酒莫惊春睡重，赌书消得泼茶香。当是只道是寻常"（纳兰容若

《浣溪沙》),"多恐过劳偏息烛,为防寒袭替添衣。催道莫眠迟"(唐圭璋《忆江南》)。皆以沉重之笔写非常之遭遇,又出之以生活琐事,在词史上独具一格,自非他人他事他作可以混同比拟。

行路难(小梅花)①

缚虎手。②悬河口。③车如鸡栖马如狗。④白纶巾。扑黄尘。不知我辈,可是蓬蒿人。⑤衰兰送客咸阳道。天若有情天亦老。⑥作雷颠⑦。不论钱。谁问旗亭,美酒斗十千⑧。　　斟大斗。更⑨为寿。青鬓常青古无有。⑩笑嫣然。舞翩然。当垆秦女,十五语如弦。⑪遗音能记秋风曲⑫。事去千年犹恨促。揽流光。系扶桑⑬。争奈愁来,一日却为长。⑭

注释

① 行路难:古乐府有《行路难》,见《乐府诗集·杂曲歌辞》。小梅花:宋神宗朝参与考订乐律的刘几,在黄大舆编的《梅苑》当中收有他撰写的《梅花曲》三篇,题为"以介父三诗度曲",被认为是将王安石的三首诗,櫽栝成了歌曲(《康熙词谱》卷四十二)。贺铸所填写的《小梅花》曲,也是"櫽栝唐人诗歌为之",颇可怀疑与刘几填写的《梅花曲》有关,是北宋中期产生的新声歌曲。

② 缚虎手:《后汉书·吕布传》:"缚虎不得不急。"

③ 悬河口:《世说新语·赏誉》:"王太尉云:郭子玄语议如悬河泻水。"

④ 车如鸡栖马如狗:《后汉书·朱震传》载朱震(字伯厚)疾恶如仇,不畏权贵,三公府中流传着谚语,说:"车如鸡栖马如狗,疾恶如风朱伯厚。"

⑤ "不知"两句：李白《南陵别儿童入京诗》："仰天大笑出门去，我辈岂是蓬蒿人。"可是：岂是。蓬蒿人：贫贱而被淹没无名的人。
⑥ "衰兰"两句：出自李贺《金铜仙人辞汉歌》。原诗是写铜人被拆除，离开长安，客途凄凉的景象。贺词这里的檃栝，则是说自己虽然名位卑下，但豪情万丈、义薄云天；在清秋时节送别远行的客人，其情其义，若是老天有知，也会为之动容。同一语句，风格上颠倒过来，完全不是衰飒的。
⑦ 雷颠：即东汉人雷义，据《后汉书·独行传》载，他曾经帮人脱离死罪，那人以黄金二斤酬谢他，他拒不接受；那人就趁雷义不注意，把黄金丢到了雷家的天花板上。直到雷义后来清扫房屋才发现，而那个人已经去世了，雷义就将黄金上交给县府的官员。当地想举荐雷义成为茂才，他就让给其他人，但刺史不同意，雷义只好装疯。颠：颠倒，做事不循常规，后来写作"癫"。
⑧ 美酒斗十千：出自曹植《名都篇》。
⑨ 更：互相。
⑩ 青鬓常青古无有：出自韩琮《春愁》诗。
⑪ "当垆"两句：化用辛延年《羽林郎》"胡姬年十五，春日独当垆"和韩琮《春愁》"秦娥十六语如弦"。垆：放酒瓮的土墩。当垆：卖酒。语如弦：指歌声清脆。
⑫ 秋风曲：汉武帝《秋风辞》："欢乐极兮哀情多，少壮几时兮奈老何。"上片用李贺诗的成句，原诗即从"茂陵刘郎秋风客"写起。
⑬ 扶桑：传说中的神木，日自扶桑下出，拂扶桑而升，这里代指日，也代指时光。
⑭ "争奈"两句：李益《同崔邠登鹳雀楼》："愁来一日即为长。"

|评析|

撇开词调而重新命名，已经是一种"新乐府"的创作，所谓"即事名篇"，这

与杜甫的《兵车行》《悲陈陶》和白居易的《秦中吟》《新乐府》的创作，秉持的原则是一致的。不同的是，唐人的新乐府可以歌唱的可能性极小，而贺铸则是不改变"旧谱"，也就是保证了他的"即事名篇"并不妨害倚声而歌，这是贺铸精通音律的表现。由此，贺铸沿循着歌词的"乐府"传统而展开的全新创制，虽然保证了歌词能够歌唱，但很显然，在他的主观意识下，这些歌词并不附着于音乐。

将宋词置于"乐府"的传统之中，即使貌似顺理成章，在词史上也要费些周折。词，在唐人那里称为"曲子词"，这个提法一直延续入宋，甚至干脆便叫作"曲子"。这个称谓中，"词"显然只是附庸与配角。将歌词视为"乐府之余"，即调整到文人乐府诗的传统中来，也是在苏东坡的时代，方才渐渐有此提法。而贺铸"寓声乐府"的意义在于，他的这一命名，直接不含糊地将歌词纳入乐府体系当中。贺铸为自己编撰的诗集当中，是按照歌行、古诗、律诗、绝句分类的，没有乐府一项，则在他眼中，自己的词已然是乐府了。

正因为贺铸是创作"新乐府"，而非局促于声律之中的填词，因此，他的创作也就不再受自"花间词"而来的"本色"的影响，而是接榫到汉魏至唐人的乐府诗、拟乐府诗、新乐府诗的这一脉络当中，从歌词的内容到创作的方式，完全是"乐府诗式"的。但如果是以词的"本色"作为前提，贺铸的词也便具有古乐府的风格，甚至是如这里所选的《行路难》调寄《小梅花》，即用古乐府诗题来重新命名歌词。

这首《行路难》之似古乐府，不只是用乐府旧题来命名，全词遣词造句以及贯串其间之气脉，无不是"长短句诗"。这除了作者有意借用乐府诗格调以及引用唐人乐府歌行的成句来创作外，也与这首歌词的形制以"三三七三三七七七三三七"为主格有关。这使得这首词自然形成了疏放纵横、顿挫有力的节奏点。开篇云"缚虎手。悬河口"是何等气概，顿接以"车如鸡栖马如狗"，则又是何等令人失望之现状。然此一节并不妨碍下文更作一番潇洒旷达之"我辈岂是蓬蒿人"的宣告。接下来全用李贺诗句以过渡,此处亦无李贺原诗衰飒的情绪,换之以豪迈无所拘束之态,纵兰衰天老,也难挡我无所顾忌之豪情。换头即延续此类豪情生发,以饮酒歌舞作为内在自由的表征,以对比汲汲于富贵、长寿、不朽诸端人生忧愁苦恼之事。可谓豪放至极,无以复加。吴梅说这样的作品,是贺铸所独有的,只能在他人的长短句诗中找得到(《词学通论》)。而夏敬观便说后来辛稼轩的豪迈,便是从此脱胎(夏评《彊村丛书》)。这言外之意,是苏轼那股子清旷,也不如这里的豪情无拘束来得彻底。

横塘路(青玉案)

凌波不过横塘路。①但目送、芳尘去。锦瑟华年②谁与度。月桥花院,琐窗朱户。只有春知处。　　飞云冉冉蘅皋③暮。彩笔新题断肠句。若问闲情都几许。一川④烟草,满城风絮。梅子黄时雨。

注释

① 凌波:曹植《洛神赋》:"凌波微步,罗袜生尘。"横塘:苏州盘门外有横塘桥,贺铸曾在这里筑有别墅。

② 锦瑟华年:李商隐《锦瑟》:"锦瑟无端五十弦,一弦一柱思华年。"

③ 蘅皋:长满杜蘅的草泽。曹植《洛神赋》写其见到洛神的那一刻,正是:"日既西倾,车殆马烦。尔乃税驾乎蘅皋,秣驷乎芝田。"

④ 一川:一整片,名词作量词。

> 评析

黄庭坚曾说:"解道江南断肠句,只今唯有贺方回。"现存宋词中,和过这首词的一共有二十五人二十八首,数量之多,和者之众,在宋词当中也是难觅其匹(钟振振《东山词校注》)。一时文人,艳羡其造句之新奇工巧,技痒难耐,又有苏、黄这样的大家推助,自是令后来从学者作随声附和之态了。直到近世学人如陈廷焯、吴梅等方才于此稍加辨析,指出此类作品绝非贺方回之最高,能够受到追捧,也只是技法高妙,可为后世师法而已。除了技法,贺铸这首词最为突出的一点,便是他的歌词之中所熔铸的"《骚》情《雅》意",即"将诗歌中芳馨悱恻、怨慕凄凉的情韵意境融化于词作中"(缪钺《论贺铸词》)。然而,我这里想从那个关键的异文来说说关于《骚》《雅》的另一面。"若问闲情",一作"试问闲愁",似乎要流传更广些。我们自然无根据便说哪个更接近贺词的原貌,但这处异文提供了解读这首词的门径。"闲愁",宋人词中常见;而"闲情"二字,语出陶渊明的《闲情赋》,本义是防闲之意,也就是"定情""止情"。这首词当中一开篇便点出了"不过"二字,接下来又用了"送""去""谁""只有"等一连串字眼,全都包含防闲制止的用意。也就是说,词人在歌词文本之中所贯注的,是要抑制自己那份已经飘荡与溢满的情感。但实际上,越是如此,越难抑制。只是主观有此"《雅》意"而已,实际却是放纵自由的"《骚》情"。从上下片首句字面上选用的"凌波""蘅皋"来看,虽是从曹植《洛神赋》而来,但是源自《骚》《辩》。作者此番苦心,锻造出"一川烟草,满城风絮。梅子黄时雨"的佳句来,最终没有将他那本也无从抑制的情感流宕入"艳情",借用贺方回自己的词句,真是"断无蜂蝶慕幽香,红衣脱尽芳心苦"[《芳心苦(踏莎行)》]。

正是在如此苦心经营下,这样的歌词归附到了"诗"的兴寄传统的麾下。

那种直抒倾泻、笔涉艳情、放浪形骸式的语句,正在远离宋词的创作——或者纵然有,也被批评者视为俚俗而不予认可。借用前人的成句来完成这样的归附,也成为最为便利的不二之选,这是贺铸与周邦彦得以齐名于一时的原因。但作为读者与批评者,终究也会忍耐不住。南宋末年张炎也只是说贺铸善于锻炼字面罢了(《词源》),不再涉及他可能对歌词具有的更高更大的贡献。而到了清代初年,那位颇具见识的词学家刘体仁,直接便说贺铸在"拾人牙慧"(《七颂堂词绎》)。直到晚近的王国维,甚至将贺铸比作"唐临晋帖"的明七子诗,说出北宋词人中"贺方回最次"的话来(《人间词话》)。胡适更加干脆,在《词选》里面不给贺铸留一席之地,引发了作为词学专家的龙榆生的抗议。但看龙氏那篇著名的论文《论贺方回词质胡适之先生》,却是把胡适对周邦彦、辛稼轩的评语转移到贺方回的身上,以为后者也是当之无愧的。至于贺铸独特之处,反而是在"技术"层面。批评家们对贺铸词的苛责,说明了"诗"的传统的消极作用,会让人敢怒不敢言,而擅名一时的贺方回则成了"替罪羊"。至如近世要为贺铸正名的学者,或许也大可不必愤愤不平,毕竟从"诗"的传统复归的积极意义言之,贺铸又是宋词作者中无可置疑的典范。

晁补之

晁补之(1053—1110),字无咎,济州巨野(今属山东)人。十七岁,著《七述》,拜谒苏轼,受到称赏。举进士为第一。元祐初,入馆阁,为著作佐郎。后来,因为被指摘修撰《神宗实录》失实,被降职外放,通判应天府、亳州,又贬监处、信二州的酒税。徽宗立,复以著作召。入"元祐党籍",再度外放为知州,后主管鸿庆宫,还家,葺归来园,自号归来子,忘情仕进,慕陶潜为人。大观末,出党籍,起知达州,改泗州,卒,年五十八。补之才气飘逸,嗜学不知倦,文章温润典缛,其凌丽奇卓,出于天成,尤精《楚词》,论集屈宋以来赋咏为《变离骚》等三书,附在朱熹《楚辞集注》中。有《鸡肋集》《晁氏琴趣外篇》传于世。

水 龙 吟
次韵林圣予惜春

问春何苦匆匆,带风伴雨如驰骤。幽葩①细萼,小园低槛,壅培②未就。吹尽繁红,占春长久,不如垂柳。算春常不老,人愁春老,愁只是、人间有。　春恨十常八九。忍轻辜、芳醪③经口。那知自是,桃花结子,不因春瘦。世上功名,老来风味,春归时候。最多情,犹有尊前青眼④,相逢依旧。

注释

① 幽葩:微弱的小花。
② 壅培:培土。
③ 芳醪:美酒。
④ 青眼:晋代阮籍能为青白眼,常以青眼对所器重的人。见《世说新语·简傲》。后因以"青眼"称对人喜爱或器重。又,这首词的结句,《全宋词》依据《晁氏琴趣外篇》作:"纵樽前痛饮,狂歌似旧,情难依旧。"据曾慥《乐府雅词》改。

> 评析

古典诗词中出现"惜春"的主题，较为集中的时段是在晚唐，杜牧、罗邺、韩偓、温庭筠、陆龟蒙、皮日休等皆有以"惜春"二字为题的诗篇流传。入宋之后，在词调中又出现了"惜春令"。这些诗人、词人的"惜春"之作，倘是作者自述情怀，则不外由韶华流逝想到年岁老大、友朋分散等；若是代女子而作，则着墨于深闺独处，容颜消减，徒叹无偶之类。当然，也会在结尾强打精神，自我安慰一番，表达些今年春去、明年再来的意思。但总之是在"惜春"而非"伤春"，有无聊闲愁，但不至于太过悲怨。如此说来，"惜春"之作，便真如浮花细蕊一般，很难触及深刻的情思，从而散发出幽约闲淡的情调来——这同时也是"惜春"主题集中出现在"已是近黄昏"之晚唐的文本内在原因。

宋词至苏东坡的出现，一时代歌词作风起了变化，在"惜春"主题的词作中也开始寄寓士大夫深刻的情思，从而改变了固有的幽约闲淡的作风。晁补之的这首寄调《水龙吟》的惜春词，可以称得上是这一时期的典范之作。词的标题，《晁氏琴趣外篇》作"次韵林圣予惜春"；林圣予，不详其人。词的煞尾结句，也作"纵樽前痛饮，狂歌似旧，情难依旧"。但我认为不如这里引据的《乐府雅词》，其中的理由，表面来看，可以用"一泻无余""了无余韵"来作高下的品评。不过，且勿论它是否能令人信服，即便是可以接受，也不足以据此判断优劣。毕竟，陈廷焯所批评的晁补之词的"刻挚而不能浑涵""发扬蹈厉"的特点，远非局限在这首词的煞尾中。之所以要在此处异文作取舍，则也是既不关它的版本依据，也不限于究当如何理解词意，更非单一性地直面晁补之词风的判断了。

由于林圣予在历史文献中的缺席，以及词中不能提供任何有效的时地信息，我们也只能通过一句再常见不过的"老来风味"来推定这是晁补之晚年的作品——苏东坡卒于徽宗改元的头一年即建中靖国元年(1101),从这一年开始,与他一辈的文人,纵然有的较他多活了十数年,但无论是生理年龄,还是前途事业,都已经进入了人生的"黄昏"。以晁补之卒于大观四年(1110)来看,这首与林圣予唱和的"惜春词"应该就是这十年之间的作品。作为词创作的历史,我们所知的,仅此而已矣。其实,纵然是知道更为确切的作年,也并无助于更多的史事了解。毕竟,已是人生黄昏时的词人,早已远离了可以决定他命运的政治中心,而这首小词也只是肤泛地关联了一点政治气味而已。身在徽宗朝的元祐士大夫,更像是"元祐遗民"——这个称呼的确是有些矛盾的,但事实正是如此,他们与人生最后阶段的那个时代已经格格不入。我们无法依据那个时代某几个历史事件,便要说明包括他的歌词在内的文学创作中有如何深重的时代印记。如果有,倒更多的会是那些琐碎的日常生活,但可惜的是,这方面历史文献中往往又匮乏得很;即便是有,则与作为文本存在的诗词作品的关系,更是一个不容轻易给出答案的难题——它已经偏离了人们所习惯的、当然也成为传统的"诗言志"的轨道了。

但文学作品的独立性质,恰恰也在于此。即便没有历史来支撑,我们也可以了解文本之外的更多的内容——作为艺术之所以为艺术的固有的"作法",与书法绘画中的笔势、音乐舞蹈中的节奏是一类的,前辈的词学家也正是就此来谈的。如龙榆生评论这首词说,"无穷新意,而以吞咽之笔出之"。这是依据清代冯煦的批评,后者甚至认为在词意传达的"沉咽"程度上,连苏轼都不能及(《苏门四学士词》)。

周邦彦

周邦彦(1056—1121),字美成,钱塘(今浙江杭州)人。元丰初游京师,献《汴都赋》,自太学诸生一命为太学正。居五岁不迁,益尽力于辞章。出教授庐州,知溧水县,还为国子主簿。哲宗召对,使诵前赋,除秘书省正字。徽宗即位,为校书郎,迁考功员外郎、卫尉、宗正少卿,兼议礼局检讨,以直龙图阁知河中府,未行。又迁卫尉卿,出知隆德府,徙明州,召为秘书监,擢徽猷阁待制,提举大晟府。不久,知真定府,改顺昌府,提举洞霄宫,居杭州。徙处州,未行,卒,年六十六。周邦彦好音乐,能自度曲,制乐府长短句,词韵清蔚,传于世。宋人即谓之二百年来以乐府独步(《藏一话腴》);富艳精工,词人之甲乙(《直斋书录解题》卷十七);推为词学典范,晚清常州词派更誉为集大成者(周济《宋四家词选目录绪论》)。有《清真先生文集》,不传。今存有宋刊陈元龙《详注周美成片玉集》十卷,为福建建安蔡氏坊刻本。

满 庭 芳

夏日溧水无想山作①

风老莺雏②,雨肥梅子③,午阴嘉树清圆。地卑山近,衣润费炉烟。人静乌鸢④自乐,小桥外、新绿溅溅。凭栏久,黄芦苦竹⑤,拟泛九江船。　　年年。如社燕⑥,飘流瀚海⑦,来寄修椽⑧。且莫思身外,长近尊前。⑨憔悴江南倦客,不堪听、急管繁弦。歌筵畔,先安簟枕,容我醉时眠⑩。

注释

① 夏日溧水无想山作:《全宋词》无题,从汲古阁本《片玉词》补入。又,"炉"

《全宋词》作"垆",误。溧水：北宋指江宁府溧水县,今为南京市溧水区。无想山：山名,在南京东南方向。

② 风老莺雏：夏天的风吹来,黄莺的幼鸟已经长大了。

③ 雨肥梅子：杜甫《陪郑广文游何将军山林》："红绽雨肥梅。"

④ 乌鸢：都是恶禽。《庄子·列御寇》："庄子将死,弟子欲厚葬之……弟子曰：'吾恐乌鸢之食夫子也。'"

⑤ 黄芦苦竹：白居易《琵琶行》："住近湓江地低湿,黄芦苦竹绕宅生。"

⑥ 社燕：立春或者立秋后祭祀土地神叫作"社日",燕子春社日来,秋社日去,因此被称作"社燕"。

⑦ 瀚海：沙漠,这里代指遥远的地方。据说"翰海,群鸟之所解羽"（《史记索隐》引崔浩）；翰,鸟羽,后来才写作"瀚"。瀚海,指鸟的羽毛脱落的地方。

⑧ 椽：用于支撑房顶、托住屋瓦的木条。

⑨ "且莫思"两句：杜甫《绝句漫兴九首》其四："莫思身外无穷事,且尽生前有限杯。"

⑩ 容我醉时眠：《南史·陶潜传》载,陶渊明酒醉后,就对客人说："我醉欲眠卿且去。"

评析

这是元祐中作者在溧水做知县的时候所作。溧水现在属南京市管辖,无想山在南京市的东南方向,想是作者公余闲暇行游至此,当然也不排除他就把家安在了这样的山脚下。起首两句,对仗工稳,下句用杜诗名句："红绽雨肥梅。"但杜诗有一个千古不解之谜：写夏景,如何有红色梅花绽放的景色？纵然说这里不是写梅花,而是梅子,那么"绽"字又显得不那么合适。周词则完全避开了这样的矛盾,他写"雨肥梅子",正是初夏景象；又以"清圆"两个字形容正午的树荫，也是非常恰切的。然而，周词毕竟不是写的"大夏"，而是"初夏"，梅雨的季节，尤其是他居住在无想山的附近，更是颇为潮湿所苦，因此说烘干衣物怕要费去多少时光。这本是一个极为家常的场景，然而在周词之前似未曾有谁把这样一件用薰炉烘干衣服的琐事写进词当中去；一旦写入，则又是如此的静谧优美，含义丰富。旧式词家说这是"体物入微"，又说"夹入上下文中似褒似贬，神味最远"（周济《宋四家词选》），更说"《离骚》廿五，去人不远"（《谭评词辨》），指出了周邦彦的抒情方式——"沦谪之恨，出之蕴藉"（俞平伯《清真词释》）。沈祖棻先生说这是"想象中有境界"（《宋词赏析》），"地卑山近"是实写，"衣润费炉烟"是揣拟之辞。夏承焘先生说："'费'字暗点出在这样环境中作者的烦闷心情……这句以前，只点时令，这句以后，逐渐展开情境，这句是点逗过渡，'费'字是上片的筋节。"（《唐宋词欣赏》）是说这句将整个词境带入一种个体感悟的深沉绵长的境界中来，而此前的写景虽然在蓄势，但与这里来对照，仍旧比不上它内蕴的沉厚。

初夏的午后，室内炉烟缭绕，室外乌鸟自鸣，隔过一座小桥，又传来溅溅的流水声。这是夏天的一泓"新绿"。新绿，汲古阁本《片玉词》作"新渌"，正是写流水清澈。倚靠着栏杆，有好一会儿了，不自觉地就生出了一种幻想：这不是溧水的无想山，而是浔阳江头。白居易《琵琶行》诗："住近湓江地低湿，黄芦苦竹绕宅生。"不就是眼前的景象吗？那"我"为何不像白居易一样，也去泛舟一把，诉一诉"我"客居在此的苦恼呢？然而在作者的词中，他只写了"拟泛九江船"五个字，至于其他的牢骚、愁怨，都没有在词中出现。显然，他的情绪并不是像白居易那样可以直接发抒的。换头以"年年"两个字开端，写自己数年来漂泊不定，就像春秋社日里来去的燕子。现在好了，总算能够暂时停下飘飞流浪的脚步，止息在长长的椽子上。作者一方面埋怨这溧水的环境，与白居易贬谪而往的九江，没有什么区别；另一方面又觉得有个可以歇脚的地方，在目前这个大环境中也算很不错了。这是一个什么样的大环境？

我们知道,元祐中最为著名的政治事件,就是旧党内部之间的纷争;而在此之前,旧党也已经联手清除了新党的势力。周邦彦本人究竟是哪一方的,并不很清楚。但他的入仕及晚年的稍稍显达,都离不开支持新党的政治势力的提携。因此,这个时候,他虽然远离京城,对党争不闻不问,但也不能无动于衷,还是希望不要受到牵连。他自我劝解说:"莫思身外,长近尊前。"这诚然是消极的,也是不情愿的。作者进一步说:"我"是江南的旅客,年岁老大,面容憔悴,时光无情,不能再承受急管繁弦的激越声响;就让"我"在歌筵的边上,先行安放枕头竹席,原谅"我"要在酒醉之后就倒头睡下了。这种消极避世的态度,应该说是那个时代身在下层的士大夫群体性的一种反应。那种不能够从史书与文集当中感受到的社会气氛,由宋词以它含蓄的方式保留了下来。而这种纳须弥于芥子,千回百折,欲露不露,蕴藉深沉,正是宋词独特的地方。因此,俞平伯先生评价这首词说:"气恬韵穆,色雅音和,萃众美于一篇,会声辞而两得,在本集固无第二首,求之两宋亦罕见其俦。"(《清真词释》)也并不是过誉的话。

花　　犯①

梅　花

粉墙低,梅花照眼,依然旧风味②。露痕轻缀。疑净洗铅华③,无限佳丽。去年胜赏曾孤倚。④冰盘同宴喜。⑤更可惜⑥,雪中高树,香篝⑦熏素被。　　今年对花最匆匆,相逢似有恨,依依愁悴。吟望⑧久,青苔上、旋看飞坠。相将见、脆丸⑨荐酒,人正在、空江烟浪里。但梦想、一枝潇洒,黄昏斜照水。

> 注释

① 花犯：大曲《六幺》当中节拍最为繁促的一段，称作"花十八"，取名的意义盖本自其变化多端。据此类推，所谓"花犯"，应该是指这支曲子所用的宫调频繁转调，与"六丑"的情形相类似，也是歌唱难度很高的歌曲。
② 风味：风采、风度。
③ 铅华：涂在面部的铅粉。
④ 胜赏：赏心的胜景。孤倚：孤零零无所倚靠。
⑤ 冰盘：夏季放置冰块的果盘。同：一作"共"，即"供"。宴喜：宴饮欢乐。
⑥ 可惜：可爱。
⑦ 香篝（gōu）：薰笼。
⑧ 吟望：杜甫《秋兴》："彩笔昔曾干气象，白头吟望苦低垂。"徘徊吟咏，凝望迟疑的样子。
⑨ 脆丸：指青色的梅子。脆，一作"翠"。

> 评析

这是宋词当中咏写梅花的名篇。短短的一首小词，写尽了数年来的婉转情思、复杂情事，而又是往往欲言又止，含蓄不尽。起笔写粉白的墙壁上，透出一枝梅花，鲜明耀眼。刚到这里，就说它"依然旧风味"，是一句伏笔，引出旧年、旧事，但并没有马上就转到这回忆中去，而是接着写眼前的这一枝梅花。清晨的露水在它的花瓣上留下了痕迹，就像一位美人，洗尽了粉黛铅华，而拥有无与伦比的国色。当由花写到了人，则写花已足，由此转入去年的回忆，分为两段：一段在初夏，胜景欢宴，赏心乐事，你孤零零无所倚靠，与冰盘中瓜果相伴。一段在冬末,四野皑皑,亭亭玉立,更让人怜惜;你散出的幽香,就像薰笼里面的熏香,而大雪就是那覆盖在薰笼上面的衣被。以上分写梅花的花容、结子、初开,各写一个季节,各占一种风华。换头回到眼前,今年的春天与你匆匆相逢,觉察到你的心事、幽怨——如果不是这样,为什么显露憔悴的容颜,依恋不舍呢?吟咏相望,稍作迟久,就看到青苔上你飘落下来的花片。等到再聚首,已经是用梅子相伴着饮酒的时候了,怕是我们都不免于漂泊在江湖吧。想到这里,真不敢再想下去,还是让你那黄昏斜月的潇洒影像,永存在梦里心中。

大　酺①

春　雨

对宿烟②收,春禽静,飞雨时鸣高屋。墙头青玉旆③,洗铅霜④都尽,嫩梢相触。润逼琴丝,寒侵枕障⑤,虫网吹粘帘竹。邮亭⑥无人处,听檐声不断,困眠初熟。奈愁极顿惊,梦轻谁记,自怜幽独。　　行人归意速。最先念、流潦妨车毂。怎奈向、兰成⑦憔悴,卫玠⑧清羸,等闲时、易伤心目。未怪平阳客⑨,双泪落、笛中哀曲。况萧索、青芜国。红糁⑩铺地,门外荆桃如菽⑪。夜游共谁秉烛。⑫

注释

① 大酺(pú):三人以上的群体性宴饮,叫作"大酺",这在秦汉时代是朝廷给予民间的特殊政策,换言之,一般情况下是不允许平头百姓聚集宴饮的。唐代时成为教坊的曲名。

② 宿烟：夜里的烟气。

③ 青玉旆：指竹。旆，本是旌旗的垂旒。

④ 铅霜：竹粉；竹笋的外壳脱落的时候，留在竹子上的白色粉末。

⑤ 枕障：枕头和帷帐。

⑥ 邮亭：驿馆，外出办理公事的行人往来歇息的地方。

⑦ 兰成：庾信，小字兰成。滞留北方，有乡国之思，著《哀江南赋》。

⑧ 卫玠：字叔宝，幼时即风神秀异，光彩照人，被誉为"玉人"。后来多病体羸，其母就禁止他多说话，反而成为玄谈的名家。晋室渡江后，更被认为是"正始之音"的传人。他从江夏回到建康，人们都争着一睹他的姿容，因此劳疾而亡。《晋书》有传。

⑨ 平阳客：东汉马融做督邮的时候，巡察来到郿县的平阳坞，从京城洛阳到这里的一位客人，吹奏笛曲，让马融兴起对京城的思念，并创作了《长笛赋》。

⑩ 红糁(sǎn)：糁，本意是米粒，这里代指红色的小花。

⑪ 荆桃：樱桃。菽：豆子。樱桃像豆子大小一样。

⑫ 夜游共谁秉烛：李白《春夜宴从弟桃李园序》："夫天地者，万物之逆旅也；光阴者，百代之过客也。而浮生若梦，为欢几何？古人秉烛夜游，良有以也。"

评析

这是写春雨，一场送春的大雨。它的写法，成为整个南宋咏物词创作中所师法效仿的模板。面前这一夜的烟气收尽了，突然间进入一个静谧的时刻，本来应该是迎着明亮的天色而鸣叫的禽鸟，此刻都闭上了嘴。原来，一场送春的大雨顷刻而下，落下的响声振荡在高大屋檐上。墙头一排新竹，它们刚刚脱掉了笋壳竹皮,在这场春雨中洗去了附着的竹粉,显得更加青绿,像玉做的旌旆一样,在风中摇曳,还不太坚硬的竹梢碰触在一起,左右摇晃。潮湿的气息蔓延上来,琴丝受到了空气中水分的浸润,卧榻上的枕头帷帐也遭到了一阵寒意的渗透,蛛网也在这样的湿润中将竹帘的缝隙吹黏了起来。暂时寂静无人来往的驿馆客栈里,住着的那位远行的人,经历了一路的疲乏,进入了熟睡,雨落屋檐的声响也连续传来,令他频频惊醒,惆怅至极,不能记得那些短暂且断续的梦,只有自伤寂寞孤独。以上都是写雨,从春禽的静、嫩竹的触击、房室里的潮湿,以及驿馆行人的惆怅,来写雨的将至、已至和持续的状态。但作者并没有粘着在雨上,寸步不离;也没有借着雨肆意发挥,都围绕在雨的主题下。

换头以下,由被春雨困在驿馆中的行人领起,明着看是抒写羁旅之情,实际上还是步步不离开雨的主题。行人打算早些上路,但这样的大雨,让他不能不担心前途艰难,妨碍他行进的速度。大雨弥漫在天地之间,也拉长了困在雨季中的人的惆怅:一种时光易逝、客居漂泊的伤感,一种精神委顿、生命不永的担心,在这个雨天轻易地便来到了跟前。这就难怪当年马融见到洛阳的客人,禁不住以《长笛赋》自述思念故国的伤感;何况大雨之后,一片萧索景色:青草丛生,落红满地,门外的樱桃树上新结果实,青涩如豆。如此景象,又有谁能来一道秉烛夜游,以弥补由于大雨的阻碍而不曾亲自送春的遗憾呢?

瑞 龙 吟

章台路。① 还见褪粉梅梢,试花②桃树。愔愔坊陌人家③,定巢燕子④,归来旧处。　　黯凝伫。⑤ 因念个人痴小,乍窥门户。侵晨浅约宫黄⑥,障风映袖,盈盈笑语。　　前度刘郎⑦重到,访邻寻里,同时歌舞。唯有旧家秋娘⑧,声价如故。吟笺赋笔,犹记燕台⑨句。知谁伴、名园露饮,东城闲步⑩。事与孤鸿去⑪。探春尽是,伤离意绪。官柳低金缕。归骑晚,纤纤池塘飞雨。断肠院落,一帘⑫风絮。

注释

① 章台路:见欧阳修《蝶恋花》"楼高不见章台路"注。孟启《本事诗·情感》记载韩翃举进士时,穷困潦倒,邻居李将有妓柳氏,以韩"必不久贫贱",将柳氏许给韩翃。第二年韩翃一举成名,离京为官,与柳氏约,定期来迎娶。三年后,韩翃爽约,寄了一首诗给柳氏:"章台柳,章台柳,往日依依今在否。纵使长条似旧垂,也应攀折他人手。"后来韩翃入京,得知柳氏为番将沙吒利劫去,怅然不能割舍。韩翃在子城东南角偶遇柳氏所乘辇车,缓缓跟随,约定明日"一来取别",更令韩翃情不自胜。后来得友朋相助,终使柳氏归韩;而韩仕途不达,至迟暮之年方得显宦。《本事诗》记载的韩翃的经历,可能会令周邦彦想到自己,他也经历过青年时代在京城的成名,以及此后的默默无闻,直到年岁老大仕途才稍稍有些起色;至于这期间发生的情感遭遇,这首《瑞龙吟》词或许就是一个实录。
② 试花:季节转换之际花初开。
③ 愔愔坊陌人家:幽静的歌妓住所。坊陌:义同"坊曲",歌女住处谓之"曲",选入教坊谓之"坊"(郑文焯《大鹤山人校本清真集》)。
④ 定巢燕子:杜甫《堂成》:"频来语燕定新巢。"
⑤ 黯凝伫:黯然地伫立,发呆出神。
⑥ 浅约宫黄:在额头涂上浅浅的黄色,也称"额黄""宫额"。
⑦ 前度刘郎:刘禹锡《再游玄都观》:"种桃道士知何处,前度刘郎今又来。"又

用刘晨、阮肇入天台山遇仙女故事。

⑧ 秋娘：唐代歌女多称"秋娘"。由于杜牧有《杜秋娘诗》，写叛将李锜妾名杜秋娘者；锜败，秋娘入宫，为皇子傅姆；皇子废，秋娘返归故里，穷老而终。则秋娘也成为年老歌女的代称。旧家：旧时。

⑨ 燕台：李商隐有《燕台诗》四首，迷离惝恍；又有《赠柳枝》诗，序称：柳枝为洛中里娘，李商隐和自己的从兄让山经过洛阳，让山见到柳枝吟咏《燕台诗》，说："谁人有此？谁人有是？"柳枝将自己带结截断，托让山交给李商隐。第二天，李商隐在巷口看见柳枝，"丫鬟毕妆，抱立扇下，风障一袖"，约定三日后相会，结果李商隐因为同住的友人开玩笑先把卧装拿走，不能停留，就爽了约，后来听说柳枝"为东诸侯取去"。

⑩ 东城闲步：杜牧《张好好诗》序称，最初见到张好好时，年十三，为乐伎；数年后，她已为人所娶；再后来，杜牧"于洛阳东城，重睹好好，感旧伤怀"。

⑪ 事与孤鸿去：杜牧《题安州浮云寺楼寄湖州张郎中》："恨如春草多，事与孤鸿去。"

⑫ 一帘：名词作量词，如一川、一簑等。

> 评析

《瑞龙吟》是《片玉集》开卷第一首，依照文集编撰之例，算得上是压卷之作了。全词分为三段，即"双拽头"。首句入韵的"章台路"，虽然我们不能从现存宋词中找到这个词调首句不入韵的例子，但这里或许不会是起调的所在，而是在"试花桃树"上。否则一句"章台路"全是用典，哪里会有许多意味呢？要说意味，自然是在"还见"（一作"还是"）二字。吴梅《词学通论》说"还见"二字是"沉郁处"，陈洵《海绡说词》说是"逆入"。梅梢、桃树，既是眼前所有，也是记忆中故物。因此有这"还见"二字，便很自然地从当下拉回了过去，在"章台路"这一亘古不变的地点之上,一种黯然的情绪开始通过时间的变动而延伸与蓄积。此际,纵然是有无端的感慨,也收藏了起来。下面说"愔愔坊陌人家,定巢燕子,归来旧处",吴梅说是"又沉郁处",陈洵说是"平出"。说是"旧处",自是从当下眼中见出,如果还是沉浸在记忆中,何"旧"之有呢?因此这一段中是从"还见"二字触及了过往的情绪,但如蜻蜓点水,尚不露声色,旋又回到了眼前;然而所见的却是燕子归来,怅惘之情见于言外。这样一份包含期望与无奈的情绪在一点点郁结,从"黯凝伫"以下却完全进入了回忆,所以陈洵说是"逆入"。而吴梅则说"因念"(一作"因记")二字,起到了"通体空灵"的作用。旧式批评中凡说到"空"字,多是依凭着词中所设置的回忆与想象的场景,也就是专就写景言事来说的,不是针对抒情也就是"情语"来说的。本来已经郁结的情绪被收藏掩盖住了,这里没有进一步去抒泄这种情感,而是另换了一副笔墨,写过去的美好时光中美好的人事。词人专就一位女子的年龄、动作与穿着写来,笔致松秀,笔意灵动,完全不见了着笔的人实际上所郁结的那份怅惘与苦痛。

"前度刘郎重到",则又回到了眼下,所以又是"平出"。写到这儿,作者方说出来意,是"访邻寻里",即前来寻找故人,那故人的影像前一段已经说出,如今又怎样了呢?作者没有直接说出答案,而是借着"唯有"一句用"侧笔"写出,所以吴梅说这又是"顿挫"处,陈洵说是"留字诀",即情感还在蕴积中。但毕竟结果已经出现,即当年情事的主角已经不在了,物是人非的结局呈现。但直到此时,作者仍旧没有抒泄那怅惘憾恨的情感,而是说"吟笺赋笔,犹记燕台句",还想用"犹记"两个字留住那一份过往的记忆,不使它被现实的残酷完全击碎;又说"知谁伴、名园露饮,东城闲步",则更要借助空间的转移来改变这一失望的结局,虽然词人心中已经明了此坊陌之上不见,名园、东城也不会有往日的人儿相伴。不过,写至此处,作者都没有直接抒泄自己的情感,但情感伴随着情境的变化一点点郁结。直到写出"事与孤鸿去"五个字,真好像有了千钧重量,一时间倾注在这五字之上。周济说这是"化去町畦"(《宋四家词选》)、乔大壮说这是重大之笔(《乔大壮手批周邦彦片玉集》),都缘于此前的情绪的"尽力盘旋"(唐圭璋《唐宋词简释》)。仅此五字,还不算完结,作者又写了"探春尽是,伤离意绪",这是自"黯凝伫"之后二度直接写出自己的情感来,且是最为直接的一次。这样的写法,就是前人所谓的"勾勒",是直接的抒情,但很容易减弱抒情的力度。因此,煞尾最终还是选择了以"景语"来收束而非以"情语"来抒泄。

六　丑

蔷薇谢后作①

正单衣试酒②,怅客里、光阴虚掷。愿春暂留,春归如过翼。一去无迹。为问家何在,夜来风雨,葬楚宫倾国③。钗钿④堕处遗香泽。乱点桃蹊,轻翻柳陌。多情为谁追惜。但蜂媒蝶使,时叩窗隔。　　东园岑寂。渐蒙笼⑤暗碧。静绕珍丛底,成叹息。长条故惹行客。似牵衣待话,别情无极。残英小、强簪巾帻。终不似一朵,钗头颤袅,向人欹侧。漂流处、莫趁潮汐。恐断红、尚有相思字⑥,何由见得。

注释

① 蔷薇谢后作:《全宋词》本作"落花",宋刊本陈元龙《详注周美成词片玉集》题作"落花",此从汲古阁本《片玉词》改。又,词中的"怅客里"的"怅"、"为问家何在"的"家",《全宋词》、汲古阁本、宋刊覆刻本《详注周美成词片玉集》分别作"恨"、作"花",但检核宋刊初刻本《详注周美成词片玉集》则作

"怅"、作"家",都据之改正。

② 试酒:春末夏初的时候,官家酒库要拿出新酿的酒供品尝。

③ 楚宫倾国:越女西施被送入吴宫,有倾国之貌。吴楚相连,"楚宫"亦可以代指"吴宫"。一如"吴天"也称"楚天",如柳词"暮霭沉沉楚天阔",辛词"楚天千里清秋",都是指的吴地。又,"楚宫"用《墨子·兼爱中》"楚王好细腰,宫人多饿死"的典故。

④ 钗钿:挽住头发的条形物叫作"簪",两根簪子扭成股,加上装饰物的叫作"钗","钿"就是钗上的装饰物,或者是金银,或者是贝、流苏等。

⑤ 蒙笼:朦胧,不明。

⑥ "恐断红"两句:据唐范摅《云溪友议》(卷十)载,宣宗时,舍人卢渥偶临御沟,得一红叶,上题绝句云:"流水何太急,深宫尽日闲。殷勤谢红叶,好去到人间。"归藏于箱。后来宫中放出宫女择配,归卢者竟是题叶之人。这里用这个典故,指代红色的花片。《全宋词》校云:"按,红原作鸿,从《阳春白雪》卷一。"作"断鸿",亦通。汲古阁本《片玉词》注云:"诗云:'来春纵有相思字,三月天南断雁非。'"若此,则"恐断鸿"后即发生了句意的转折,一如黄庭坚的名句"寄雁传书谢不能"。

评析

　　这是一首在当时盛传的歌词。据说,所谓"六丑",就是犯六调,转入六个不同的宫调,音声流美,但歌唱者不免以为是难事(周密《浩然斋雅谈》卷下)。周邦彦凭借类似的高难度创作,颇获声名,以至于后来蔡京掌朝的时候,专门派人去请周邦彦填写颂圣的歌词,但遭到了他的婉拒:"某老矣,颇悔少作。"由此推断,这不会是他晚年的作品。起首写节令,这是春天快要离开的时候,因此已经换上了单衣,从酒库里面拿出样酒来品尝。然而,又是一年春尽,不能不引起一点惆怅,慨叹大好的光阴又虚度了。但愿春天暂且留步,然而她竟如鸟儿飞过一般,去无踪迹。请为"我"探问一下,故园如今怎么样呢?原来经历了一夜的风雨,已经是落花满地,如同美人的死亡。这里的楚宫倾国,用的是西施的典故。楚宫,就是吴宫,西施以越人曾往吴国。而周邦彦是钱塘人,也就代指他对故园的思念。但这里的"家"字,也不妨理解为春归的"家",是春天离开要去往的地方。那么,这个地方,这个"家"在哪里?就像一个美人离开自己的故乡,现在她要回去了,她的"家"在哪里?令人沉痛的是,她归去的愿望并没有实现,就"香消玉殒"了。一般是用花来写人,用花的凋落写人的死亡,但这里以人来写花,以人的死亡写花的凋零。接着写女子钗钿的遗落,其实也是花的落下。这"落下"仍旧伴着依恋,在曾经的桃蹊、柳陌,盘旋不去,为何如此多情,还不停地追思叹惜?只有当年花开时节的蜂蝶,似乎还留有情意,时不时地叩打窗棂隔扇,也惊动了窗内的人。

春天离开,暗示着过往生活的消逝。曾经情爱绵绵的东园,如今是若何的安静。深绿的花木渐渐地遮蔽了周遭一切,飞来的花片旋绕着花丛,终于落在了它的根柢下,化作了一声轻叹。枝条在花落之后,显得更加修长,故意招惹走过的客人,牵着他们的衣服,好像有话要说,恋恋不舍。残留在枝头上的小小的花朵,只好勉强插入行客的头巾。终究不能比盛开时节可以插在钗头上颤动的花朵——它重且大,甚至还歪倒了一边。落花啊,纵然当你随水漂走,也不要选在潮起潮落的时候。那疾速而行的水流,带走了红色的片片花瓣,也带走了种种相思的情意,不知道要到什么时候才能再见到你。

兰　陵　王[①]

柳

柳阴直。烟里丝丝弄碧。隋堤[②]上、曾见几番,拂水飘绵送行色。登临望故国。谁识。京华倦客。长亭路,年去岁来,应折柔条过千尺。

闲寻旧踪迹。又酒趁哀弦,灯照离席。梨花榆火催寒食。③愁一箭风快,半篙④波暖,回头迢递便数驿。望人在天北。　　凄恻。恨堆积。渐别浦萦回,津堠⑤岑寂。斜阳冉冉春无极。念月榭携手,露桥闻笛。沉思前事,似梦里,泪暗滴。

注释

① 兰陵王:北齐兰陵武王长恭,面白如妇人,就戴上假面去作战;曾与北周的军队在金墉城下一战,勇冠三军,北齐人便将他的事迹演为歌谣,后来谱成曲,配上歌舞,就是《兰陵王入阵曲》,也被称为《大面》。宋词中的《兰陵王》可能就是从这个歌舞大曲中来的。张端义《贵耳集》载此词是李师师送周邦彦出都时,邦彦留别之作,这与词中所写的"客中送客"(周济)的情事并不吻合,算是小说家言。

② 隋堤:隋炀帝开凿大运河的时候,将黄河引入汴水,通到淮河,就是所谓通济渠的东段,它被称为御河,两岸筑有御道,种柳树。

③ 梨花榆火催寒食:梨花接连开放,催促着寒食节的到来,新季节的火种也从榆木上钻取得来,春天的脚步一步紧接一步。梨花开在惊蛰、春分;距离冬至日一百零五日是寒食节,在清明前一两日,禁用火,吃冷食。然后改火,在春天要钻榆柳木以取火种。

④ 半篙:篙,本是撑船的竹竿,这里名词用作量词,是说春水已经涨上来了,有半篙那么深。其用法与苏轼《定风波》"一蓑烟雨"同。

⑤ 津堠:渡口的屋舍、瞭望台,即驿。

评析

这是写送别的宋词名篇,与唐诗当中"渭城朝雨浥清尘"相伯仲。由于这是首三段词,因此在宋朝已经被称为"渭城三叠"了。每一段各有一个主意,第一段写客居京华的漂泊不定之感;第二段写漂泊不定中的自己在此刻又成了送别他人的人;第三段写送别之后,本来漂泊不定的自己,此刻又多出一层对远方的人的思念。如此三段,是漂泊、离愁、思念三种情感,三种事体,聚集在一人身上,又如何能够承受得住?这里的隋堤,就是汴河,它原本是隋唐大运河的一段。折柳送别的习俗,由来已久。因此,河堤上伸向远方的排列成直线的柳树的树荫,在烟雾笼罩中的碧绿的柳树枝条,以及荡漾在春风里的柳絮,都让人生出离别的情思来。而此刻的"我",则是困居在京城数年无所作为的状态。每当看到汴河之上的人来人往,都会牵动"我"对过往生活的回忆。睹物生情,定会有不少迎来送往的画面来到眼前,但不容"我"多想,就又是一个送别时刻的到来,且恰逢梨花盛开、榆木改火的寒食节令。随着让人哀怨的乐曲响起,灯火闪烁中的离别宴会上,一杯又一杯,诉尽衷肠。想到远行之人将会像那箭离弓弦一样,飞快地随着春风南下的脚步离开;渐行渐暖已经涨起来的春水一刻不停,当酒醒梦遥,回头看时已经将数个水驿远远地抛在了身后,而"我"还停留在北方与你遥遥相望,如何不生出愁怨来。一个"愁"字直贯到"望人在天北"。

以上是揣想离别后远行人的情形,第三段则是写离别后"我"的感伤。凄恻缘于孤独,愁恨本非一事。在船只远去之后,靠近河岸的水波逐渐趋于平静,渡口的驿馆也不再有喧闹。远处的斜晖慢慢地收尽了,但远方的春天却还没有尽头。"斜阳冉冉春无极",梁启超说是"绮丽中带悲壮"(梁令娴《艺蘅馆词选》);沈祖棻说"'春无极',即春色无边……'斜阳冉冉',即斜阳欲下,却又有苍莽之感"(《宋词赏析》);程千帆说"'斜阳冉冉',是形容时间即将消逝。'春无极',则是形容空间杳无边际","囊括了人类生活舞台上出现的千变万化的离与合、悲与欢,生命的消逝与永恒、有限与无际"(《古诗考索》)。这些说法都能道出这句的意蕴与意境来。宋词中常见的情绪,如"春共斜阳俱老"(秦少游《迎春乐》)、"面旋落英飞玉蕊,人间春日初斜"(苏轼《临江仙》),皆就一端即露出衰退的部分着眼,但周词则于衰退中能够一笔振起;至如"离愁渐远渐无穷,迢迢不断如春水",欧阳修以春水来比离愁,取其绵长不断;周邦彦则直接以春天来作喻体,愁怨、怅恨、希望、期待,汇聚在了"斜阳冉冉春无极"七个字当中。

朱敦儒

朱敦儒(1081—1159),字希真,洛阳(今属河南)人。青年时代,与陈与义等人号称"洛中八俊",朝廷征召他去做官,被他拒绝。南渡后,避难渡岭到了南雄州。朝廷再次征召,仍旧不赴。在旧友陈与义等人的劝说下,幡然改辙,至临安,赐给同进士出身,历官兵部郎中、浙东提刑等。过了十五年的仕宦生活后,遭到弹劾,致仕,退居嘉禾。秦桧主政,想借用朱敦儒的文名粉饰太平;就先给朱敦儒的儿子一个小官,又给朱敦儒一个鸿胪少卿的官。他都接受了。在旁人看来,这是他舐犊情深所导致的晚节不保。有词集《樵歌》传于世。

相 见 欢

金陵城上西楼。倚清秋。①万里夕阳垂地、大江流。　　中原乱。簪缨散。②几时收。试倩③悲风吹泪、过扬州④。

注释

① 倚清秋：背靠着高爽的秋空。这是形容自身所占的位置高迥宽阔。与欧阳修《朝中措》"平山阑槛倚晴空"同一景致。
② 簪缨散：宋朝的达官贵人们四处逃散。古时有官职的人所戴的冠，插入簪子，系上缨带，所以用簪缨来代指这些人。
③ 倩（qìng）：恳请。
④ 扬州：指"古扬州"，即金陵（邓子勉《樵歌校注》）。

评析

晚清的词学家陈廷焯评价这首词说："希真词最清淡，惟此章笔力雄大，气韵苍凉，悲歌慷慨，情见乎词。"（《云韶集》）又说："短调中具有万千气象。"（《词则》）这是两句准确的评语。风格清淡的人也不会总是清淡下去，甚至不妨说，清淡是他的性格，而性格，个人之间差异很大，是生长环境、后天追求等人为因素塑造的，用荀子的话讲，就是"伪"。但性情终也掩盖不了，个人之间差别并不会太大，不过是呈露的方式不同，时候不同而已。这首词是作者在建炎元年（1127）的秋天写的。这一年初春，金兵在包围了汴京一个冬天后，掳走了徽钦二帝。北方的中国一下子成了战乱区：金兵、宋兵、盗贼、流民混杂一处，正是"淮南江北半胡兵，想见春风战血腥"（吕本中《寒食》）。和平年代里生活优渥的士大夫们，不是投降，就是向南逃亡。朱敦儒随着流亡的人们，一路向南，渡过长江，到了金陵。身在东南的他，此刻向西北方向望去，清秋时节，一派肃杀，沉沉落日，满目苍凉。"唯有长江水,无语东流。"不得不说,包括朱敦儒在内的宋朝知识阶层,是毫无心理准备来面对这一切的。盛世繁华还在昨日,四处溃败的宋兵就来到了眼前。哪里有什么希望失望,又哪里还有什么悲愤怯懦,有的只是命悬一线的人与危在旦夕的国,他们要求的只有生存——活下去。"试倩悲风吹泪、过扬州","悲风"即"西风",这里的"泪"又是指什么呢?在另一首描写南渡的《鹧鸪天》词中,作者说:"西风北客两飘零。"飘零的不只是"北客",还有"西风";"西风"吹过了扬州,从北方吹来,也像逃难的"北客"一样;然而如今乱离的中原还有多少不曾逃过江的人在受苦受难,作者恳请"西风"把这流离苦难的人一并带过江来。

赵 佶

赵佶(1082—1135),史称"宋徽宗",在位二十五年。崇宁初,诏天下立"元祐党人碑",禁锢司马光、苏轼等"党人"子孙。大观中,行学校"三舍法",替代科举取士;立大晟府,创制"新燕乐",自我册封为"教主道君皇帝"。宣和间,曾数度"微行",劣迹丑行,传播宫廷内外。方腊、宋江等起事,金兵又南犯,国家岌岌可危的时候,主动禅位,以"太上皇"名义,逃难至镇江。靖康元年(1126),回到京师,次年二月,金人入汴京,成为俘虏,被胁迫北行。绍兴五年(1135),卒于五国城。赵佶性轻佻,精艺术,喜逸豫。倖幸登大位,恃其私智小慧,故用人施政,反复颠倒。而于士大夫君子之风,不能投合,故毁三苏、黄、秦之文集,一再诏令,而禁元祐学术,又与在位相终始。国破身辱,哀恸天地,于一己而言,可悲可悯;于民族、国家而言,则导致如此灾难,实为祸首。

宴 山 亭①

　　裁剪冰绡,打叠数重,冷淡燕脂匀注。新样靓妆②,艳溢香融,羞杀蕊珠③宫女。易得凋零,更多少、无情风雨。愁苦。问④院落凄凉,几番春暮。　　凭⑤寄离恨重重,这双燕,何曾会人言语。天遥地远,万水千山,知他故宫何处。怎不思量,除梦里、有时曾去。无据。和梦也、有时不做。

> 注释

① 宴山亭:《阳春白雪》"宴"作"燕",意同。又题"杏花"。《宋词三百首》题"北行见杏花"。
② 靓妆:司马相如《上林赋》:"若夫青琴宓妃之徒,绝殊离俗,妖冶娴都,靓妆刻饰。"郭璞注:"靓妆,粉白黛黑也。"李善注:"靓,音净。"
③ 蕊珠:蕊珠宫,也称蕊宫,道家仙宫。
④ 问:《全宋词》作"闲",从《词综》改。
⑤ 凭:任凭。

> 评析

　　将宋徽宗词与李后主词并列,视为同一"声调",在宋元人的笔记当中,已经如此评论了。后来的词评家,大都也有类似看法,如云"《麦秀》之后有《黍离》"(贺裳《皱水轩词筌》),又如云"为李后主后身,感均顽艳"(梁令娴《艺蘅馆词选》引梁启超评语),但都不如王国维《人间词话》引用尼采所谓的"以血书者"的批评,能够超越国家兴亡、个体悲欢的具体指向,而发掘出小词深沉重大的内在力量。唐圭璋先生《唐宋词简释》引况周颐所谓"'真'字是词骨",说:"若此词及后主之作,皆以'真'胜者。"这里的"真",既然在"词骨"上,也就是词的内在,不是外在颜色体态,那么,所指的真就不是局限在情真事真,而是"境真"——超越了具体情事的绵邈深沉的艺术境界。

李清照

李清照(1084—?),齐州章丘(今山东济南市章丘区)人,晚年自号易安居士。清照少年即有诗文名;而小词尤婉丽,往往出人意表。父李格非,字文叔,以文章受知于苏轼;母王氏,神宗朝后期宰相王珪孙。徽宗建中靖国元年(1101),清照年十八,嫁赵明诚。明诚,字德甫,赵挺之季子;挺之,崇宁间(1102—1106)位在宰辅,格非则入元祐党籍,清照毅然上诗挺之救父。这段时期,清照与明诚居汴京府第,共收藏古碑帖、书画、器物。大观元年(1107),挺之卒,清照与明诚屏居青州乡里,此后十年续为文物收藏无辍,并筑"归来堂"书库,其间有"易安室"。清照敏捷强记,明诚勤劬校书,坦夷憀栗,相映成趣。高宗建炎元年(1127),明诚奔母丧南下至建康;清照则载书十五车,连舻渡江、备尝艰辛而继至;又有封存青州书库者,则毁于战火。建炎三年(1129),明诚卒。时国势倾危,风波未静,清照所独守之文物,为有力者所垂涎;而清照才逸气高,无可默对世风衰颓,故颇不能为南渡后褊狭浅学之文士所容;终致半生收藏横遭攘夺,自身且更深陷再嫁公案之中,令千载而下仍疑似不能辨。

如 梦 令

常记溪亭①日暮。沉醉不知归路。兴尽晚回舟,误入藕花深处。争渡。②争渡。惊起一滩③鸥鹭。

> 注释

① 溪亭:山东济南当地的名泉,与漱玉、趵突等齐名(徐培均《李清照集笺注》卷一)。
② 争渡:夺路而过。
③ 一滩:名词作量词,指数量多。

> 评析

这是一首轻快疏俊的小词,短短几行字下来,很能见出作者的性情与风度。全词的重心是在"争渡"这重复出现的一句上。是什么引发了要夺路才能渡过呢?"常记"句点出时间已在日暮,日暮则路不明;"沉醉"句更点出由于醉酒昏沉导致的迷路。第三句才道出时间已晚与迷失归途的原因,是要游玩饮酒尽兴。兴尽,其实是尽兴。这样就误打误撞进入了莲藕密布的港汊——水道窄了起来,走错路已在意料之中,但作者并没有选择掉转回头,反而是决定从这里夺出一条新路来。结果呢?或者不难想象,但谁又会在乎成败呢?当成群的白鹭、白鸥从黑压压的连片的荷叶当中突然飞起,作者的兴致显然会被重新点燃。

念奴娇

春情

萧条庭院,又斜风细雨①,重门须闭。宠柳娇花寒食近②,种种恼人天气。险韵③诗成,扶头酒④醒,别是闲滋味。征鸿过尽,万千心事难寄。　　楼上几日春寒,帘垂四面,玉阑干慵倚。被冷香消新梦觉,不许愁人不起。清露晨流,新桐初引⑤,多少游春意。日高烟敛,更看今日晴未。

注释

① 斜风细雨:张志和《渔歌子》:"斜风细雨不须归。"
② 宠柳娇花寒食近:花柳于寒食前,春气暖薰,争相开放,如人之得宠而娇。
③ 险韵:即所谓"押小韵"。一般士子作诗赋(尤其是赋),往往选择包含字数较多的韵部,这样便于成文;而选择字数较少甚至是极少的韵部,则相当冒险;还有一种情况,就是用生僻字,即一般少有人用的韵字。如《声声慢》"独自怎生得黑"的"黑",就是一个险韵字。
④ 扶头酒:早上起来饮用的淡酒,起到消解中和"宿醒"的作用,又称为"卯酒"(俞平伯《唐宋词选释》)。张耒的《卯酒赋》中说:"于是体之栗然寒者温。"说明早上饮用它,还能起到御寒的作用。
⑤ "清露"两句:见《世说新语·赏誉》:"于时清露晨流,新桐初引。"引:长。

评析

李易安往往于闺房描写之中贯注士大夫之气,这是她独具的抒情方式。

如果说"楼上""阑干",还都是较为模糊的空间名词,那么这首词下面写到"被冷香消",则断是闺房无疑了。而恰恰也在"闺房"被暗示的当口,显出两处异文来。"玉阑干慵倚",一作"闲(或慵)拍玉阑干"。前者的造句结构,是"玉阑干"作为一个地点的状语,人物隐藏在句中,像是从薄雾中透出来的;而后者的造句结构,是"玉阑干"变为一个动作施加的宾语,人物主动地出现,使得这一韵——"楼上几日春寒,帘垂四面,闲(或慵)拍玉阑干"整个地向"闲(或慵)拍"两个字倾斜——暂且不管"闲(或慵)拍"的构词本身是否有些矛盾。这处重要的异文出现在"换头"的位置,或者只是一种偶然,但正好可以用来说明,这首词从上片的写诗饮酒将要出现的转变,这种转变其实是写诗饮酒的真实的背景所决定的,这便是闺房——"被冷香消新梦觉"。巧的是,这里也出现了一处异文,即一作"清梦断"。是"新"还是"清",距离不远;而是"觉"还是"断",则显然不是一回事。尤其当上一句如果是"慵拍玉阑干"的话,则这里的"断"字并非无根由了。作者的实际状态与这首词中所写的人物状态,虽然可以轻易地推测出来,但词作本身内在有一股力量却更为强烈——那种闲适与自我排解的士大夫之气在进入下片之后,出现了回旋,甚至是减弱与挣扎,最终妥协为了"不许愁人不起"的闺房女子的一贯哀怨。尽管在这首词最后的两韵中,仍要写出"清露晨流,新桐初引"这样的句子,这里显然是对应上片的"险韵诗成,扶头酒醒",而后者已经证明在词作文本的推进中将本属于士大夫的行为最终"闺房化",这里的呼应,不过是将不曾或不愿泯灭的士大夫情怀借助魏晋风流这种更为强大的势力强调一下,但它的效应已经不能够使得闺房变成书斋。词作煞尾的"日高烟敛,更看今日晴未"又作"云高烟敛,更看明日晴未",它们之间的区别便是将上片透露出来的"晓"延伸到了"午"还是"晚",但既然词作文本已然发展至此,无论是"午"还是"晓",都不能以士大夫的风流潇洒来面对了。

醉花阴

薄雾浓云愁永昼。瑞脑消金兽。①佳节又重阳,玉枕纱厨②,半夜凉初透。　　东篱把酒黄昏后。有暗香盈袖③。莫道不消魂,帘卷西风,人似④黄花瘦。

注释

① 瑞脑:瑞龙脑之省称,为龙脑树的树干经蒸馏后所得结晶,又称作冰片,产地在东南亚苏门答腊岛等地,为名贵香料。据《酉阳杂俎》载,唐代天宝末,龙脑自交趾进入宫廷,被称作瑞龙脑,曾赏赐给杨贵妃,香气异常,经久不散。金兽:狻猊(狮子)形状的香炉,外涂以金饰。

② 玉枕纱厨:瓷枕纱帐。

③ 盈袖:《古诗十九首·庭中有奇树》:"馨香盈怀袖,路远莫致之。"

④ 似:一本作"比"。秦观《如梦令》:"人与绿杨俱瘦。"

评析

《醉花阴》,旧题元代伊世珍《琅嬛记》引《外传》,说是李清照以此词"函致明诚。明诚叹赏,自愧弗逮,务欲胜之"。王仲闻认为这件事"迨出自捏造","必非事实"(《李清照集校注》)。事情本身虽然不必可信,但这首词被认为是李清照南渡之前所作,却并未引起什么异议。

起笔有一处异文,即"薄雾浓云",自杨慎在《词品》中明确地说"俗本改'雾'作'云'"之后,并为其找到了《西京杂记》里面所记"中山王《文木赋》"的出典所在,后来一些主要词总集如清修《历代诗馀》即作"薄雾浓雾",故而也为一些研究者所遵从。诚然,不排除用典的可能性,但这处异文,杨慎未免有些过度重视了,后来况周颐更说"付之歌喉,'云'字殊不入律,不如'雾'字起调",煞有介事,但这个说法的依据显然并不是明确的。从文本内在来看,无论是作"云",还是作"雾",这种开头的模式,是与"庭院深深"别无二致的。而且紧接着出现的"瑞脑""金兽"已经将空间限定在了"闺房","玉枕纱厨"更加深了这一空间的限制程度,真也一步难移了。换头宕开一笔,这是令词的常见写法,此刻士大夫的做派借助一个古典的隐士形象——陶渊明得到了体现,但这一笔并未延展出去,而是最终归结到了"帘卷西风"上来,也就是重新回到了闺房。《醉花阴》整体上是"闺房式"的作品,书斋并不是要刻意强调的,在北宋诸大家词中,如晏殊与欧阳修,往往借助自身思想境界的开阔来冲破闺房的限制,而这种开阔的呈现在这一时期的李清照歌词中只是点缀。

渔 家 傲

　　天接云涛①连晓雾。星河欲转千帆舞。仿佛梦魂归帝所②。闻天语。殷勤问我归何处。　我报路长嗟日暮③。学诗谩有惊人句。④九万里风鹏正举。⑤风休住。蓬舟吹取三山去。⑥

> **注释**

① 云涛:白浪滚滚的波涛。柳永《双声子》:"江山如画,云涛烟浪。"
② 帝所:天帝居住的地方,语出《史记·赵世家》。所,读作"许"。
③ 日暮:庾信《哀江南赋》:"日暮途远,人间何世。"这里其实是歇后出"途远"或者"途穷",不是真的说"日暮"。

④ 学诗谩有惊人句：杜甫《江上值水如海势聊短述》："为人性僻耽佳句，语不惊人死不休。老去诗篇浑漫与，春来花鸟莫深愁。"这里全用杜诗之意。谩有：徒有。
⑤ 九万里风鹏正举：《庄子·逍遥游》："鹏之徙于南冥也，水击三千里，抟扶摇而上者九万里。"
⑥ 蓬舟：如飘蓬一般的小船。三山：《史记·封禅书》载海山三神山，蓬莱、方丈、瀛洲。

评析

"学诗谩有惊人句"，是毫不谦虚，也毫不掩饰的话，这是李清照一贯的作风，至老也没有更改。这首词有人认为是李清照青年时代在山东与赵明诚乡居的时候写的；也有人认为是她南渡之后逃到台州、温州的时候才创作的；我更倾向于它是宋室南渡的那一年即建炎元年（1127）的秋天，李清照以一己之力，率领着亲眷家丁，为了躲避战乱，从淄州（今山东淄博）出发，押运着十五车文物书籍，一路南来，"至东海"（《金石录后序》，即今天连云港的淮河入海口），目睹海天相接，云涛烟浪，所创作的一首歌词。这首词中着意运用的语汇与典故，无不透露出与这个特定的历史时刻和个人遭遇密切相关。在梦中与天帝的对答，更像是一次对前途的问卜。日暮途远，未来莫测，甚至生死都悬于一线。一位从青年时代就受到名公赏识的才华横溢的人，在这个形势急迫的状态下流露出想要躲避的愿望，并不是向谁示弱，反而是倔强的姿态。天生我才，如何能够让它就此消磨得无声无息呢？然而，她毕竟是太累了，她希望能够从此走向另一个世界，一个让她远离战火、不再逃亡的安静平和的世界。虽然她肩上的担子还是那样的重，还要继续向南走。

永 遇 乐

落日熔金①,暮云合璧②,人在何处。染柳烟浓,吹梅笛怨③,春意知几许。元宵佳节,融和天气,次第④岂无风雨。来相召、香车宝马,谢他酒朋诗侣。　　中州盛日,闺门多暇,记得偏重三五⑤。铺翠冠儿⑥,捻金雪柳⑦,簇带争济楚⑧。如今憔悴,风鬟雾鬓⑨,怕见夜间出去。不如向、帘儿底下,听人笑语。

注释

① 熔金:状日光如金之熔铸。

② 暮云合璧:江淹《杂体诗·休上人别怨》:"日暮碧云合,佳人殊未来。"据俞平伯云,碧、璧,皆以名词作形容词用。

③ 吹梅笛怨:汉乐府横吹曲中有《梅花落》曲。

④ 次第:犹云接着、转眼。

⑤ 三五:凡望日皆得称三五,此处指正月十五。

⑥ 铺翠冠儿:王仲闻云:"乃元宵节妇女应时妆饰。"又云:"盖以翡翠羽毛为装饰(之小冠)。"(《李清照集校注》)是不具有实际用途而仅有妆饰性的小冠帽。

⑦ 捻金雪柳:王仲闻云:"'雪柳'乃绢或纸花,'撚金雪柳',乃于绢或纸之外,另加金线撚丝所制之雪柳,较寻常之纯以绘(绢)或楮(纸)制造之雪柳为贵重。"

⑧ 簇带:插戴满头。济楚:齐整、美丽。皆宋时方言。

⑨ 风鬟雾鬓:指头发凌乱不修饰。苏轼《题毛女真》:"雾鬓风鬟木叶衣,山川良是昔人非。"

评析

据张端义《贵耳集》说,《永遇乐》是李清照"南渡以来,常怀京洛旧事"之作。《永遇乐》与上面分析的《念奴娇》在文本构成上有着相似性:在上片,"闺房"都被模糊处理了。只不过相对于《念奴娇》的"闺房书斋化",这里则完全不见了具体的空间指向。"花间词"中著名的"小山重叠金明灭"的"金"与这里"落日熔金"的"金",同是写日光,但一在"白日",一在"黄昏",一个局限在闺房的屏风之中,一个在施展入云日光影的广阔天地。尤其是"暮云合璧"更用江淹的"日暮碧云合,佳人殊未来"之成句,借重古典取消了现实环境的限制而加重了空间的模糊感。接着所呈现的"染柳烟浓,吹梅笛怨"与"春意知几许"的"春意",实在并无切实的关联,而是肤泛的过渡式语句,正如张炎所说"只要拍搭衬副得去"(《词源·句法》)。"染柳"已没有具体的限制说明,是完全就"春意"敷衍出来的,而"春意知几许"却是不能少的跌宕之语。有此一句,则转向时间——"元宵佳节,融和天气",暗示"夜"的出现,但又说"次第岂无风雨",即时间开始延展。不过,又却是"欲语还休",以不曾出现的"风雨"截断了延展的继续。上片结句是在"人事"上,与前面词境空间的模糊化与时间延展的中止都出现在"一韵"之中的最后一句的后半——如"春意"接以"知几许"而"佳节"则总归入"岂无风雨"——不同,这里对人事则归结入"酒朋诗侣"四个字,这是内涵开阔性的语词,也是词境脱离"闺房"后必然出现的新因素,然而冠诸句前的"谢他"二字使一切化为烟云,整个上片的结构也因这个与前面空间和时间安排的倒置,显得稳定而沉重。

作为歌词的文本并未满足于此,它的下片以"中州盛日"起,将已经淡出的词境的空间与时间陡然开拓出来,而有意味的是,在这四个字之后,却出现了"闺门多暇,记得偏重三五"。这种结构安排,一如老杜《北征》以"皇帝二载秋,闰八月初吉"起,而归途有"青云动高兴,幽事亦可悦";又如东坡歌"大江东去","遥想公瑾当年",却接以"小乔初嫁了"一句。然而,李清照此作之不同于老杜、东坡者,也甚是明白。盖此在士大夫手中,终不过点缀而已,但在李清照笔下,却是"偏重",且一偏再偏,一重再重,不但细致地回忆起当年的盛装,而且更说"如今",竟连"闺门"也"怕见夜间出去",仅拘束在"帘儿底下,听人笑语"。如此,上片模糊化的词境所在以及换头的时空开拓,终不免要重新确认"闺房"的所在,甚至所确认之处较"花间词"的居室屏风之狭深,真也有过之而无不及。

或也正因"闺房"的确认是历经一番开阖振荡之后的重新回归,虽然已经不复存有士大夫人生境界的开阔,然而较之一起笔便入"闺房"的"花间"、宋初之作,其深厚婉转之处,亦不可掩。南宋遗民刘辰翁、邓中甫诸人皆曾深受这首《永遇乐》的感动,"托之易安自喻"而有步和原韵之作。刘辰翁说其所作"辞情不及,而悲苦过之",是准确的自评。以刘辰翁现存两首来看,只是男性文士的自述悲苦之作,较之北宋诸大家若欧阳、东坡,不复有胸襟气度贯串其间;而较之李清照的原作,也由于不再回归"闺房",而一任此般悲苦之情流散飘荡——刘辰翁作两篇,以易安自喻一篇,上片言及"禁苑""湖堤",一似白衣书生携酒自放之态;换头以下又出"江南无路,鄜州今夜"之语,更结以"残釭无寐",易安耶? 老杜耶? 恐至此,作者亦不能明辨。至若另一篇乃收到邓中甫和词后的更和之作,直写"崖山""汨罗",甚至结以"似虞兮语",文士无可奈何之态偏借"呼喊式"的豪情而出之——其情虽可悯,然笔触无力,亦无须讳言。因此,易安原作的沉重深厚之处,刘辰翁诸人反而也是不能比肩的。

声声慢

寻寻觅觅,冷冷清清,凄凄惨惨戚戚。乍暖还寒时候,最难将息①。三杯两盏淡酒,怎敌他、晓来风急。雁过也,正伤心,却是旧时相识。满地黄花堆积。憔悴损,如今有谁忺②摘。守着窗儿,独自怎生得黑③。梧桐更兼细雨,到黄昏、点点滴滴。这次第④,怎一个、愁字了得。

注释

① 将息:将养。
② 忺(xiān):欲,想。一本作"堪"。
③ 怎生得黑:意谓天如何就暗了下来。言孤独寂寞的可悲。沈祖棻先生《宋词赏析》说:"这个'黑'字是个险韵,极其难押,而这里却押得既稳妥,又自然。在整个宋词中,恐怕只有辛弃疾《贺新郎》中的'马上琵琶关塞黑'一句,可以与之比美。"
④ 这次第:这情形。

评析

这首词一般也被认为是李清照"南渡之后"的作品,但它并不是深沉厚重,反倒是疏快浅直的。唐圭璋先生说它"纯用赋体,写竟日愁情,满纸呜咽"(《唐宋词简释》),道出了这首词值得注意的一点。其实,境界的大小深浅,并不完全系于是在写景还是在抒情。倘是写景,自然是容易指出境界的所在,如李清照那些"闺房书斋化"的作品,这是一种做法,也是一种读法。但完全不计较境界的设置或者设计,全凭一己的情感以为发抒,一泻无余,这样的疏快浅直之作,算不算得上好的作品呢？旧式的词学家早就发现了这个问题,比如周邦彦的"天便教人,霎时厮见何妨",就非常直接,毫无余韵,也无层深,然而,它的冲击力令读者无法拒绝,因此,王鹏运、况周颐这样的旧式词学家只能打破原来设定的条条框框,说它愈浅愈深——这个真倒也是符合老子哲学的一种表述。其实,大可不必这样费周折、绕圈子,从旧式审美范畴而来的深刻厚重的标准,完全可以放到一边。我们看这样浅直的作品,最符合诗歌本有的精神：发愤抒情。一种掘开堤口式的抒情,打破了文辞书写中修辞的限制,完全是一种声音形态的展示。宋人说"此乃公孙大娘舞剑手,本朝非无能词之士,未曾有一下十四叠字者"(张端义《贵耳集》),已经注意及此。夏承焘先生进而指出："以细腻而又奇横的笔墨,用双声叠韵啮齿叮咛的音调,来写她心中真挚深刻的感情,这是从欧(阳修)、秦(观)诸大家以来所不曾见过的。"(《唐宋词欣赏》)

陈与义

　　陈与义(1090—1138),字去非,号简斋,洛阳(今属河南)人。登政和三年(1113)上舍甲科,累官至太学博士。有诗名,以《墨梅》诗见知于宋徽宗。金人攻陷汴梁,陈与义避乱南下。后被召,到临安授给兵部员外郎的官职,迁升到中书舍人,又以徽猷阁直学士做湖州的知州。绍兴六年(1136),做了翰林学士、知制诰。绍兴八年(1138)十一月,死在了湖州,年四十九。半个多世纪后,一位名叫胡穉的学者为他的诗集作了笺注,也连带着注释了他的十八首《无住词》。

临 江 仙

夜登小阁①,忆洛中旧游

忆昔午桥②桥上饮,坐中多是豪英。长沟流月去无声。杏花疏影里,吹笛到天明。　二十余年如一梦,此身虽在堪惊。闲登小阁看新晴。古今多少事,渔唱③起三更。

> 注释

① 小阁:绍兴五年(1135)后,陈与义因病居住在湖州青墩镇的僧舍,"小阁即在僧舍中"(缪钺《论陈与义词》)。
② 午桥:唐代宦官专政,党争倾轧,宰相裴度颇为不满,就在洛阳修建了别墅,名"午桥庄",作为自己归隐的所在。见《新唐书·裴度传》。
③ 渔唱:渔人的歌唱,这里是说都付与渔樵闲话的意思。

> 评析

这是陈与义四十六七岁退居青墩镇僧舍的作品。他回忆起洛阳的那些老朋友,一个相聚会饮于午桥之上的夜晚。那时,青年人激荡的情怀,是那么令人振奋:他们可能会抨击朝政,毕竟徽宗朝权臣当道,亲信宦官,但他们应该更多的是展示出一种积极昂扬的姿态,因为南渡前政和、宣和的繁华富裕,怎能不令人陶醉?不让人充满着对前途的信心?纵然时间流逝,也不会生出什么凄凉之感,甚至不会有谁在意;静谧的夜,杏花开放的季节,以及悠扬的笛声,到天明也会到永远吗?二十年后,已经失去半壁江山的宋朝,和行行向晚的陈与义,都已然显得衰迈。真可谓"万事一身伤老矣"(《临江仙》)。这本是不该有的衰迈啊。但变化得太快,又不容置疑。"此身虽在堪惊",不仅仅是惊叹于自己历经艰险还生存了下来,而且惊异于这周遭的一切。巨变带来的痛苦,是难以排遣的,只有将它放置在整个历史长河中,才能不过认作一朵随生随灭的浪花吧。俞平伯先生说这首词"全篇慷慨明快"(《唐宋词选释》下卷);缪钺先生也认为:"以诗为词……虽然缺少那种隐约幽微、烟水迷离之致,然而疏快明畅,也自有其可取之处。苏东坡在这方面的尝试是很有效的,其他诗人也有这样做的,陈与义就是一个。"(《论陈与义词》)

如果与苏轼的"长恨此身非我有"相比较,陈与义的"此身虽在堪惊",属于佛家的"不住""无我"——他也正住在佛寺的"无住庵"中,而苏轼则属于《庄子》的"人之大患在于有身"。同是写"身",陈与义经历了二十年,这"身"早非二十年前的"身",它已经变化,已经衰败,因此是"不住"的,不会停留在那里不动的;也是"无我"的,"我"也不是当年的那个"我"。而苏轼是说"身"成了"我"的负累,"我"的异化,需要将它摆脱开来。因此,他们两个人处理的结果就很不同,苏轼说"小舟从此逝,江海寄余生",是说自己应该抛开负累,让内心成为"虚舟",不要再受外在的干扰;陈与义说"古今多少事,渔唱起三更",是说古往今来多少事,都是变动不居的、"不住"的,也都付与一场渔人的闲话罢了。也可以理解为,只有渔舟唱晚,是不变的,始终存在,但其实,谁都明白,这个"渔唱"不过是幻境,佛家说的"色蕴""想蕴",是因为"我"的观察认识才得以存在的。"我"本来是"不住"的,也就是"空",随时随刻都在变化,瞬息不停,那么,这"渔唱"与山川明月一样,它们的存在既然是依赖"我"的认识的,"我"既"不住",它们又如何能够长存? 这与苏轼所谓明月清风是造物者之"无尽藏"(《赤壁赋》),而认"虚"为"实",并不相同。

张元幹

张元幹(1091—?),字仲宗,福州永福(今福建永泰)人,号芦川居士。徽宗政和初年,入太学为上舍生,与陈与义、吕本中有交往。金人包围东京,钦宗下诏亲政,任命李纲为行营使,张元幹充当他的幕僚。南渡后,曾任将作监,写过颂美秦桧的《瑞鹤仙》词。后长期闲居闽中,因填写《贺新郎》词送胡铨,下大理寺狱,从官籍上除名,后居临安,与张孝祥等有交游,卒年不详。有《芦川词》传于世。

贺新郎

送胡邦衡待制①

梦绕神州②路。怅秋风、连营画角③,故宫离黍④。底事昆仑倾砥柱,⑤九地⑥黄流乱注。聚万落、千村狐兔。天意从来高难问,况人情、老易悲如许。⑦更南浦⑧,送君去。　　凉生岸柳催残暑。耿⑨斜河、疏星淡月,断云微度。万里江山知何处。回首对床夜语。雁不到、书成谁与。⑩目尽青天怀今古,肯儿曹、恩怨相尔汝⑪。举大白⑫,听金缕⑬。

注释

① 胡邦衡:胡铨,字邦衡。绍兴八年(1138),宋金议和,胡铨上书反对,请斩主和派秦桧等人,被贬为福州签判,时张元幹居住在此。胡铨到福州不

久,又被除去官职,押送到广东的新州编管,这首词就是送别胡铨所作的。秦桧死后,胡铨不再受到监管;宋孝宗即位,又受到了任用。他去世前,曾向朝廷告老,被授给宝文阁待制的虚职,因此,这里题为"送胡邦衡待制",就是后来补题上去的。

② 神州:本指中原,这里是指汴京。

③ 画角:见前范仲淹《渔家傲》注,这里代指金人的兵营。

④ 离黍:《诗经·王风·黍离》:"彼黍离离。"这是周平王东迁后,周朝的大夫行走到故都,看到以前的宫室都长满了黍稷。

⑤ 底事:何事,为什么。砥柱:在今天三门峡境内的黄河中流,原来伫立着三门山,也叫作砥柱山。这是将昆仑山与砥柱山并列在一起,实际所指的只是砥柱山,或者用昆仑来形容砥柱山的高大。全句比喻金人入侵导致宋朝倾覆。

⑥ 九地:九州之地。

⑦ "天意"三句:杜甫《暮春江陵送马大卿公恩命追赴阙下》诗:"天意高难问,人情老易悲。"悲如许,汲古阁本《芦川词》作"悲难诉"。与张元幹同时的章甫《即事》诗说:"天意诚难测,人言果有不。"钱锺书《宋诗选注》注这首诗说:"不知道皇帝究竟作什么打算。"

⑧ 南浦:江淹《别赋》:"送君南浦,伤如之何。"

⑨ 耿:明亮。

⑩ "雁不到"两句:大雁传书,见《汉书·苏武传》,是当时汉朝人哄骗匈奴人的话,说我们知道苏武还活着,他将书信系在大雁腿上,被我们得到了。雁飞到衡阳便不再南飞了。这里胡铨要越过五岭到广东去,自然是说雁不到了。

⑪ "肯儿曹"两句:韩愈《听颖师弹琴》诗:"昵昵儿女语,恩怨相尔汝。"这句诗是说不要像小儿女离别的时候一样,卿卿我我说得没完没了。肯:岂肯。

儿曹：你们，含有轻蔑的语气。尔汝：相互之间亲昵的称呼。
⑫ 大白：大酒杯。
⑬ 金缕：《贺新郎》本名《贺新凉》，也叫作《金缕曲》，金缕指金缕衣，是一种舞衣。

评析

　　这一类风格的作品，从明朝开始被认作豪放，它说明宋词像天地间的万事万物一样，是对立存在的，有阴柔，就会有阳刚。但不得不说，这一类风格，在南渡之前的宋朝人笔下，很少看到。纵然我们可以追溯到范仲淹的"塞下秋来风景异"，或者苏轼的《密州出猎》《赤壁怀古》，以及贺铸的《行路难》，但与这里的风格还有些差别。这究竟是怎样的一种豪放呢？我们不能离开宋词产生的土壤和它生长的环境，而单一地从这首词抒发情感的方式与内容来看豪放。张元幹有两首《贺新郎》，一首送李纲——他因为抗金是当时的名臣，还有一首就是送胡铨。算得上张元幹后辈的张孝祥，也有一首《六州歌头》（长淮望断），是在张浚的宴席上写的，风格也是豪放。据说听了这首歌词，张浚这位手握重兵的朝廷重臣，羞愤难当，立即要求停止宴会。因此，豪放应该有它的专属场合。歌词本来就是出现在宴席上的，这是歌女劝酒的一种方法，可以调笑，可以抒情，也可以赞美。既然它的对象性如此明显，那么自然也就可以劝讽，有婉转，也有直接的。这么来看，所谓豪放风格的出现，就是歌词用于劝讽的最为直接的方式。南渡这一特殊的历史时刻，让歌词直接劝讽的功能得到了发挥。面对胡铨敢于直言的勇气，张元幹与他相见的时候，也以歌词的形式作出了直接的回应。

岳 飞

岳飞(1103—1141),字鹏举,相州汤阴(今属河南)人。少负气节,沉厚寡言,家贫力学。东京覆亡,隶留守宗泽部,赵构即位,上书言中原可复。屡击南下金兵,又平江淮伪军、湖湘盗贼,以所率部纪律严明,号"岳家军"。志在恢复失地,屡立战功,威震敌军。除授少保,河南北诸路招讨使。赵构与金人媾和,削三大将兵权,授枢密副使。以不肯附从和议,为秦桧、张俊所害,死狱中,后平反,追封为鄂王。岳飞虽出身行伍,然能文章,文武全器,历代不多见;而其忠直孝义,撼动天地,千载而下,更是难有其匹。其孙岳珂董理其遗文,编入《鄂国金佗粹编》。

小 重 山

昨夜寒蛩①不住鸣。惊回千里梦,已三更。起来独自绕阶行。人悄悄,帘外月胧明。　白首为功名。旧山②松竹老,阻归程。欲将心事付瑶琴③。知音少,弦断有谁听。

注释

① 寒蛩:秋天的蟋蟀。
② 旧山:故乡。
③ 瑶琴:瑶是玉石,这是指用美玉装饰的琴。琴,一本作"筝"。

评析

岳飞的《小重山》收录在其孙岳珂所编的《经进鄂王家集》里面,相较于那首《满江红》,虽然名气小了些,但为岳飞所作,是毫无疑问的,不像《满江红》,至今我们也不能够肯定地说是岳飞的作品。但关于《小重山》究竟写了什么,仍旧不易轻下判断。一直以来,人们都将岳飞词中的"欲将心事付瑶琴"中的"心事"理解为岳飞谋求收复失地的心事。然而,在这首词的换头,词人说自己"白首为功名",因此是"旧山松竹老,阻归程",也就是说由于仕宦功名的牵扯,不能够实现归隐的愿望。那么,下面说自己是"欲将心事付瑶琴",这里的"心事"应该就是呼应上面的不能归隐而言,并非别有收复失地之意。不过,读解至此一层次,终不过是字面意义;也就是说,从词文本表层含义来看,所说确为不能归隐之憾。但同时,不容忽视的是,词人于清秋之夜,独自徘徊,大有阮籍《咏怀》所谓"夜中不能寐,起坐弹鸣琴"之复杂难明的心事。故而词中煞尾方云:"知音少,弦断有谁听。"亦不能无《古诗十九首》"不惜歌者苦,但伤知音稀"之壮士不得志于时的慷慨之气。这些情感,付之"常恐罹谤遇祸"而口不臧否人物的阮籍,诚乎只能落得个"难以情测"的结果,更不用说无名氏的"古诗"作者了。但对于有着翔实事迹的岳飞来说,这一切都将被饱满充分的人事情感填实,而令词境深沉阔大。詹安泰先生说:"岳鹏举《满江红》词一阕,非不慷慨激昂,可歌可泣,顾其耐人寻味之程度,殊不若其《小重山》也。故从词之本身论,则以《小重山》为高格。"(《论寄托》)缪钺先生也认为:"词体要眇,尤贵含蓄。故虽豪壮激昂之情,亦宜出之以沉绵深挚。豪壮之情,可激于一时之义愤,而沉挚之情,须赖平日之素养。豪壮之情,譬诸匹夫之勇,而沉挚之情,则仁者之大勇也。自古忠义之士,爱国家,爱民族,躬蹈百险,坚贞不渝,必赖一种深厚之修养,绝非徒恃血气者所能为力。最高之文学作品,即

在能以精美之辞,达此种沉挚之情,若喊口号式之肤浅宣传文字,殆非所尚。"(《论词》)

陆　游

陆游(1125—1210),字务观,号放翁,越州山阴(今浙江绍兴)人。他的祖父是王安石的弟子陆佃,官至尚书左丞,又入"元祐党籍"。陆游年少即能作诗文,因为是官宦子弟,另行参加专门为他们这样的子弟开设的"锁厅试",获得第一,秦桧的孙子秦埙位列第二,这样就得罪了秦桧;在礼部考进士的时候,遭到了黜落。秦桧去世后,他被举荐任敕令所删定官。宋孝宗即位,迁任枢密院编修官兼编类圣政所检讨官,并赐给进士出身。通判镇江,力说张浚用兵北伐。北伐失利,被牵连免了官职。闲居五年后,通判夔州,被四川宣抚使王炎征做干办公事,谋划对金用兵。范成大知成都,又征他作参议官,居蜀中长达十年。后任福建、江西的提举常平官,因为擅发义仓赈灾,被弹劾。六年后,知严州,任满入临安,任礼部郎中,又被弹劾罢官。从此直到八十六岁去世,二十年间除七十九岁前后曾到临安修史并授予秘书监的官职外,几乎都在乡里居住。陆游以诗名家,曾说"诗到无人爱处工"(《明日复理梦中作》),诗风老健清熟;亦工填词,似乎颇悔少作,但评花间词"简古可爱""意气跌宕",评东坡词"天风海雨逼人",都是颇中肯綮的话。因此他的词,正如夏承焘先生所说,是"以(诗坛)巨匠而作业外余技,又何尝不有其至美至乐之境"(《论陆游词》)。他还是宋人当中把爱情写入诗而能与婉约深挚的词相颉颃的为数不多的作家,至于那首流传很广的《钗头凤》,则与他的恋爱生活毫无关系。有《剑南诗稿》《渭南文集》传于世。

卜算子
咏梅

驿外断桥边,寂寞开无主①。已是黄昏独自愁,更著②风和雨。无意苦争春,一任③群芳妒。零落成泥碾作尘,只有香如故。

注释

① 无主：无人为主,即无人照料。
② 著：加入,注入。
③ 一任：完全,任凭。

评析

梅花在春天还没有完全到来、冬天的寒意仍在的时候就会开放,这个时候万木都还在沉睡当中,因此梅花的开放不免有些寂寞。它等不到万紫千红的时候,就凋零了,而春风春雨,其实是它即将凋零的预兆,尤其是在这个黄昏时分,不能不引出一些惆怅,毕竟这像是个体生命的逝去。一个美好的生命,在它绽放的时候,是孤零零的,无人关注,一片寂静。或许正因为这样的寂静,这样的被人忽略,而独具了一种品格：它无意去和喧闹的春花春草争,也对它们之间的争斗听之任之,毫无兴趣。在那里的喧闹到来的时候,梅花再一次静静地飘落了,就像它曾静静地开放过一样。然而，它散发的香气始终如一，纵然被碾压而化为了尘土，仍旧不会有丝毫的更改。这应该是陆游乡居时所作，与"家住苍烟落照间，丝毫尘事不相关"（《鹧鸪天》）和"卖鱼生怕近城门，况肯到红尘深处"（《鹊桥仙》）等所表现出来的那股子孤傲倔强之气，非常接近。

张孝祥

张孝祥(1132—1170)，字安国，历阳乌江（今安徽和县）人，学者称为于湖先生。少以乡里首荐赴省试，考官初定秦桧之孙秦埙为冠，廷试策问，高宗亲擢为第一。方及第，即上书雪岳飞冤。为秘书省正字，迁校书郎、尚书礼部员外郎，为起居舍人、中书舍人。遭人劾罢，提举江州太平兴国宫。知抚州、平江府，莅事精确，颇有政声。张浚还朝，荐之，除授直学士院，建康留守，又遭劾罢。起复，知静江府，安抚广西。虽治有声绩，三遭劾罢。起知潭州，徙荆南荆湖北路安抚使，以疾卒，年三十九。张孝祥负经天纬地之才，性刚正不阿。政事文章，卓然绝人，翰墨尤工，诗词雄丽，时人推许可方驾东坡，有《于湖居士文集》（中有《乐府》四卷）传于世。

念奴娇

过洞庭

洞庭青草①，近中秋、更无一点风色。玉鉴琼田②三万顷，著我扁舟一叶。素月分辉,明河共影,表里俱澄澈。悠然心会,妙处难与君说。

应念岭海③经年,孤光自照,肝肺皆冰雪。短发萧骚④襟袖冷,稳泛沧浪空阔。尽吸西江⑤,细斟北斗⑥,万象为宾客。扣舷独笑⑦,不知今夕何夕⑧。

注释

① 洞庭青草:洞庭湖与青草湖相连,位于今湖南省的北部;青草湖因青草山而得名。
② 玉鉴琼田:湖水清亮得像用玉做成的镜子,又像一片美玉的田地。鉴,《中兴以来绝妙词选》、汲古阁本《于湖词》作"界"。
③ 岭海:张孝祥此前任广西安抚使,要越过五岭,且广西又与南海相邻,故统称此地为岭海。海,一本作"表"。
④ 萧骚:头发稀疏。
⑤ 尽吸西江:《古尊宿语录》(卷一)载马祖对庞居士说:"待汝一口吸尽西江水。"
⑥ 细斟北斗:《诗经·小雅·大东》:"唯北有斗,不可以挹酒浆。"
⑦ 独笑:《中兴以来绝妙词选》、汲古阁本作"一笑"。周密《绝妙好词》取这首词"压卷","独笑"作"独啸",语意似胜。
⑧ 今夕何夕:语出《诗经·绸缪》。

评析

张孝祥只活了三十九岁,似乎他是风驰电掣地来,从容洒脱地走的。这样,在宋词史上他就是苏东坡与辛稼轩之间的过渡,一个兼具豪壮清雄作风的词人。同时,也很容易把他和历史上那些年寿短暂、才华横溢的文人才子相比。然而,事实上,文学史的过渡不过是后见之明,一个刻意地叙述的话题。从一生经历来看,张孝祥拥有那个时代令人称羡的机遇。虽然他三度遭到言官的弹劾,但他得到过宋高宗、孝宗和宰相汤思退、张浚的属于制度规定下的眷顾——后者不可避免地也带给他一些党争的困扰,可他始终都不会是一个郁郁难伸、义愤填膺的人。而从他生活的环境来看,他的青年时期是在南北分治的形势已成,生活状况渐趋平稳中度过的。他的家庭在当时也不寻常,他的伯父张邵曾出使金国被留,"绍兴和议"之后才被放还。张邵以慷慨忠直,声被南北(《宋史·张邵传》)。张孝祥本人则是自打入仕开始,便有了声名。他被宋高宗亲自擢为状元,力压秦桧的孙子一头,这只是高宗本人的意愿——秦桧已经遭到高宗的忌恨,张孝祥不过是这盘政治棋局上的一个棋子。历史就是这样不容迟疑地前行,无论什么样的士大夫,终究只是一个皇权专制主义高峰时代的棋子,张孝祥所遭遇的自没有什么例外,因此并不牵扯到他个人的恩怨。

对于张孝祥以及那个时代众多政治与文化精英而言,最后的选择就是退出政治的舞台,更不要说恢复失地了——这显然不再是军事决策,而仅仅是一出政治博弈。到了1166年,三十五岁的张孝祥再一次以言官对他的弹劾,从广西方面大帅的位置上遭到罢免。从桂林出发,沿着湘江,越过衡阳,抵达长沙,准备顺江而下的时候,张孝祥并不会感到什么凄苦,反而会是一种畅快疏朗之感。加之这一夜,正值中秋,天无纤云,月白如昼,所谓"更无一点风色",是说没有阴晴不定的恍惚感。因此,像进入仙界一般,全身都没有了什么负累。果真没有什么负累吗?有是有的,但这负累确也不是我们臆想中的政治大事,而是作者的身体状况与家庭,甚至还有一些需要扫除尘杂的琐事。这些事体很难一一明白道出,但切实地影响着作为个体的人。但此时此刻,作者感到了一种别样的疏朗开阔,一种与周遭环境完全融入的感受——这是刹那的感受,也是真切的感受,令人沉醉,让人留恋。尽管没有谁清楚,张孝祥究竟因为什么事再一次被弹劾,但事体本身显然不会是什么大的政治决策,否则,他就不会一而再、再而三地复职再任。作者说:"应念岭海经年。"该会想起来过去这一年吧?那些无谓琐屑的事!这里的一提,其实也是一放,是一扫;那些令人不快的遭遇,盘旋过来,旋即化灭,因了这仙界的融入,而让作者顿觉精气完足,肝胆洞明。《庄子·德充符》说:"自其异者视之,肝胆楚越也,自其同者视之,万物皆一也。"张孝祥的"肝肺冰雪"即与万物为一。那清澈的洞庭湖水,此际成为一个透彻的人的背景。换言之,当"著我扁舟一叶"的时候,张孝祥只是要加入这个洞明透彻的世界;但当"稳泛沧浪空阔"的时候,正是作者本人转变为了时空的主宰。"尽吸西江,细斟北斗,万象为宾客",已然一种转客为主的态势。当那些尘俗的烦扰被摒除在了仙界之外,个体的人的力量就会陡然地抬升扩大。或许在寻常经验看来,只有功成名就,才会退隐山林,倘徉遨游于无所挂碍之境界。但在张孝祥这一代士大夫的经验中,这两者之间没有什么关系,甚至更不用去计较什么功名——那些被玩弄、受局限的可怜的傀儡戏。只有向着山林走去,不管因为什么,或者根本不需要什么原因,一种内心诉求的驱使,就是最好的理由,而此刻的意义实际上也就消去了时间的限制——不知今夕何夕。

辛弃疾

　　辛弃疾(1140—1207),字幼安,号稼轩,历城(今山东济南)人。生长在金人占领区,少年时代即决意南归。入耿京军为掌书记,智勇过人,人目之"青兕"。耿京被害,身入敌营,手缚叛徒张安国,渡江南来,时年二十二。授官江阴签判、建康通判,进献《美芹十论》,剖析南北形势,力主恢复中原。又任滁州知州军事,屯田抚民,颇有善政。为江西提点刑狱,平茶商叛乱有功;知谭州,兼湖南安抚使,创建飞虎军,安辑一方,雄冠江上。知隆兴府兼江西安抚使,发粜赈饥。朝廷言官攻击他,遭到落职,闲居铅山,时年四十三。后又提刑福建,知福州兼福建安抚使,欲有为,又遭弹劾,再度闲居,前后共达二十年之久。韩侂胄当政,欲北伐建功以自固其位,招用稼轩,知镇江府,不久即又遭罢官。北伐失利后,复被起用,未受命而卒,年六十八。有《稼轩词》四卷、《稼轩长短句》十二卷传于世。辛稼轩词,横绝六合,扫空万古(刘克庄语);又如春云浮空,随所变态(范开语)。其慷慨纵横,不可一世之概(四库馆臣语),则至今读之,犹能发奋人心,凛凛如见其为人。

水 龙 吟

登建康赏心亭①

楚天②千里清秋,水随天去秋无际。遥岑③远目,献愁供恨,玉簪螺髻④。落日楼头,断鸿⑤声里,江南游子。把吴钩⑥看了,栏干拍遍,无人会、登临意。 休说鲈鱼堪鲙。尽西风、季鹰归未。⑦求田问舍⑧,怕应羞见,刘郎才气。可惜流年,忧愁风雨,树犹如此。⑨倩何人,唤取红巾⑩翠袖,揾英雄泪。

注释

① 赏心亭:在建康(今南京)下水门的城上,下临秦淮河,为宋真宗朝宰相丁谓所建。
② 楚天:建康属于吴楚交界,吴天也谓楚天。

③ 遥岑:远处的山崖。

④ 玉簪螺髻:女子把头发盘旋在头顶,插上簪子,形状像青螺一样,称为青螺髻,唐宋诗词中往往用它来摹写山的形状。韩愈《送桂州严大夫》诗:"山如碧玉簪。"刘禹锡《望洞庭》诗:"白银盘里一螺青。"这是写南方的山。建康今南京所在地,北面临着大江,南面是山;也只有是南方的山,才会有玉簪螺髻这样的比喻,由于北方国土的丢失,则眼前的南方山水,可以说是"残山剩水"了。

⑤ 断鸿:失群的大雁。

⑥ 吴钩:《吴越春秋》记载,吴王阖闾悬重赏,令国中人进献金钩。有人就把两个儿子杀了,用他们的血涂抹在金钩上,献了上去。阖闾问你造的金钩有什么不同吗?他就呼唤两个儿子的名字:"吴鸿、扈稽,我在这里,显灵吧!"两把金钩就飞到了他的胸前。所谓吴钩,就是一种刀。

⑦ "休说"三句:西晋的张翰,字季鹰,他在洛阳,看到秋风起,便想念起家乡吴中的菰菜(即茭白)、莼菜羹和鲈鱼脍(是指细切的、可以生吃的鲈鱼肉),便说:"人生贵得适意耳。何能羁宦数千里以邀名爵。"于是就备车驾回去了。这个故事入《世说新语·识鉴》,是因为不久天下就大乱,晋室南渡,衣冠士族纷纷南下,用以说明张翰是有先见之明的。

⑧ 求田问舍:据《三国志·陈登传》,刘备和刘表一道谈论天下的名士,许汜就说陈登(字元龙)是"湖海之士,豪气不除",也就是大大咧咧,自由散漫。刘备就问是不是有什么具体的事。许汜说,一次在陈登那里,陈登没有丝毫的待客之意,不但不与他交谈,还独自躺到上面的大床去,而把下面的床留给自己。刘备听后,说许汜你也是号称国士,数得上的人物,现在天下大乱,而你只会"求田问舍",处处关心自己的田产房屋,毫无见解,你让陈登怎么跟你说话。要是我,就躺到百尺高楼上,让你睡在地上。

⑨ "可惜"三句:东晋桓温北伐,路过金城,发现自己做琅琊太守的青年时代所种的柳树都已经"十围"——两只手合围为一围;感慨:"木犹如此,人何

以堪。"淌下泪水。见《世说新语·言语》。

⑩ 红巾：《全宋词》据景宋本《稼轩词甲集》作"盈盈"，此据元刊本《稼轩长短句》改。

> 评析

　　辛弃疾南下投奔宋朝，在建康见到了宋高宗。后来，他的英勇行为，受到了朝廷的褒奖，很快就授给江阴签判的官职，三年任满之后又升迁到了建康通判。这个资序，宋代进士出身的一般都要经历。如当年苏轼进士及第后，先到凤翔府任签判，多年之后，才到杭州任通判。如此来看，曾在金国参加进士考试的辛弃疾，因为引人瞩目的军事行动所得到的升迁算是相当不错了。这之后的几年，他的官职继续升迁。在旁人眼中，本该"谢主隆恩"了，但在辛弃疾则完全不是这样的，高官厚禄不过是"求田问舍"，甚至让这位正值壮年的英雄感到羞愧。毕竟他离开自己的故乡并没有太久，而南北分裂的局面这些年来完全没有改观，自己处在无所用武的境地。因此，在这个清秋时节，他登上了建康的赏心亭，晴空千里，水天相接，秋色无边。这样的景象更加鼓动着他的英雄气，哪里还有心思欣赏风光。就连南方的山，那种妩媚娇柔，也让我们的英雄感到气闷。他目前在江南的处境，就像薄暮下那只失群的大雁。纵然把腰间的吴钩看了，楼台栏杆拍遍，仍旧无济于事，谁能明了他此刻的心事呢？

　　或许有人说，在这里生活得久了，也便适应了，何必想那些恢复失地的大事呢？辛弃疾则严正地批评道：不要说什么吴淞江上的鲈鱼切细了是多么可口，你们来看——莫说西风初起会如何，就是西风吹尽，这个秋天过去，时间过得再久，"我"辛弃疾到底会不会躲到一边去过自己的小生活！你们要知道，这种求田问舍，只顾自己小家的做法，在"我"辛弃疾将会是多么难为情，

"我"可不要被天下的英雄耻笑。令人扼腕的是,年岁不等人。想当年北伐的桓温尚且有如此的感叹,更不用说"我"如今的毫无作为了。天下之大,哪里有英雄倾泪的道理;纵然倾泪,又哪里会有盈盈娇态的女子挽起红袖来擦拭的事情;可是目前的状态是,连这样一位明了"我"的心事的人都不曾有。可谓一退再退,一让再让。旧评说:"裂竹之声,何尝不潜气内转。"(谭献)因此,这里显然不只是豪放,还有沉郁,是一腔热血无处发付,是一个连最不能接受的结果也都没有的悲哀结局。

太 常 引

建康中秋夜为吕叔潜①赋

一轮秋影转金波②。飞镜又重磨。③把酒问姮娥④。被白发、欺人奈何。⑤　乘风好去,长空万里,直下看山河。斫去桂婆娑。人道是、清光更多。⑥

注释

① 吕叔潜:据邓广铭先生《稼轩词编年笺注》,他名大虬,是吕祖谦(1137—1181)的伯父或者叔父。
② 金波:月光。
③ 飞镜又重磨:中秋夜,月新圆,故比喻为飞镜重磨。
④ 姮娥:嫦娥。汉代因为避汉文帝刘恒的名讳,改称嫦娥,但姮娥的说法仍旧不废。宋真宗名赵恒,在北宋一般也要避他的名讳,但南宋时代就不再避讳了。

⑤ "被白发"两句：唐薛能《春日使府寓怀》："青春背我堂堂去，白发欺人故故生。"这里说白发，不是作者自己的白发，而是质疑姮娥生出白发来当如何办。吴则虞说："白发姮娥，徒托意耳。"(《辛弃疾词选集》)

⑥ "斫去"三句：化用杜甫《一百五日夜对月》："斫却月中桂，清光应更多。"婆娑：枝叶繁茂的样子。

> 评析

这首词是假设出与姮娥之间的一段对话，但只有问，没有答——看来是不需要有答话的。当中秋夜月升腾而出的时候，望月的人各有不同的怀想。比如杜甫会说："香雾云鬟湿，清辉玉臂寒。"在月宫里面的那个人应该会感到寂寞寒冷吧。李商隐会说："嫦娥应悔偷灵药，碧海青天夜夜心。"则又设想那个人该多么后悔办了这样一件有去无回的蠢事。而稼轩这个时候，会想到什么呢？他似乎怀疑得更彻底，说姮娥当年偷走的那个不死灵药怕是不管用吧——倘若青春不能永驻，生出白发来，你该怎么办呢？稼轩是在这个中秋之夜作一场戏语，为宾主解闷吗？不是的。他问出这样一个问题，在他人已经是匪夷所思了，但稼轩没有就此止步，而是进一步设想——你偷走灵药，飞升而去，不过是为了长生而已；但长生若不可得，岂不是白费工夫；若"我"有乘风而去的好机会，怎么只能为了一场长生的迷梦。看吧！长空万里，正对着万里的河山——然而谁都明白，河山已经不能再如浑然一气的长空那样保持它的完整。今夜的月光，在乘风的"我"的眼中，就像是一盏照耀着万里河山的巨烛。让它更亮一些吧，那就拿出利斧，斫去烛光中的阴影——月中的桂树，让更多的清光下照，更加清楚地看一看"我"万里的山河。

汉宫春

立春日

春已归来,看美人头上,袅袅春幡①。无端风雨,未肯收尽余寒。年时燕子,料今宵、梦到西园。浑未办、黄柑荐酒②,更传青韭③堆盘。却笑东风从此,便薰梅染柳,更没些闲。闲时又来镜里,转变朱颜。清愁不断,问何人、会解连环④。生怕见、花开花落,朝来塞雁先还。

注释

① 春幡:立春日,用丝织品制作小旗,悬挂树梢,或剪成燕子、人形,插在女子的发髻上,表示迎春。也叫作"幡胜""人胜"。
② 黄柑:橘子的一种。荐酒:俗称下酒,但这里是指用黄柑酿酒。
③ 青韭:立春日备五辛盘,以葱、蒜、韭、蓼蒿、芥等五种带有辛辣味道的蔬菜构成,取义迎新。
④ 解连环:代指情绪缠绕不可开解。语出《战国策·齐策(六)》。

评析

这首写立春日的词,很容易让人生出疑惑来:这春天究竟是到了还是没到呢?开篇四个大字:春已归来。这是最为庄严的宣告,也是最热切的期望。然而实际上呢?虽然人们迫不及待地装饰一番,准备迎春了,但无缘无故的一场风雨,让春天到来的脚步显然放慢了许多。想那趁着年光而来的燕子,在这个立春日的晚上该会梦到故园吧,然而,遗憾的是迎春的食物还没有准备停当。不管是春幡插鬓的热望,还是余寒尚在的迟疑;也不管是燕子梦来的急切,还是春盘未备的滞后,这一天将成为春天到来的标志,很快就会得到生动的证明。东风在不久的几天内,就会忙碌开来:梅花将因它而散发更为浓郁的香气,柳枝则因它而生出先是黄绿后来就是青绿色的柳叶。对了,东风的流转,也是时光的流转,它忙里偷闲,也会眷顾一下"我们"的:又一个春天的到来,也将会是又一个春天的离开,而我们也自然又老去了一些,愁怨也自会更生出一层。这是如连环一般不可解的愁怨:花会马上盛开,也会旋即凋落。不要再问什么春是到来了还是没有到来,你看,明天早上塞外的鸿雁就会先行飞到北方去!——读到这里,辛稼轩的心事再明白不过了。

念 奴 娇

书东流村①壁

野棠②花落,又匆匆、过了清明时节。刬地③东风欺客梦,一夜云屏寒怯。曲岸持觞,垂杨系马,此地曾轻别。楼空人去,旧游飞燕能说。④闻道绮陌⑤东头,行人曾⑥见,帘底纤纤月。旧恨春江流不⑦断,新恨云山千叠。料得明朝,尊前重见,镜里花难折。也应惊问,近来多少华发。

注释

① 东流村:王质《东流道中》诗说:"马蹄已踏两邮舍。"又说:"明朝大江送吾去,万里天风吹客衣。"应该是长江边上从陆路转入水陆的一个要道。邓广铭《稼轩词编年笺注》说是安徽池州东流镇的某个村子。
② 野棠:即棠梨,又名甘棠,二月开白花。

③ 划(chǎn)地：平白无故地。

④ "楼空"两句：用"燕子楼"典故，见苏轼《永遇乐》词注。

⑤ 绮陌：风景秀美的道路。

⑥ 曾：《全宋词》作"长"，从元刊本改。

⑦ 不：《全宋词》作"未"，从元刊本改。

> 评析

这首词不是一般地写相思怨别，它有一个非常开阔的时空。所谓"旧恨春江流不断，新恨云山千叠"，用来概括这首词的结构与风格，也是很恰当的——那种将百炼钢化为绕指柔的、千回百折的力气，在词中以绵长不绝、层层叠叠的状态暗藏着。一开笔写花落，用的也是"扫处即生"的手法，将最美好的时刻一笔扫去，"大踏步出来"(《谭评词辨》)。但到此"扫去"的力气还是用不完，因此继续说：平白无故的东风还欺骗了"我"这客的好梦。什么好梦呢？又为什么让东风给欺骗了呢？这些都不再提起，而是直接到结果上来：春寒。花已经落了，清明时节也来到了，东风不知吹过了多久，然而春寒仍旧在。一夜屏风里的孤枕，更加重了这样的寒意。眼前的这个地方，是曾经不以为意的离别的所在：那个时候曾在曲曲折折的岸边持杯对饮，也曾将马匹系在垂杨树下——这是唐宋词中常见的意象。张先词："嘶骑渐遥，征尘不断，何处认郎踪。"晏殊词："居人匹马映林嘶，行人去棹依波转。"晏幾道词："紫骝认得旧游踪，嘶过画桥东畔路。"都暗示着男女之间难以斩断的情思。然而，此刻已经是人去楼空，只有燕子或许是旧时来此，还能道出曾经发生了什么。故事到此，远没有结束。按照一般的写法，词的下片就会转入无尽的相思，但这首词没有这样写，诚然，故事还在继续，但内在的，应该是那种力气用不尽。

听说在这风景秀美的道路东头,过往的人曾经见到了你——这就另开了一个场景。"帘底纤纤月"指美人足。这五个字,宋人认为不免有些轻佻(周密《浩然斋雅谈》),但对本来就是用于歌女在酒宴演唱的歌词而言,又是"本色"所在,无足深论。反而因为这不够庄重的五个字,暗示了你的实际处境,这引发了旧时深长的遗憾,也添加了新来无尽的愁恨。这种愁恨,这种遗憾,都是上片一连地扫去、仍旧用不尽那极大的气力被迫发生转化而来,应该说,它转化成了一种郁勃难伸的感慨。换言之,如果只是花落,只是清明,又只是春寒的孤眠、旧地重来与人去楼空,则引发的都是可以凭借气力去抵抗的愁怨;然而当花落还有绮陌,春寒又已经退去,甚至离开的那个人又得到了她的消息,则无论是多么勇猛的力气都不能再继续抵抗,但用不尽的力气又怎么来安放呢?由外向的抒泄走向内在的郁积。词的结尾揣想,如果明天能够在酒宴歌席之上重逢,你已经是镜中花水中月,只能远远地凝望了——这自然会引起旧恨新愁来,然而作者的笔并没有停在这里,而是说到了你眼中的"我"。如此,那层叠郁积的力气,就一下子冲破阻碍,由感慨变为淋漓尽致的悲壮。

菩 萨 蛮

书江西造口①壁

郁孤台②下清江水。中间多少行人泪。西北望长安。③可怜无数山。青山遮不住。毕竟江流去。江晚正愁予④。山深闻鹧鸪⑤。

注释

① 造口:也作"皂口",在今天江西万安县赣江的边上,南宋归吉州管

辖。1175年，一群走私茶叶的商人在湖北起事，不久即进入江西境内，盘踞在吉州、赣州的山区。南宋朝廷调动军队围剿，出师不利，便任命辛弃疾为江西提刑，组织平叛。这首词就是在平叛胜利后，他例行公事巡察到此地，由于朝廷并没有因为他显露出来的杰出的军事才能而委以他更为重要的任务——北伐金国，因此在非常忧郁的情绪下创作的。

② 郁孤台：从吉州万安县的皂口出发，顺着赣江向南，进入赣州，可以到达赣县的郁孤台。这是赣州当地的名胜，是一座较四周的群山都要突起的小山。唐代的赣州刺史李勉，曾登山北望京城，这也是辛弃疾的行为，因此这首词就有了另外一种可能，即辛弃疾所写的郁孤台，是亲身所到，在他北上返回的途中，经过皂口，题写在那里。

③ 西北望长安：《全宋词》作"西北是长安"，宋刊本《稼轩词甲集》作"东北是长安"，此从元刊本改。

④ 愁予：《楚辞·九歌·湘夫人》："目眇眇兮愁予。"湘夫人希望能够与湘君成功相会，因此抒发这样一种企望之情。辛词显然也借助了这样一种情绪，他希望能够得到朝廷的重用，就像女子得到男子的欢心一样。

⑤ 鹧鸪：鹧鸪叫声有如"行不得也哥哥"，暗示作者希望的落空。

评析

据邓广铭先生《稼轩词编年笺注》，这首词应该是辛稼轩作于宋孝宗淳熙二年或三年(1175或1176)提点江西刑狱之时。虽然可以知晓歌词的作年，但就这首词的内容而言，仍非可以轻易地释读。"问何人会解连环"，此篇即连环式章法：江水—行人—长安—青山—青山—江水—行人—青山。关于这首词的读解从宋代开始，就有人有意识地去联系辛稼轩的历史处境与平生志愿。主要有两种解说：一是从"造口"这个地名入手,说当年宋廷的隆祐太后南渡时仓皇狼狈地被金兵追赶至此地(罗大经《鹤林玉露》卷四)。二是站在第一说的反面,即认为与南渡时候的事情没有干涉,完全是辛稼轩的抒怀,这是从另一个地理名词"长安"说起来的。辛词与历史本有着十分明确的关联,但当历史进入歌词解读时,却不得不面对一个宽泛的地理名词——"长安"。对它确认的差异,将牵动整首词的理解。"长安"用来代指宋代的国都,在这里是没有问题的,那究竟是指北宋的国都汴京,还是指南宋的临时国都临安呢？如果是指汴京,则如邓广铭先生所说,这首词是"藉寓北归愿望";而若是指的临安,便如郑骞先生所说,"是为了自己的不得大用,所谓'失职不平'的牢骚是也"(《景午丛编》上集《辛稼轩的一首菩萨蛮》)。郑骞先生最为坚实的证据,是影宋钞四卷本《稼轩词甲集》"西北望长安"作"东北是长安",这个异文诚不容忽视。虽然"北归愿望"与"失职不平"在辛稼轩一人身上,也是可以交融的,但诗歌的读解需要的是一种过程的呈现。读解者希望通过史实的介入来解除阅读过程中的不稳定感,但在这一过程中却要面对"另一种历史";这是既不受时空人事的限制而又令时空人事更加有力地被铭刻的历史。

摸 鱼 儿

淳熙己亥,自湖北漕移湖南,同官王正之置酒小山亭,为赋①

更能消、几番风雨。匆匆春又归去。惜春长恨花开早,何况落红无数。春且住。见说道、天涯芳草迷归路。怨春不语。算只有殷勤,画檐蛛网,尽日惹飞絮。　　长门事②,准拟佳期又误。蛾眉曾有人妒。③千金纵买相如赋,脉脉此情谁诉。君莫舞。君不见、玉环飞燕④皆尘土。闲愁最苦。休去倚危楼,斜阳正在,烟柳断肠处。

注释

① 淳熙己亥:宋孝宗淳熙六年(1179),辛弃疾自湖北转运副使任上被调往湖南,仍旧任转运副使。转运使司本来掌管一路的钱粮,也叫作漕司,但实际的权力比财权还大。王正之:明州(今浙江宁波)人,时任湖北转运判官。据范成大《呈正之提刑》诗,这位王正之后官至提刑,曾与范成大谈论过琵琶曲,看来是通音乐的人。小山亭:在转运副使的官衙内。
② 长门事:陈皇后失宠,单独住在长门宫,她拿出百金给司马相如,请他创作消愁解闷的辞章。司马相如就创作了《长门赋》,令汉武帝回心转意。
③ 娥眉曾有人妒:《离骚》:"众女嫉余之蛾眉兮,谣诼谓予以善淫。"
④ 玉环飞燕:杨贵妃和赵飞燕。杨贵妃,小字玉环,能歌善舞,得宠于唐玄宗。安史之乱爆发,被指为罪魁,被迫自杀。赵飞燕,学歌舞,以体轻,号称飞燕,与其妹妹,都受到汉成帝的宠爱,分别被封为皇后、昭仪。后来汉成帝突然死亡,且无子嗣,其二人被指为祸首,都以自杀结局。

评析

这首词写春天的归去,写到了"送",也写到了"惜",但落脚点、重心所在是"怨":"怨春不语"。所谓"不语",其实就是"无情"。又是感叹——"更能消、几番风雨",又是惋惜——"惜春长恨花开早",甚至还想用没有前途令其回心转意——"天涯芳草迷归路"。然而,春天呢,还是毫不留情地走了。能够让春天有些留步,有些眷顾的,只有那些专力在画檐上织网的蜘蛛们,终日里沾惹上一星半点的恩惠罢了。词写到这里,意思其实已经很明白:春天又被称作"东君",这里暗示着最高权力的拥有者即皇帝,而"蛛网"则是指围绕在皇帝身边的小人。下片继续着《离骚》的传统,所谓"香草美人"是用来譬喻君子的。屈原曾把自己比喻成一个女子,而把楚王视为女子喜欢的人。结果这个人不但不守约定,抛弃了自己,还听信谗言,使自己备受打击与伤害。辛词这里用陈皇后典故,也是写作者自己被皇帝冷落,纵然有司马相如这样的人,恐怕也不能传递"我"的心曲——何况并无此类人,围绕在皇帝身边的是一群小人。作者正告他们:不要猖狂太甚,难道没有看到杨玉环、赵飞燕的下场吗?虽然如此斥责小人,但皇帝的心能不能转向自己,仍旧是不可知的,就像一个女子念着自己薄情的少年郎一样,所生出的"闲愁"也只有自己心知肚明。词的最后,作者说:不要去倚楼眺望了,那个薄情的人是不会回来的,看着时光的消逝,只能引起更大的痛苦。

　　比兴寄托,是我国文学的传统,尤其是以男女比喻君臣的关系,更是这个传统的主要呈现形式。宋词当中尽管在辛稼轩之前,也有不少作品可以被纳入这样的传统当中,但并没有这首词将两者关联得如此直接,毫不掩饰,怨情愁思,喷薄而出。据说宋孝宗皇帝看到这首词,"颇不悦"(罗大经《鹤林玉露》卷一),可见它抒发情感的力量是多么直接了。夏承焘先生评论此词说:"肝肠似火,色貌如花。"(《唐宋词欣赏》)表面上的色貌只是肝肠呈露的一种方式,它可以如这里的婉约,也可以如《水龙吟》(楚天千里清秋)式的慷慨,还可以如《菩萨蛮》(郁孤台下清江水)式的清空含蓄;然而终不能掩其肝肠的忠直热烈。

破 阵 子

为陈同甫赋壮语以寄①

醉里挑灯看剑②,梦回吹角连营。八百里分麾下炙③,五十弦翻塞外声④。沙场秋点兵。　　马作的卢飞快⑤,弓如霹雳弦惊⑥。了却君王天下事,赢得生前身后名。可怜白发生。

注释

① 陈同甫:即陈亮,"甫"又写作"父"。淳熙八年(1181)的冬天,辛弃疾被劾罢官,退居在上饶的带湖,兴建房舍,自号稼轩。此前三年,他在杭州因吕祖谦的介绍结识了进京上书的陈亮。辛弃疾退居期间,陈亮在婺州的老家永康被人诬陷下了牢狱,出狱后曾写信给辛稼轩,这首《破阵子》或许就是在这样一个背景下寄给陈亮的。后来,陈亮专程来到信州拜访辛弃疾。两人一同游了鹅湖,并约朱熹来会。结果朱熹没来,陈亮与稼轩分手东归。这让稼轩惦念不已,不但前去追了一程,又与陈亮有《贺新郎》词的唱和。壮语:元刊本作"壮词"。
② 醉里挑灯看剑:杜甫《夜宴左氏庄》:"检书烧烛短,看剑引杯长。"
③ 八百里分麾下炙:《世说新语·汰侈》载,王恺有牛,名八百里驳,非常爱惜,常常将牛的蹄子洗刷得晶莹光亮。王济与他比赛射箭,要求以牛作赌注。结果,王济一箭便破的,呼喊左右随从:"速探牛心来!"一会儿的工夫,牛心炙就送上来了,王济心满意足,吃了一块,就离开了。这里是写分炙麾下的军营饭食场面。
④ 五十弦翻塞外声:瑟据云有五十弦,但实际上并没有这么多,这里不过是借以"极言其声音悲哀"(俞平伯语)。但所谓的声音悲哀,其实是以哀为

美,所写是军中歌舞欢会的场面,而不是悲伤忧郁的情绪。这里指军中所奏的琵琶、羯鼓等声音高亢急促的胡乐曲。

⑤ 马作的卢飞快:战马像的卢马一样跑得飞快。的卢:额头有白色斑点的骏马,《三国志·蜀志·先主传》载刘备曾骑此种马逃过刘表部下的追杀。

⑥ 弓如霹雳弦惊:《南史·曹景宗传》:"骑快马如龙,拓弓弦作霹雳声,箭如饿鸱叫。"

> 评析

主张"义利双行,王霸杂用"并为之奋斗不止的浙东名士陈亮去世后,辛稼轩写下祭文,回忆他坎坷的遭遇,说:"人皆欲杀,我独怜才。"像陈亮这样的,不但身体力行地主张收复失地,而且对当朝在野的大臣与学者,一律都不留情面,批评得体无完肤,在"有饭大家吃"的官僚群体社会中,怕是很难找到第二人的。陈亮的推倒一切、冲破所有的性情,像是完全没有堤防的洪流潮水。在他本人,或许也不怎么顾及其他人的感受,更不要说去提防什么人陷害自己了。因此,陈亮经历的"险困,如履冰崖",就不会是什么意外的事。在给辛稼轩的书信中,陈亮说自己:"亮顽钝,浸已老矣,面目棱层,气象凋落。"这形销骨立、精神不振的状态,显然与他刚刚因为一些琐事遭遇的牢狱之灾有些关系。辛稼轩在这个当口,寄了这首壮词给他,用意也很明显。俞平伯先生说:"醉、梦云云,豪情壮慨皆过去事,虚拟之词。"不错的,稼轩本是有亲身的从军打仗经验的人,但这里他不说"忆"、不说"念",而说"梦""醉",是很值得玩味的事[可以对看他晚年的一首《鹧鸪天》(壮岁旌旗拥万夫)]。而这一醉一梦直贯到这首词的结尾,俞先生又说:"结用实笔,一点即醒。"这实笔之处,就是现实的境遇——白发已生,老大闲退。这种在作词技法上被称为"一笔钩转"的一句,可以说是点醒了醉梦中人。

西　江　月
夜行黄沙道①中

　　明月别枝②惊鹊,清风半夜鸣蝉。稻花香里说丰年。听取蛙声③一片。　　七八个星天外,两三点雨山前。旧时茅店社林④边。路转溪桥忽见。

注释

① 黄沙道:通往黄沙岭的道路。据《上饶县志》载,黄沙岭在"县西四十里乾元乡",其下有两泉,可以灌溉良田十余亩。
② 别枝:另一枝。李商隐《青陵台》:"莫讶韩凭为蛱蝶,等闲飞上别枝花。"曹操《短歌行》:"月明星稀,乌鹊南飞。绕树三匝,何枝可依。"
③ 蛙声:俞平伯说:"蛙声无意,却认作有心,本是个愚人的笑话,这里却转为隽美之语。"(《唐宋词选释》)
④ 社林:古代祭祀土地神,叫作社庙,旁植树木,谓之社林。

评析

　　这首小词也是辛稼轩作于闲居上饶的时候,是随手记下的一次经历,像是一帧小景,又像是一篇小品。虽然辛稼轩也有与苏东坡《定风波》那样的借一件小事,讲出一番道理的作品,但类似这样平静的作品,在辛稼轩的歌词创作中,显得更突出。比如著名的《清平乐》:"茅檐低小。溪上青青草。醉里吴音相媚好。白发谁家翁媪。　　大儿锄豆溪东。中儿正织鸡笼。最喜小儿无赖,溪头卧剥莲蓬。"流露出沉静来,所谓气息的平和,气韵的深沉,是这些作品的底色。这像是长江大河,在破浪翻滚之外,还有宁静开阔的一面,清风拂不动,留下美丽的涟漪。

丑 奴 儿

书博山①道中壁

少年不识愁滋味,爱上层楼。爱上层楼。为赋新词强说愁。而今识尽愁滋味,欲说还休。欲说还休。却道天凉好个秋。

注释

① 博山:在上饶东面的永丰县内,因为形似博山香炉,所以为名。辛稼轩两次闲居的时候,曾多次到此。

评析

这是一首当今流传很广的词,但在辛稼轩词中算是较为单薄,也略显没有力度的作品。它在今天流传得广,是因为较为容易被读者尤其是本没有什么愁怨的青年读者所接受,所谓一读即懂,也还有一丝触动,或者干脆地说,是对青年人而言的预设式的触动。结句是这首词最具光彩的一笔。然而对于真正识得愁滋味的人,这个触动又显得太过无力了。鲁迅先生曾提炼出中国人之间不触动对方的利害而常说的一句话,就是:"今天天气哈哈哈。"那我们就会想,是什么造成了国人如此虚伪地延续这样一句话头呢?当看到我们的英雄辛稼轩,连他也只能收敛自己的万丈豪情、一片愁怨,而化作淡淡的一句"天凉好个秋",该会是怎样的一种心情呢?

贺 新 郎

邑中园亭,仆皆为赋此词。①一日,独坐停云,水声山色,竞来相娱,意溪山欲援例者,遂作数语,庶几仿佛渊明思亲友②之意云

甚矣吾衰矣。③怅平生、交游零落,只今余几。白发空垂三千丈④,一笑人间万事。问何物、能令公喜。⑤我见青山多妩媚,料青山、见我应如是。⑥情与貌,略相似。　一尊搔首东窗里。⑦想渊明、停云诗就,此时风味。江左沉酣求名者⑧,岂识浊醪妙理⑨。回首叫、云飞风起。不恨古人吾不见,恨古人、不见吾狂耳。⑩知我者,二三子⑪。

注释

① "邑中"两句:辛稼轩庆元元年(1195)第二次闲居,起先住在上饶的带湖,后来带湖的雪楼失火,便移居到上饶西南方向的铅山,这首词一般被认为是嘉泰元年(1201)创作的。在铅山的期思,在第一次闲居的时候,他就曾选择风景不错的瓢泉,买下田地,建了几间房屋。这次则更为修建,且开了池塘,想着要在这里归隐,处处以陶渊明自况,停云亭也是其中的建筑之一,周围种上杉、松、竹等。在上饶、铅山一带居住的,还有几个退居的官员,他们也有自己的园亭。辛稼轩曾为这些园亭创作过不少的歌词,就现存的稼轩词来看,并不都是用"贺新郎"词调。
② 渊明思亲友:陶渊明《停云》诗序:"停云,思亲友也。"

③ 甚矣吾衰矣：《论语·述而》："甚矣吾衰也,久矣吾不复梦见周公。"

④ 白发空垂三千丈：李白《秋浦歌》："白发三千丈,缘愁似个长。"

⑤ "问何物"两句：《世说新语·宠礼》载,王恂、郗超两个人,一个身材短小,一个面多须髯,他们两个人都受到大司马桓温的器重,一个任主簿,一个任记事参军,所以当时荆州地方上流传着俗谚,说："髯参军,短主簿,能令公喜,能令公怒。"

⑥ "我见"三句：吕本中《暮步至江上》："山似故人堪对饮。"稼轩《沁园春·再到期思卜筑》："青山意气峥嵘。似为我归来妩媚生。"

⑦ 一尊搔首东窗里：陶渊明《停云》诗云："静寄东轩,春醪独抚。良朋悠邈,搔首延伫。"袁行霈注："静寄东轩,静居于东轩之下。东轩,东窗。"又,注："春醪,春酒。搔首,心情烦急之状。《诗·邶风·静女》：'爱而不见,搔首踟蹰。'"(《陶渊明集笺注》)

⑧ 江左沉酣求名者：指朝堂大臣与在野的道学家。稼轩《水龙吟·寿韩南涧》："夷甫诸人,神州沉陆,几曾回首。算平戎万里,功名本是,真儒事、君知否。"《贺新郎·寄陈同甫》："看渊明、风流酷似,卧龙诸葛。"稼轩以渊明自况,不但要与庙堂之上偏安江左的那些大臣(夷甫诸人)划出界线来,与口谈性理的那些道学人物也不是一路。

⑨ 浊醪妙理：杜甫《晦日寻崔戢李封》："浊醪有妙理,庶用慰沉浮。"浊醪：浊酒。陶渊明《饮酒》(其三)："道丧向千载,人人惜其情。有酒不肯饮,但顾世间名。"袁行霈注："惜其情,不表露感情,失去真率自然之本性。"(《陶渊明集笺注》)

⑩ "不恨"三句：据《南史·张融传》记载,张融善于写草书,甚至以为可以与王羲之、王献之相比,常常发出感叹："不恨我不见古人,所恨古人又不见我。"

⑪ 二三子：原指孔门弟子,语出《论语·述而》："子曰：二三子以我为隐乎？

吾无隐乎尔。吾无行而不与二三子者,是丘也。"孔子说,你们几个认为我藏着掖着,没有全部教给你们吗?没有这档子事,我没有什么不给你们看的。

> 评析

宋室南渡之后,恢复中原故土的呼声持续到绍兴八年(1138)的和议,就开始日渐消沉;秦桧去世后,这样的呼声又出现过,但声势远不如昔。等到辛稼轩渡江南来的时候,宋朝只是在被动地迎战金人的入侵而已,哪里还谈得上什么北伐。前前后后到达南方的士大夫在南北局势平稳后,看到大势已定,自己不能有什么作为,主动或者被动地得到了一些闲职,就要选择离开临安,到附近的一些风景不错的地方居住,过着远离人事纷争、悠闲自得的日子,他们或者进行文学创作,或者从事学术研究,总之与政事保持着距离。信州的上饶,是受到士大夫青睐的居住地之一。这个地方不仅住着稼轩,还有韩元吉、韩淲父子,他们曾是高官,而且能诗词,擅文章;又有一位赵蕃,号章泉,以诗受到过杨万里、朱熹的称赏。而与上饶毗邻的就是福建崇安,朱熹在那里讲学。他们无论是沉浸诗词,还是讲论学问,无不唾弃荣名利禄,仿效陶渊明隐居,宁愿在闲退的状况下老死,也不去当没意思的官,干不吃紧的事。

尽管稼轩鄙视那些被功名所束缚的人,但创作文学,在他终不过是余事;向内里下功夫,增进学问涵养,也不符合他的人生追求。毕竟辛稼轩是欲有所作为的人,闲居不应该成为他的最终归宿,但他的现实处境,则是不得不接受闲居。眼看着时光流逝,年岁老大,他不禁发出长叹,感慨自己不会再有施展才能的机会了。那些曾经与"我"相知的故人随着疾驰而逝的岁月,逐个凋零,自己显得更加寂寞,也更加觉得在虚耗生命。人世间蜗角蛮触的事,既然都可以付之一笑,不值得"我"去计较,那么,究竟有什么事能够激发"我"这个闲退甚至是闲废的人一点生趣、一点喜悦呢？他的回答是："我看青山多妩媚，料青山、见我应如是。"然而，辛稼轩几时真的要去做这青山里面的人，但在这青山里面待得久了，不但是"一松一竹真朋友，山花山鸟好弟兄"(《鹧鸪天·博山寺作》)，而且是青山似我、我似青山，无论性情，还是姿态，不分彼此了。

的确，能够与青山不分彼此，自是与尘中人拉开了距离，而与古代的隐士如陶渊明更为相亲相近了。稼轩设想，就是当年写出"静寄东轩，春醪独抚。良朋悠邈，搔首延伫"的陶渊明，恐怕也是跟现在的"我"不能有什么不同吧。对于那些置国家民族的利益于不顾、一味追求功名的人，他们如何能够体悟饮酒——摆脱世俗羁绊，与青山同一——的妙处。或许那江左沉酣者的所作所为，虽可以视如蚁膻鼠腐，但仍旧不免引动辛稼轩的用世之志，这与青山归隐显然是处在矛盾的两极。由于这样的矛盾之感越发不能掩抑，一种激愤就荡漾起来：退隐青山，虽本非所愿；与世沉浮，则更加不堪。若此，只能退而求其次，但世事在眼，又如何能够忘怀？他终究不能像陶渊明那样"静寄东轩"，像青山一样静穆，就是表面上维持长久的静穆也很难。他终于压抑不住，写出自己的狂放来，这是全词放笔直干的所在，也是豪放的呈现。然而，这豪放却是从内心中的矛盾而出；也可以说是，冲破了令他沉静的闲适的现实处境，而走入一种完全自我，也是完全自由的状态，亦即所谓的"渐露本相"。"青兕"的本相是压抑不住的，他自信地说："不恨古人吾不见，恨古人、不见吾狂耳。"这已经不像这个时代退居山水田园，或者专力作诗，或者潜心学问的那些士大夫了，而是时代的狂者：既不会和江左沉酣者沆瀣一气，也不能安稳地停留在青山当中——只是，这样的心事，又有几个人能够真正了解呢？

贺　新　郎

别茂嘉十二弟①

绿树听鹈鴂②。更那堪、鹧鸪声住,杜鹃声切。啼到春归无寻处,苦恨芳菲都歇。算未抵、人间离别。马上琵琶关塞黑③,更长门、翠辇辞金阙④。看燕燕,送归妾。⑤　　将军百战身名裂。⑥向河梁、回头万里,故人长绝。⑦易水萧萧西风冷⑧,满座衣冠似雪。正壮士、悲歌未彻。啼鸟还知如许恨,料不啼清泪长啼血。谁共我,醉明月。

注释

① 茂嘉:不详。刘过《沁园春》词,题"送辛幼安弟赴桂林官",被认为是同一人。

② 鹈鴂:作者自注:"鹈鴂、杜鹃实两种,见《离骚补注》。"

③ 马上琵琶关塞黑:石崇《王明君辞》:"昔公主嫁乌孙,令琵琶马上作乐,以慰其道路之思。其送昭君,亦必尔也。"

④ 更长门:用汉武帝陈皇后典故。翠辇:帝王或者帝后的车驾,翠羽用作装饰。金阙:黄金装饰的宫阙,代指天子的宫室。这里是说陈皇后被打入冷宫。

⑤ "看燕燕"两句:《诗经·邶风·燕燕》:"燕燕于飞,差池其羽。之子于归,远送于野。瞻望不及,泣涕如雨。"据《毛传》说,这是卫庄姜送别戴妫的诗。庄姜是卫庄公的夫人,无子;戴妫是庄公的小妻,生公子完,公子完即位,被州吁杀害,戴妫大归,不再返回。

⑥ 将军:指汉飞将军李广。《史记·李将军列传》载李广因不满卫青让自己绕远路,急匆匆就率部上路,结果迷失道路,没有能够与大部队会合,要受

到军法的惩处,李广遂引刀自刭。身名裂:身体与名声都毁坏了。李广只是"身裂",名声不裂,但其孙李陵则因降匈奴,消息传到京城,其妻子老母都被朝廷正法,"自是之后,李氏名败"。

⑦ "向河梁"三句:《文选》卷二十九李陵《与苏武诗》:"携手上河梁,游子暮何之。"

⑧ 易水萧萧西风冷:据《史记·刺客列传》,荆轲启程入秦,燕太子与宾客"皆白衣冠送之",荆轲歌曰:"风萧萧兮易水寒,壮士一去兮不复还。"

评析

这首词如果是稼轩晚年的作品,则风格上正雄浑老健,一笔不懈,一笔不弱。他写送别的伤心事,像是把古事抟成团儿,让它们离开原本发生的语境,到了这里都赋予绝大的凝聚力。不论是女子远嫁、被抛弃,还是从夫家离开,已经读不到原本的那种哀怨,而是将不屈服的倔强贯注其间。更不用说男子的气愤不平与朋友、君臣之间的那种死别所散发出来的不可遏止的勇猛力量了。在我国的文学传统中,有江淹的《恨赋》《别赋》,还有唐诗中的"赋得体",它们都是围绕一个主题,将古典与一切可能与之相关的语句,都容纳进来。通常认为,稼轩的这首词也是继承了这个传统。不过,有心人还是能够读出它们之间的不同来。稼轩是在写送别,将一切与送别相关的内容容纳进来,但要注意的是,这个抟成团儿的送别词,一旦团聚起来,力量足够的大,便要超越这个"赋得"对象的本身也就是超越了"送别",由此,抒情的主题转变为抒情主体的呈现,一种迸射式的情感将笼罩住每一个送别的场景。

永遇乐

京口北固亭怀古①

　　千古江山,英雄无觅,孙仲谋处。舞榭歌台,风流总被,雨打风吹去。斜阳草树,寻常巷陌,人道寄奴②曾住。想当年,金戈铁马,气吞万里如虎。　　元嘉草草,封狼居胥,赢得仓皇北顾。③四十三年④,望中犹记,烽火扬州路⑤。可堪回首,佛狸⑥祠下,一片神鸦社鼓⑦。凭谁问,廉颇老矣,尚能饭否⑧。

注释

① 京口:即镇江府的府治所在。三国时代,孙权经营江东,曾一度定都在此,称为京城;后来他又迁都到建康(今南京),就改称这里为京口镇。北固亭:下临长江,因其地势险固而得名。辛弃疾在铅山闲居八年的时间中,朝堂发生了很大的变化。有着外戚身份的韩侂胄在拥立新皇帝宋宁宗的过程中,立了功,受到了宠信,把持了朝纲,排挤了大臣赵汝愚,并把朱熹认作赵的一党,进行迫害,这就是历史上著名的"庆元党禁"。随着赵汝愚、朱熹的去世,党禁渐开,辛弃疾也从闲居的状态被授予了新的职务,他先到浙东任安抚使,后来就到镇江任知府。韩侂胄也正在积极谋划着北伐,借以巩固自己在朝廷的地位。这首词就是在这样的历史大背景和个人小环境下创作的。

② 寄奴:南朝宋武帝刘裕,小字寄奴。他们家自晋室南渡后,就居住在京口。刘裕尚未篡夺东晋皇位的时候,曾经两度率军北伐,先是进军齐地,后又进至洛阳、长安,"收彝器、浑仪、土圭之属,献于京城"(《宋书·武帝纪》)。

③ "元嘉"三句:元嘉,刘裕的儿子宋文帝刘义隆的年号。他即位后,"有恢复

河南之志";元嘉七年(430),即任命到彦之率兵渡过淮水,收复黄河以南的中原故地;起先,北魏拓跋焘主动撤退,放弃了洛阳的金墉等四镇;结果当年冬天,魏军即反扑南下,宋军焚舟弃甲,大败而归;后宋文帝又派遣檀道济北伐,次年自滑台(今河南滑县)败归。宋文帝为之作诗,有"北顾涕交流"之语(《宋书·索虏传》)。南朝刘宋接连的两次北伐,都宣告失败。汝阴太守王玄谟仍向宋文帝上书,陈献北伐的计策,文帝说:"闻王玄谟陈说,使人有封狼居胥意。"(《宋书·王玄谟传》)狼居胥山,今蒙古国境内的肯特山,汉武帝时,霍去病进击匈奴,曾至此封禅,故借以为比。二十年后,即元嘉二十七年(450),宋文帝又命王玄谟北伐,至滑台,不能攻克而败;当年十二月,北魏拓跋焘南侵,至瓜步(今南京六合),导致京城戒严。

④ 四十三年:辛弃疾于绍兴三十二年(1162)二十三岁南来,创作这首词的时候已经六十六岁,因此说是四十三年。

⑤ 烽火扬州路:朱彝尊《词综》作"灯火扬州路";吴则虞先生说:"望中灯火,依然如旧,时日虽长,失地未复,重来登眺,不禁引起无穷感愤。"(《辛弃疾词选集》)这个说法是可取的。辛稼轩并未在扬州一带有过作战的经历,如果是因为绍兴三十一年(1161)金人入侵,导致的扬州烽火传警,对稼轩来说也没有什么切身的体验。又,秦少游《长相思》:"铁瓮城高,蒜山渡阔,干云十二层楼。开尊待月,掩箔披风,依然灯火扬州。绮陌南头,记歌名宛转,乡号温柔。"

⑥ 佛狸:拓跋焘小字。他曾经进军的瓜步,据陆游的《入蜀记》记载,山上有魏太武庙,即供奉他的祠庙。

⑦ 神鸦:祠庙里面来吃祭品的乌鸦。社鼓:本来是指社庙里面的乐器。

⑧ "廉颇"两句:秦赵长平之战前,廉颇被赵括取代,长平之战后,又被乐乘取代,一怒之下,便投奔了魏国,但在魏国并不受重用,赵国也想重新起用他,就派使者前去,"视廉颇尚可用否"。廉颇见到使者,"为之一饭十斗,

肉十斤,被甲上马,以示可用"。但廉颇的仇人早已贿赂了使者,使者回来后,就向赵王诋毁廉颇,说:"廉将军虽老,尚善饭,然与臣坐,顷之三遗矢。"(《史记·廉颇蔺相如列传》)

评析

深厚婉转是宋词独特的体格,它于唐诗之外别开了一条文学之路。然而,宋词作为文学之一体,更应具备文学的通性,在此若守着深厚婉转不放,则不能欣赏像李清照《声声慢》、辛弃疾《永遇乐》这类作品了。无可否认,这类作品真率太过,不计雕饰。岳珂《桯史》记载,他曾当面向稼轩指出,这首词"用事多",又记载稼轩"味改其语,日数十易,累月犹未竟"。那么,这里就有一个问题,现在读到的这首"千古江山",是稼轩的改本,还是原本?邓广铭先生曾做了明确的回答:虽然岳珂提出了看似深中稼轩之病的建议,然而结果却是稼轩一个字也没有改,保持原貌。进而,就又有一个问题,既然原作中"用事"也就是用典故太多,为什么又说它是不计雕饰?用事多不正是雕饰过甚吗?这里,就有一个文学书写的传统需要正视。我国旧有的诗词,即符合一定诗律词律的创作,一般都是似难实易,貌似很难掌握,原因就在于需要雕饰的地方太多,顾及之处也太烦琐,这样就限制了文学的生气。然而一旦掌握那些条条框框,出变化于法度之中,或者法度本身就可以被变化,便是另一番景象。稼轩词喜欢掉书袋,绝不是这一首为然,然而他的掉书袋,依然融合在他的抒情当中,不是为文造情,而是自我发抒,将古典今事打并一处,冲口而出,放声而歌。即如这首《永遇乐》,纵然堆砌了许多古事,从孙权到刘裕再到拓跋焘,却并无一毫的累赘堆砌之感。以前的学者面对这样的现象,没法解释,只能说"非稼轩之盛气,勿轻染指也"(《谭评词辨》)。这真是本末倒置。文学作为情感的载体,是情感发抒的工具,而不是情感修饰或者伪装的避风港。如果过分地注意文学的美学要求,一律为保证这样的美学意义而创作,反过来就会制造假古董,窒息生气,文学的意义也就降到了最低。宋词在南渡之后,之所以还能另有一番风景,别开一种生面,李清照与辛稼轩厥功至伟,他们的贡献就是将宋词作为文学的特性发挥了出来,而不是为了尊重书写的文学传统而刻意去保持什么深厚婉转的体格。因此,以前人讲"词外求词",是不错的,但仍拖泥带水,不够直截了当。其实,若要让词这样的文体有生命力,不是从内保持延续下去,而是要从外注入新生的力量——无疑地,辛稼轩与李清照正是注入这样力量的词人。

南 乡 子

登京口北固亭有怀

何处望神州。满眼风光北固楼。千古兴亡多少事,悠悠。不尽长江衮衮流。① 年少万兜鍪②。坐断③东南战未休。天下英雄谁敌手。曹刘。生子当如孙仲谋。④

注释

① 不尽长江衮衮流:衮衮,即滚滚。因为押韵的缘故,将杜诗《登高》"不尽长江滚滚来"末一字更换为"流"。

② 兜鍪(móu):头盔。

③ 坐断:占据、据有。

④ 生子当如孙仲谋:曹操称赞孙权的话。见《三国志·吴主传》裴松之注。

> 评析

这首词与《永遇乐·京口北固亭怀古》是一时所作,同时作的还有一首《生查子·题京口郡治尘表亭》:"悠悠万世功,矻矻当年苦。鱼自入深渊,人自居平土。　　红日又西沉,白浪长东去。不是望金山,我自思量禹。"这三首词都是怀古事,但所感怀的对象不同,指归也就有差异,虽在一人笔下,气魄格局却有高下之别。相较而言,"悠悠万世功"因为怀念大禹人饥己饥、人溺己溺的精神,气魄最为雄伟,格局也最为开张。尤其是换头的"红日又西沉,白浪长东去"两句,顾随先生曾评论说:"登高望远,对此茫茫,百感交集,而举头又见依依之落日,滚滚之江涛,吊古悲今,益觉无以为怀。有此二语,便觉阮嗣宗之登广武原尚逊其雄浑,陈伯玉之登幽州台尚逊其悍鸷也。"(《稼轩词说》)道出此刻稼轩雄伟的气魄,是连当年阮籍到了刘项相争的古战场发出"时无英雄,使竖子成名"的感慨,陈子昂登幽州台唱出"前不见古人,后不见来者"的诗句,也都无法比拟的。而《南乡子·登京口北固亭有怀》的"千古兴亡多少事,悠悠。不尽长江衮衮流",则与陈子昂"念天地之悠悠,独怆然而涕下"有些接近,二者胸次的开阔,气息的沉着,是没有区别的。但《南乡子》下片着力在孙仲谋一人身上,骂尽天下无能鼠辈,就携带强悍英鸷之气。《永遇乐·京口北固亭怀古》更下移到南北分治时代的你争我夺、时不再得,最终落到自己的欲有所作为的强烈愿望,雄壮忠烈之气充溢天地之间,不再顾及浑厚深沉的高下有无了。

陈　亮

陈亮(1143—1194),字同父("父"同"甫"),婺州永康(今属浙江)人。

才气超迈,议论风生。隆兴和议,独以为不可。乡居十年,力学著书。后上书,针砭学者大臣之弊病,言辞切直,令孝宗为之震动。以醉后狂言,为人中伤下狱,考掠至无完肤;又牵连入家仆杀人案,再下狱;更因乡里宴会有人暴死,第三次被牵连下狱。虽然都得友人援救而出,然而遭际如此艰难,亦所罕见。然能够益加励志读书,所学更为广博,并自许"推倒一世之智勇,开拓万古之心胸",能较朱熹、吕祖谦为一日之长,豪气充溢,更是世所不见。光宗策进士,擢为第一,未及授官而卒。有《龙川文集》传于世。

水 龙 吟

春 恨

闹花深处层楼,画帘半卷东风软。春归翠陌,平莎茸嫩,垂杨金浅。迟日催花,淡云阁①雨,轻寒轻暖。恨芳菲世界,游人未赏,都付与、莺和燕。　　寂寞凭高念远,向南楼、一声归雁。金钗斗草②,青丝③勒马,风流云散。罗绶分香④,翠绡⑤封泪,几多幽怨。正销魂,又是疏烟淡月,子规声断。

注释

① 阁:同"搁",承住。
② 斗草:古代妇女儿童玩耍的一种游戏,一说采摘花草,比试种类;一说即今日尚流行之以两人各持一根草秆,相扭,互相拉伸,先断者为负。盖女子儿童所玩不同。
③ 青丝:马缰绳。

④ 罗绶分香：罗带上悬挂着香囊，临别相赠。

⑤ 翠绡：翠绿色的罗帕。

评析

陈亮这首《水龙吟》词，从文本上说，没有提供任何历史信息，且题为"春恨"，下片所写的人事无非"金钗斗草，青丝勒马""罗绶分香，翠绡封泪"，即男女相逢、离别、相思之事。然而，晚清的刘熙载在《艺概·词曲概》中却说："同甫《水龙吟》云：'恨芳菲世界，游人未赏，都付与、莺和燕。'言近指远，直有宗留守大呼渡河之意。"是从慨叹春天逝去的景色描写中感受出了一种别样的精神，即有当年留守东京开封府的老将军宗泽临殁而叹息说："出师未捷身先死，长使英雄泪满襟"，更连呼"过河"三声的憾恨异常之气概（《宋史·宗泽传》）。刘熙载的这种感受，绝无生拉硬扯、牵强附会的毛病，反而能够深掘出这几句的内蕴之厚重来。但刘熙载有这样的感受，不能无陈亮生平豪放、才气超迈、颇有侠气的影响。如著名的孝宗淳熙十五年（1188）陈亮前往江西上饶会辛稼轩之事，即有与稼轩唱和之《贺新郎》词，说："父老长安今余几，后死无仇可雪。犹未燥，当时生发。二十五弦多少恨，算世间、那有平分月。胡妇弄，汉宫瑟。"他说的这样几句话，正可以作为"芳菲世界""都付与、莺和燕"的注脚：现在北方旧京之地的大好河山，已经成为异族的土地；宋室南渡过去了将近半个世纪，当年亲眼见证的中原父老今天还余留下多少人呢？后来的一代人心中哪里还会有国耻之感呢？他们从出生那一日开始，对南北分治的局面恐怕也会认为是理所当然了。南朝宋文帝要收复河南地，先下书给北魏皇帝拓跋焘，说这是中原故地。拓跋焘收到书信，大怒，说自己生发未燥，就知道河南是自己家的土地。陈亮在这里用的这个典故，是说时间一久，金人统治区的汉人根本不知道这个地方以前是大宋的了。然而，我们对于陈亮

《水龙吟》的理会,也应该就此打住。倘要更进一步地说,下面所写的与女子的离别相思,是用来譬喻北方的父老;或者如清代黄蓼园所说,那莺莺燕燕,是用来指主张与金人和议的小人(《蓼园词评》),都不免是拖泥带水、黏皮带骨的胶葛之见了。

如果将岳飞《小重山》与陈亮《水龙吟》搁置一处来看,都是可以通过作者的遭际、性情、精神,透过文本表面上的对时光易逝、相思怨别的哀婉,而触及更为深隐或厚重的人事情感。这与沿循着字义的比附联想的读解,是有着质的区别的。因此,我们从这些小词当中,首先感受到的是岳鹏举词中的郁郁难伸和陈同甫词中的憾恨至极。这些情感所有的质素,不是季节的变幻、男女的相思所能牢笼得住的,而是会引发对更为复杂的人事与更为深厚之精神的感悟。这是理所当然的读解,并不完全依赖作者是抗金的英雄还是豪气的志士。

姜　夔

姜夔(?—1209),字尧章,号白石道人,饶州鄱阳(今属江西)人。自云早孤,少日奔走,凡世之所谓名公巨儒,皆尝与交游。以诗、长短句、书法及精通音乐,为人所重。又曾向朝廷献《大乐议》,以布衣身份留名于《宋史·乐志》;而以歌词最为精妙绝伦,时人称其"不减清真乐府,其间高处有美成所不能及"(黄昇语)者,可能就是指他笔致的清空与意趣的骚雅。然终生潦倒,不沾一命。宋诗与宋词走了相反的路,在宋诗讲模拟、技法的时候,宋词还葆有些天真浪漫,所谓的幽微隐约、烟水迷离,是从晚唐五代延续到宋初的,成为词的底色。但当宋诗厌倦了江西诗派,要追求自然天成的时候,宋词反而掉起了书袋,字法句法也奇崛地雕琢起来了,如"白石词之特点,即在以江西派诗人作诗之法作词"(缪钺《姜白石之文学批评及其作品》),而"清峻劲折,格淡神寒"就成了主要的风格特征。有《白石道人诗说》《白石道人歌曲》传于世。

扬 州 慢

淳熙丙申至日①,予过维扬。夜雪初霁,荠麦弥望。入其城,则四顾萧条,寒水自碧,暮色渐起,戍角悲吟。予怀怆然,感慨今昔,因自度此曲②。千岩老人以为有《黍离》之悲也③。

淮左④名都,竹西⑤佳处,解鞍少驻初程⑥。过春风十里,尽荠麦青青。自胡马窥江⑦去后,废池乔木,犹厌言兵。渐黄昏,清角吹寒,都在空城。　　杜郎俊赏⑧,算而今、重到须惊。纵豆蔻词工,青楼梦好,难赋深情。二十四桥仍在,波心荡、冷月无声。念桥边红药,年年知为谁生。

注释

① 淳熙丙申至日:宋孝宗淳熙三年(1176)冬至日,姜夔二十左右的年纪,从汉阳东下,路过扬州。
② 自度此曲:这首歌词所配合的乐曲,是由姜夔自己创制的,也称作"自制曲"。创制乐曲之所以叫作度,取度的本义,具备一定标准;那么,制曲这样的事,也要依循一定的标准,如选择宫调、编排节奏等。
③ 千岩老人:萧德藻号千岩老人,是当时著名的诗人,后来他将侄女许配给

了姜夔,词序中的这句应该是萧德藻后来听到这首歌词而发表的意见。《黍离》之悲:见前张元幹《贺新郎》词注。

④ 淮左:即淮水以东。

⑤ 竹西:杜牧《题扬州禅智寺》诗:"谁知竹西路,歌吹是扬州。"扬州的蜀冈有竹西亭,后来成为禅智寺。

⑥ 初程:刚开始的一段行程。

⑦ 胡马窥江:金人南下,扬州是双方争夺的要地,从南渡之初,到距离姜夔生活年代最近的绍兴三十一年(1161)金主完颜亮的南侵,扬州曾两度受到战争的侵扰。

⑧ 俊赏:快意愉悦的游玩。以下三韵檃栝杜牧《赠别》诗:"娉娉袅袅十三余,豆蔻梢头二月初。春风十里扬州路,卷上珠帘总不如。"《遣怀》诗:"十年一觉扬州梦,赢得青楼薄幸名。"《寄扬州韩绰判官》:"二十四桥明月夜,玉人何处教吹箫。"尽管姜夔不无以杜牧自比的可能,如《鹧鸪天》所说:"东风历历红楼下,谁识三生杜牧之。"但俞平伯先生认为:"(下片)虽多用侧艳字面,系杜牧原诗,且未必以之自况。"(《唐宋词选释》)

评析

相比较南北朝时期的晋宋和北方的所谓五胡政权之间频繁的军事行动,宋金的关系算是基本维持了和平,规模较大的金人南犯与宋人北伐,是屈指可数的几次。绍兴三十一年(1161)九月,金国主完颜亮亲自率军渡过淮河南下,先锋部队在十月间就攻陷了扬州,完颜亮随后到来,驻兵长江岸边,形势岌岌可危。恰在这个时候,金国内讧,完颜亮被杀死在了扬州的龟山寺,双方又重新议和。不到三年之后的隆兴二年(1164)的五月,宋孝宗任用张浚北伐,结果出师不利,反被金人所败,订立和议,自称"侄宋皇帝",称金为"叔大金皇帝"。这次,战火并没有延烧到扬州。

在又一度的和平到来的十多年之后,年轻的姜夔路过了这个久负盛名的都市——它在唐代曾经有过"扬一益二"的美誉,货运往来,川流不息,就是在北宋也还不曾完全失去重要的位置,引发文人墨客无尽的相思眷恋(参前辛稼轩《永遇乐》"烽火扬州路"注引秦少游《长相思》和欧阳修《朝中措》词)。但现在它成了一座名副其实的"芜城",一座四顾萧条的"空城"。姜夔写出了那个时代的人共有的一种感伤。这应该是他第一次到扬州来。这座名城一被提及,就会引发无限的联想,纵然是路过,也稍作了一下停留——谁不想看看她呢?然而,当姜夔入得城来,这个冬日里的城市,显得如此荒凉萧条。本来是"春风十里"的扬州路,现在则一点繁华热闹的场景也看不见,满眼都是刚刚露出青色的荠菜与麦苗。其实,这不过是冬日南方田野当中常见的景色,但对都市的向往让姜夔倍感失望。他和那个时代的所有人一样,都会认为这是战火焚烧之后的结果。不要说人民了,就是那故国的乔木也已经厌倦了战争。薄暮黄昏,远处传来戍楼士兵吹起的号角声,更增加了一份清冷,整个城市陷入了一片空虚冷寂当中。都市的想象彻底破灭了,作者设想:就算是曾经目睹过繁华扬州的杜牧,又来到这里,也会感到震惊。就算再多吟咏的才华、再多缠绵的情绪,恐怕也难以写出什么动人的诗篇吧。二十四桥还在,目睹着人世的变迁——它想要说些什么呢?波心回荡,冷月无声。只有桥边的红药,想是年复一年地生发,然而,它是否知道周围的一切早已不复往昔了呢?

踏　莎　行

自沔东来,丁未元日至金陵,江上感梦而作①

燕燕轻盈,莺莺娇软。②分明又向华胥③见。夜长争得薄情知,春初早被相思染。　　别后书辞,别时针线。离魂暗逐郎行④远。淮南皓月冷千山,冥冥⑤归去无人管。

> 注释

① 沔东:汉阳。丁未:淳熙十四年(1187)。姜夔姊家在汉阳,姜夔青年时代曾依靠姊家在汉阳生活,这次他离开汉阳,向金陵,是跟随妇翁萧德藻而来(夏承焘《姜白石系年》)。

② 燕燕、莺莺:姜夔在这一年前的十年间,往来江淮,在合肥认识了勾栏中的姊妹二人,眷恋不已,这首词就是代她们所作的(夏承焘《合肥怀人考》)。

③ 华胥:指梦境。《列子·黄帝》载黄帝昼寝,"梦游于华胥氏之国"。这个国度没有统治者,人民也没有欲望,但因为太过辽远,根本去不了,只能"神游而已"。

④ 郎行(háng):情郎那边。一说行是衬字,含有昵称的意思(胡云翼《宋词选》)。

⑤ 冥冥:昏黑的夜晚。

> 评析

宋词人当中写在梦里追逐自己所爱的那个人,以晏小山写得最多也最好:"梦入江南烟水路。行尽江南,不与离人遇。"(《蝶恋花》)"梦魂惯得无拘检,又踏杨花过谢桥。"(《鹧鸪天》)"月细风尖垂柳渡,梦魂长在分襟处。"(《蝶恋花》)"几夜月波凉,梦魂随月到兰房。"(《南乡子》)"一夜梦魂何处,那回杨叶楼中。"(《清平乐》)"金闺魂梦枉丁宁,寻尽短长亭。"(《少年游》)这和姜白石另有一首《浣溪沙》的"梦寻千驿意难通",与晚唐诗人张泌的"别梦依依到谢家,小廊会合曲栏斜"一样,都是写如何追寻的,至多是追寻到了什么地方,但没有写追寻之后归途的情况。也就是说,无论是追寻有结果还是无结果,都是要归来的。或许这个时候,梦已醒了,不复知了,但实际上,这却是最为辛苦,也最为苦痛的一段梦魂之旅。姜夔所写的,就是这段经历。他说在梦中像是见到了前来相会的姊妹两人,她们向"我"埋怨道:你离开之后,怎么会知道长夜漫漫我们是如何度过的?又如何能体味春天到来之后的相思之苦?你是否在离别之后还常给我们来信?是否还记得离别的时候我们给你缝补的衣物?梦中的"我"似乎无言以对,无所作为,只能默默地注目着她们在这个清冷的寒夜踏上月光下惨白色的归途。

点 绛 唇

丁未冬过吴松作①

燕雁②无心,太湖西畔随云去。数峰清苦。③商略④黄昏雨。　第四桥⑤边,拟共天随⑥住。今何许。凭阑怀古。残柳参差舞。

注释

① 丁未:淳熙十四年(1187)。吴松:今上海松江、苏州昆山一带。
② 燕雁:北地的大雁。
③ 数峰清苦:张耒《初见嵩山》:"数峰清瘦出云来。"
④ 商略:估计、约摸。陆游《晚饭后步至门外并溪而归》:"商略最关诗思处,满村砧杵捣秋衣。"
⑤ 第四桥:即甘泉桥,桥下泉水,据云是在水品中列第四。与姜白石同时的

诗人萧立之《第四桥》诗云："一江秋色无人管,柔橹风前语夜深。"
⑥ 天随：晚唐诗人陆龟蒙自号天随子,隐居在松江的甫里。

> [!NOTE] 评析

宋末的张炎评论姜白石词,说是"野云孤飞,去留无迹"(《词源》),道出了姜夔词对具体事件、具体情感的叙写模糊朦胧、似有若无的特点。这首词起笔写北地的大雁,从太湖的西畔随着天上的流云飞去。飞向何方呢？当时姜夔应该是住在湖州,在太湖西,而吴松在太湖东,那么,这首二句所说,无非就是"过吴松"的意思。他对于自己的行踪没有直接说,而是借着大雁来说,这倒罢了,问题出在他故意使用的"燕雁无心"四个字。陶渊明《归去来兮辞》说："云无心以出岫,鸟倦飞而知还。"是说自己本来就没有打算去做官。姜夔这里用这样一个成语,也应该是指的这个意思。但姜夔始终是一介布衣,与官场纵然有联系,也谈不上关系多深,他这里偏偏用了一个意味深长的词语。由于和现实中的具体事件根本对不上,因此这两句词就显得朦胧空灵,莫名所指。

紧接着,他又说一路上所见的山峰,也像不得意的读书人一样,清峻寒苦。这里用"清苦"两个字来形容冬日里的青山,非常别致,也很恰当。但下面说"商略黄昏雨",便有些突兀。其实,姜夔所说的"商略",并不是商量的意思,而是说估摸着天阴下来要落雨了。但这五个字是跟着"数峰清苦"来的,像是"商略"有了一个主语似的,俞平伯先生就说："商略二字,评量之意,见《世说新语·赏誉》。用此见得雨意浓酣,垂垂欲下。"(《唐宋词选释》)既然青峰的矗立,可以说是如人一般清苦的样子,那么黄昏时分雨意渐浓,也不妨说是像人在评论商量的样子。尽管以"商量"来形容雨欲下在南宋诗人词人中不乏用例,钱锺书《宋诗选注·王质》就注引了王观"云共雨商量不了"、林希逸"断云归去商量雨",但都不如姜夔这里新颖奇崛。沈祖棻先生说："燕雁或者有知,而以'无心'为说;山峰纯属无知,而以'商略'为言:此便是夺化工之处。"(《宋词赏析》)纵然"商略"一词在姜夔那个时代一般都是当作估摸、约摸来讲,如注释中引的陆游诗的例子,但不妨说姜夔是在用典故,用东晋人的话。因为当"估摸"讲的"商略",放在这里,不应该是五个字,而应该说"商略黄昏欲雨时";但当"商量"讲的"商略",则五个字已足。这处修辞,是姜夔词的另一个特点,即简劲。

换头说想要到第四桥边,像前朝的隐士陆龟蒙一样,过起隐居的生活。这本是意思非常明显的话,也是途经吴松可能会有的联想。但下片的收束,则一下子跳到了怀古伤今上来。晚清的陈廷焯评论说"通首只写眼前景物,至结处云'今何许。凭阑怀古。残柳参差舞';感时伤事,只用'今何许'三字提倡,'凭阑怀古'下仅以'残柳'五字咏叹了之,无穷哀感,都在虚处"(《白雨斋词话》卷二)。清代初年推崇姜白石词的朱彝尊,曾说出"空中传恨"四个字,就是"都在虚处"的意思。《扬州慢》中的"废池乔木,犹厌言兵。渐黄昏,清角吹寒,都在空城",也是这个"都在虚处"的写法。这可以说是姜夔词的第三个特点:将个人的情感置于阔大的时空与今昔变迁中,前者借助后者的力量一下子放大了许多,这或者就是张炎推崇的"骚雅"句法,甚至认为周邦彦词由于缺乏这一点致使意趣不高远。然而,由于情感原本的单薄,这个放大就不是登山临海般开阔,而是像在高倍显微镜下被极度放大的细胞。

暗　香

辛亥之冬①,予载雪诣石湖。止既月,授简索句,且征新声。②作此两曲,石湖把玩不已,使工妓隶习之,音节谐婉,乃名之曰暗香、疏影③

旧时月色。算几番照我,梅边吹笛。唤起玉人,不管清寒与④攀摘。何逊而今渐老,都忘却、春风词笔。⑤但怪得、竹外疏花⑥,香冷入瑶席⑦。　　江国。正寂寂。叹寄与路遥,夜雪初积。翠尊易泣。红萼无言耿相忆。⑧长记曾携手处,千树压、西湖寒碧。又片片、吹尽也,几时见得。

疏　　影

苔枝缀玉。⑨有翠禽小小,枝上同宿⑩。客里相逢,篱角黄昏,无言自倚修竹⑪。昭君不惯胡沙远,但暗忆、江南江北。⑫想佩环、月夜归来,化作此花幽独。⑬　　犹记深宫旧事⑭,那人正睡里,飞近蛾绿⑮。莫似春风,不管盈盈,早与安排金屋⑯。还教一片随波去,又却怨、玉龙哀曲⑰。等恁时、重觅幽香,已入小窗横幅⑱。

注释

① 辛亥之冬:绍熙二年(1191)冬,姜夔离开合肥,前往苏州范成大处;时范成大闲居在此,号石湖居士。
② 止既月:居住在此已经一月。授简索句:给予简札,索要诗歌,就是要求创作诗歌的意思。且征新声:并且要求创作新歌曲。
③ 隶习:练习。隶通"肄"。暗香、疏影:取林逋咏梅的诗句:"疏影横斜水清浅,暗香浮动月黄昏。"
④ 与:为。贺铸《浣溪沙》:"玉人和月摘梅花。"
⑤ "何逊"三句:杜甫《和裴迪登蜀州东亭送客逢早梅见寄》:"东阁官梅动诗兴,还如何逊在扬州。(自注:何逊集有早梅诗。)"姜夔以何逊自比。词笔:有韵为文,无韵为笔,这里指代诗篇。

⑥ 竹外疏花：疏花指梅。姜白石《除夜自石湖归苕溪》："梅花竹里无人见，一夜吹香过石桥。"

⑦ 瑶席：布满珍馐的宴席。

⑧ "翠尊"两句：对翠尊红萼而悲伤无语，思忆深刻。翠尊：绿色的酒杯。耿：本意是明亮，而这里作副词，形容相忆之深刻鲜明。

⑨ 苔枝缀玉：梅花的一种叫作苔梅，树身布满苔藓，枝条上挂满苔丝。这里所谓的缀玉，就是树身上结成块状的苔藓。

⑩ 枝上同宿：据柳宗元《龙城录》载，赵师雄迁徙到广东罗浮山，日暮时分在松林中遇见了一位美人，还有一个绿衣童子在歌舞嬉戏，他们一道饮酒，醉后醒来，发现自己在大梅树下，树上有一只翠羽的小鸟在叫。

⑪ 无言自倚修竹：杜甫《佳人》："天寒翠袖薄，日暮倚修竹。"

⑫ "昭君"三句：王建《塞上咏梅》："天山路边一株梅，年年花发黄云下。昭君已没汉使回，前后征人谁系马？"（龙榆生《唐宋名家词选》引郑文焯批注）刘永济先生又举出宋徽宗《眼儿媚》词："花城人去今萧索，春梦绕胡沙。家山何处，忍听羌管，吹彻梅花。"谓："明用徽宗《眼儿媚》词语。徽宗此词有故国之思，故曰'暗忆江南江北'。"（《唐五代两宋词简析》）

⑬ "想佩环"三句：杜甫《咏怀古迹》："画图省识春风面，环佩空归月夜魂。"

⑭ 深宫旧事：南朝宋武帝女寿阳公主，人日（正月初七）那一天躺在含章殿下面，梅花飘落到她的额头上，变成五个花瓣，拂之不去。皇后让她保留下来，看能够持续几天，三天后才洗去。宫女们感到新奇，纷纷仿效，就成了梅花妆。

⑮ 蛾绿：青黛色的蛾眉。

⑯ 安排金屋：用汉武帝金屋藏娇的典故。

⑰ 玉龙：玉笛，笛曲有《梅花落》。这里的"怨"字，语带双关，犹如"羌笛何须怨杨柳"之"怨"的用法。

⑱ 小窗横幅：横着悬挂起来的画幅。陆游《夜饮即事》诗："更作茶瓯清绝梦，

小窗横幅画江南。"

评析

《暗香》《疏影》是姜白石的代表作,也是宋词当中的名篇。《暗香》抒情,《疏影》体物,抒情空灵自由,清气往来;体物不粘不滞,远音袅袅。以前有种观点,说这两首词含有家国之恨,后来夏承焘先生又说这是合肥怀人词,都有些道理,都能在词中找到对应,但也都不甚明显,所谓"野云孤飞、去留无迹",就是如此。

《暗香》一起非常精彩,这精彩不在"旧时月色"四个字,而在"照我"的"我"字上。宋词中喜欢言称"我"的,在北宋当推苏东坡:"我欲乘风归去""长恨此身非我有";而在南宋则无过辛稼轩:"我来吊古,上危楼,赢得闲愁千斛。"他们所言说的"我",大都是作者本人,而不再是代指劝酒、相思的少年郎与女子了。姜夔这里的"我",自是与苏辛一贯,而并非假设出一个情事中的"我"来。这样来看,则下文中的"玉人",也不是虚设的,像是确有其事了。当"我"成为事件的亲历者,所叙述的一切,就都有着切肤的体验。姜夔写这首词的时候,三十七八岁,他说"都忘却、春风词笔",是说自己再也写不出那些情意绵绵的歌词。其实,柔美婉约的情致,在姜夔词中本就不甚明显。如果说辛稼轩有一类作品,像《念奴娇》(野塘花落),是摧刚为柔,而姜夔则是转柔入刚,有一股清劲。这首词也是如此,因此"春风词笔"不是说风格,而是说内容,是那些情事不再能够被提及了。让姜夔有些惊异的是,又见梅花,那种冷艳的幽香,在今天的这个宴会上重新让他走进了回忆。然而,回忆在姜夔词仍旧只是一笔,非常简省,他为这个回忆的到来所做的铺垫,则有数句。"江国"是眼下的所在,一片寂寞,他想折下梅花,寄与远方的人,也因为夜雪积聚,道路不通。"翠尊"呼应"瑶席","红萼"呼应"香冷";"香冷入瑶席"是注入华宴一段冷寂的回忆。"翠尊"两句又敷上一层深重的回忆。谭献说此两句"深美有《骚》《辩》意",不是没有道理的。而也正因是这梅花的开放,将思绪从眼下回到了西湖畔的千树梅花,那是曾经携手同行的所在。只是很快地,这梅花便要飘落、飘尽,"我们"要到什么时候才会再相见呢?这一层意思表述得非常克制。俞平伯先生说:"结句拟周邦彦《六丑》结句'恐断红、尚有相思字,何由见得'。"周词是落花流水、相见无期,姜词则是旧梦如昨,重逢已经是绝无希望了。

　　《疏影》是典范意义上的咏物词,也就是咏梅,这与作者的那个"我"距离比较远。上下片可以分为四段,四个各自独立但都与梅花相关的故事。上片首段写梅上有同居鸟而篱外却有客居人;次段言此幽独之花,岂非远来之客,正与自己的命运相同。下片连用两个典故,写飘零纵然再美好,也不如当初倍加珍惜;最后写既成飘零,则怨曲已无从招魂,若要重见,也只能看画中梅花,终隔一层。旧评说姜白石"流落江湖,不忘君国,皆借托比兴,于长短句寄之。如《齐天乐》伤二帝北狩也,《扬州慢》惜无意恢复也,《暗香》《疏影》恨偏安也。盖意愈切,则辞愈微。屈宋之心,谁能见之?乃长短句中复有白石道人"(宋翔凤《乐府余论》),是对所谓"骚雅"意趣的发挥。虽不免比附,但也非空穴来风。盖姜词在空中传恨之外,另有一种作法,即清劲峭折,突起一意,即如《疏影》当中的"昭君"三句就是。这一作法,对南宋末年长调咏物词有很深的影响。

齐　天　乐

　　丙辰岁,与张功父会饮张达可之堂,闻屋壁间蟋蟀有声。[1]功父约予同赋,以授歌者。功父先成,辞甚美。予裴回[2]末利花间,仰见秋月,顿起幽思,寻亦得此。蟋蟀,中都呼为促织,善斗。好事者或以三二十万钱致一枚,镂象齿为楼观以贮之。

庾郎先自吟愁赋。[3]凄凄更闻私语。露湿铜铺[4],苔侵石井,都是曾听伊处。哀音似诉。正思妇无眠,起寻机杼。⑤曲曲屏山,夜凉独自甚⑥情绪。　　西窗又吹暗雨。为谁频断续,相和砧杵。候馆迎秋,离宫吊月,别有伤心无数。豳诗漫与。⑦笑篱落呼灯,世间儿女。写入琴丝,一声声更苦。宣政间⑧有士大夫制《蟋蟀吟》。

注释

① 丙辰岁:宋宁宗庆元二年丙辰(1196),姜夔把家迁到临安,依靠张鉴(字平父)资助,生活下来。张镃,字功父,是张鉴的异母兄弟,他们都是曾与岳飞一道名列"中兴四将"之一的张俊的后人。张鉴的旧字是时可,张达可应该是他的兄弟。

② 裴(péi)回:即徘徊。

③ 庾郎先自吟愁赋:庾信《愁赋》,今本《庾子山集》中已经看不到了,但宋代人多有征引,其中有:"攻许愁城终不破,荡许愁门终不开。何物煮愁能得熟,何物烧愁能得然。闭门欲驱愁,愁终不肯去。深藏欲避愁,愁已知人处。"(叶廷珪《海录碎事》卷十九"愁乐门"引)

④ 铜铺:旧式大门上悬挂门环的、铜制的铺首,有的做成兽面。

⑤ "哀音"三句:在《名贤法帖》所见的姜白石手书的这首词,作"寒声未住。叹机杼才收,倚床思妇"。

⑥ 甚(shén):什么。

⑦ 豳诗:《诗经·豳风·七月》:"七月在野,八月在宇,九月在户,十月蟋蟀入我床下。"漫与:不经心、不经意地付与。姜词至此是以豳诗自况,说自己写这首蟋蟀词并非经意之作;与他写荷花词说"嫣然摇动,冷香飞上诗句"(《念奴娇》)对照明显,盖这才是姜夔经意之作,若云:荷花之香连同我这诗句也被沾染上了。

⑧ 宣政间：宣和、政和，宋徽宗的年号。

评析

张镃先成的《满庭芳》："月洗高梧，露溥幽草，宝钗楼外秋深。土花沿翠，萤火坠墙阴。静听寒声断续，微韵转、凄咽悲沉。争求侣，殷勤劝织，促破晓机心。　儿时曾记得，呼灯灌穴，敛步随音。任满身花影，犹自追寻。携向华堂戏斗，亭台小、笼巧妆金。今休说，从渠床下，凉夜听孤吟。"上片是围绕"思妇"来写的，紧扣住了"促织"的寓意。换头点出"儿时"，是另一副笔墨，与上片"思妇"有别，落到作者个人的经历与年岁逝去、繁华不在的感触上来。"思妇"与"士子"在情事的触发上虽然不同，但最终的情绪却可以汇流到一处。姜夔手书词上片作"寒声未住。叹机杼才收，倚床思妇"。也就将上片的重心放在了"思妇"上面；而后来的传世本中，"思妇"成为被促织的鸣叫所唤起者中的一类人。当这位机杼才收的"思妇"，背倚着床头，遮挡在曲曲屏山之后，意绪阑珊之际，又逢西窗暗雨吹落。以下"为谁频断续，相和砧杵。候馆迎秋，离宫吊月"，是连用三种与蟋蟀相关之人事情绪：相和砧杵——"旅人"；候馆迎秋——"谪臣"；离宫吊月——"宫怨"。这里的连用三事应该是"实处虚之"的写法，即表面上是写旅人、谪臣与宫怨，实际上却是烘托与渲染蟋蟀鸣叫之声的悲苦，它可以引发客愁、伤感与哀怨等诸多的人间情绪。词的最后说，气节变化，人情所不能堪之时，反而有世间小儿女于篱笆处，呼唤秉烛，寻觅蟋蟀以为游戏。陈廷焯认为是"以无知儿女之乐，反衬出有心人之苦"(《白雨斋词话》卷二)。与姜夔同时代的叶绍翁写下了类似的情景："萧萧梧桐送寒声，江上秋风动客情。知有儿童挑促织，夜深篱落一灯明。"似乎对比不够明显；而宋词这种一冷一热的写法，又有李易安《永遇乐·元宵》："不如向、帘儿底下，听人笑语。"以"热"衬"冷"。伤心事陈述至极，翻转一笔，来写小儿女之欢笑事,以"乐"写"哀",更进一层。

史达祖

史达祖(生卒年不详),字邦卿,一字经邦,号梅溪,汴(今河南开封)人。以歌词为张镃、姜夔所称赏,称其"织绡泉底,去尘眼中","融情景于一家,会句意于两得"。有《梅溪词》一卷传世。陈振孙《直斋书录解题》曾为著录,云"不详何人"。又,韩侂胄为平章军国事,有政事堂文吏一人,名姓相同,且草拟旨令,处置函札,颇受倚重,并伴随李壁出使金国。开禧北伐失败,侂胄被杀,传首北国,此人下大理寺狱审查,为公论不容,斥其公受贿赂,缘为奸利,至遭黥刑,贬死。《四库全书总目提要》力证"确非两人",谓其"人不足道,而词则颇工"。王鹏运《四印斋所刻词》则以为"古今同时同姓名者正自不乏",不必"强为牵合";纵然"真为省掾",而侂胄本非大奸,邦卿亦"不必深论"。

东风第一枝

咏春雪

巧沁兰心,偷黏草甲①,东风欲障新暖。谩②凝碧瓦难留,信知暮寒轻浅。行天入镜,做弄出、轻松纤软。料故园、不卷重帘,误了乍来双燕。　　青未了、柳回白眼③。红欲断④、杏开素面。旧游忆著山阴⑤,后盟遂妨上苑⑥。寒炉重暖,便放慢春衫针线。恐凤鞋⑦、挑菜⑧归来,万一灞桥⑨相见。

> 注释

① 草甲：草木初生时候所带的种子的外壳，称作孚甲。
② 谩：徒然地。
③ 白眼：柳条自是"青眼"，但因雪的缘故，说是"白眼"。这是字面上的刻画深细。下"素面"同此理会。
④ 红欲断：即"断红"，断红本是指红叶的飘落，这里借用，盖谓遮断之意。
⑤ 山阴：用王子猷《雪夜访戴》的典故。
⑥ 后盟：即后约、后会之意。《全宋词》作"厚"，注"别作'后'"。这里取"后"字。后盟遂妨：是说春雪短暂，不能停留许久，随风而生，又伴风而灭，故无后盟、后约、后会可言了。上苑：或即梁苑，谢惠连《雪赋》："怨年岁之易暮，伤后会之无因。"
⑦ 凤鞋：女子绣鞋。《全宋词》作"凤靴"，注"别作'鞋'"，此处从别本。盖凤靴，指舞靴，与此处情境不合。
⑧ 挑菜：唐宋旧俗，以农历二月二日为"挑菜节"，摘取新生菜品以供食用。
⑨ 灞桥：《北梦琐言》卷七："或问（郑綮）：相国近有新诗否？对曰：诗思在灞桥风雪中驴子上。此处何以得之？"这是为了咏雪牵连过来的一个典故。

> 评析

　　南宋的咏物词是沿着周邦彦《清真词》的作法，走向更为精致、细密与妥帖，同时也更加雕琢、刻意与勉强。这类词很难真的令人感发，因为它脱离了词也是文学最重要的一种东西——"自然"。所谓"笔补造化天无功"（李贺《高轩过》），据说姜夔称史达祖"有李长吉之韵"。这里选的咏雪《东风第一枝》，与咏燕《双双燕》、咏春雨《绮罗香》都符合旧式词评的几项标准：（1）炼字——如本篇起句的"沁""黏"。又如被姜夔所赏的"柳昏花暝"（《双双燕·咏燕》），被毛晋所赏的"柳发晞春""和露梳月"（《万年欢·春思》），以及"做冷欺花，将烟困柳"（《绮罗香·咏春雨》）、"帘波浸笋，窗纱分柳"（《眼儿媚·寄赠》）等。（2）隶事——本篇换头以下连用王子猷、谢惠连《雪赋》、灞桥风絮典故。（3）造句——如《双双燕》"度帘幕中间，去年尘冷"，一个"度"字引起两个四字句，一写空间，一写时间；"还相雕梁藻井，又软语商量不定"，六字句与七字句的组合，一写行动，一写言语，皆从猜度中来，似无实有，灵动异常。更善用虚字，如"谩凝碧瓦难留，信知暮寒轻浅"，"谩"字领起，"信"字转折。（4）出新意，与当行本色的（5）赋情之间的关系甚密，如沈义父所说："亦须略用情意，或要入闺房之意。"而这往往是这类歌词境界深浅、品格高下的分判处，也就是所谓的"勾勒"处。

这样的"勾勒"处，出现在上下片结语的地方。如《绮罗香·咏春雨》前结："最妙它、佳约风流，钿车不到杜陵路。"后结："记当日、门掩梨花，剪灯深夜语。"原本咏物的对象，在此充当了一个凭借与桥梁——诚然，这是必不可少的，但终究不再煞费苦心地炼字造句从物象上进行描摹，而是带进了一个更为宽阔，也更加深沉的境界。前结不过是在说"流潦妨车毂"（周邦彦《大酺·春雨》），后结又是化用了"雨打梨花深闭门"（李重元《忆王孙》）和李商隐"何当共剪西窗烛，却话巴山夜雨时"（《夜雨寄北》）。与其说这是在写雨，倒不如说是在写人、写事；同样地，与其说是在写雨的精神，倒不如说是在写人事的曲折与丰富。然而，如果只是摘句式来看这个"勾勒"，是无的放矢的；换言之，这"勾勒"到什么地方了呢？但如果是通观全篇，从尖新巧制的造语用典，到丰富深沉的人情物态，那么就会看到"勾勒"的力度。又如《双双燕·咏燕》前结："又软语商量不定。飘然快拂花梢，翠尾分开红影。"后结："便忘了、天涯芳信。愁损翠黛双娥，日日画阑独凭。"前结还停留在物象的描摹当中，只不过较为传神而已；而后结方才进入一种情事中去。但显然不如春雨的情事来得真切，所谓一勾勒即"薄"，俞平伯也评论说："觉陈言之不尽，或行迹之未超。"（《读词偶得》）

但这首咏春雪的词，结句是颇有力度、较为深沉的一次勾勒。这里提到的"挑菜"，有人将它理解为从宫中波及民间的一种风习，虽有《武林旧事》可以为证，也是不够准确，甚且还有些煞风景。《武林旧事》记载宫中的"挑菜宴"，是给贵人们准备的游戏，提到的菜的品种有生菜、荠菜。而史梅溪词中的"生菜"指的什么？当时人自然不用讲，但与我们今天的饮食习惯已经有距离了。杜甫《立春诗》说："春日春盘细生菜。"放在春盘里面可以凉拌生吃的菜品，除了我们现在还在食用的莴笋、莴苣，重要的一种就是芹菜。苏辙《新春》诗说："园父初挑雪底芹。"这是接近当时人生活实际的。只不过在史达祖的词中，挑菜的不是"园父"，而是穿"凤鞋"的女子。那这个"女子"是谁？正是前结耽误双燕进到堂室里面来的那个"不卷重帘"的"故园"之人。在《夜行船·正月十八日闻卖杏花有感》的结句中史梅溪描绘了她更为细致的衣着情态："草色拖裙，烟光染鬓，常记故园挑菜。"在《万年欢·春思》中则又见出"故园"情事更为精细的一幕："小径吹衣，曾记故里风物。多少惊心旧事，第一是、侵阶罗袜。"由于史达祖又有《忆瑶姬·骑省之悼也》云："空余双泪眼，到旧家时节，谩染愁巾。"《齐天乐·秋兴》："悠然魂堕故里，奈闲情未了，还被吹醒。拜月虚檐，听蛩坏砌，谁复能怜娇俊。"因此，会让我们知道"故园""故里"并不都是成语的借用，而是实实在在有着"旧人"的踪迹。更联系上《秋霁》"故园信息。爱渠入眼南山碧。念上国谁是、脍鲈江汉未归客"和《满江红·书怀》"三径就荒秋自好，一钱不直贫相逼"的愤懑的话来，则"故园"的感受怕是要更为真切。如此种种，汇集一处，也迷蒙一片。

刘克庄

刘克庄(1187—1269),字潜夫,号后村,莆田(今属福建)人。初为国子监生,屡试不进,专攻古文。以门荫入仕,官洪州靖安主簿、福州司理、真州录事。入江淮制置使李珏建康幕府,建言屯兵扬州,以壮根本。知建阳县,师事真德秀,与编《文章正宗》。《江湖集》"诗祸"起,言官笺其《落梅》诗,激怒权相史弥远,几得罪谴,改通判潮州。后随真德秀召入京,除枢密院编修官,以敢言时弊,为魏了翁击赏。出知漳州、袁州,为广州提举,升任转运司兼提举市舶使,徙江东提刑,在官皆能恤民贫、纾民困。召为太府少卿,赐同进士出身,时淳祐六年(1246)。预修国史,讲说经义,兼中书舍人。以论丞相史嵩之父弥远罪,被劾罢归,后出知漳州,入为太常少卿、起居舍人,进言寇準、李纲等大臣能以节义吞敌人,指斥当轴,为理宗所不纳,提举明道宫。故人贾似道为相,复出,二年告归,官至龙图阁学士,年八十三,终于乡里。刘克庄为晚宋"江湖诗派"巨子,与前辈杨万里、陆游并称一时。词学稼轩豪放,时评以为不及(张炎《词源》);论其吏事才能,或相仿佛。有《后村先生大全集》一百九十六卷传世。

生 查 子

元夕戏陈敬叟①

繁灯夺霁华②。戏鼓侵明发③。物色④旧时同,情味中年⑤别。浅画镜中眉,深拜楼西月。人散市声收,渐入愁时节。

> 注释

① 陈敬叟：字以庄，号月溪，建安人。刘克庄知建阳时，与之往来颇密。
② 霁华：明澈的月光。
③ 明发：天发明。《诗经·小雅·小宛》："明发不寐。"
④ 物色：人物景色。
⑤ 中年：《世说新语·言语》："谢太傅语王右军曰：中年伤于哀乐。与朋友别，辄作数日恶。"

> 评析

中年，在诗人的笔下，是衰颓、伤感、碌碌、愚钝、回忆的开端。刘克庄的这首词自然也是没有例外的。"四十已中年"（元稹《酬乐天江楼夜吟稹诗因成三十韵》），到知建阳的时候，刘克庄正也是这个年纪了。他告诉朋友陈敬叟说："情味中年别。"这个"别"跟上"中年"，可以联系它的典故，解释为"离别"的"别"。但在这首词中，却是对应着"物色旧时同"的"同"，是说：当年的一切依旧，但我们的感受却完全不同了，毕竟已是到了中年。那么，这究竟是一种什么样的"情味"呢？不要忘了，词题当中的那个"戏"字。陈敬叟留下的为数不多的几首词中，有《水龙吟》题作"记钱塘之恨"的，词中说："访柳章台，问桃仙浦，物华如故。向秋娘渡口，泰娘桥畔，依稀是、相逢处。"刘克庄词换头处说："浅画镜中眉，深拜楼西月。"也便是从陈敬叟的这个相思爱恋的"恨"处生发出来的——虽不免友朋间的取乐，但也是"情怀"有"别"于往昔的所在了。

漫长的人生，"中年"只是短暂的休整，过渡的一瞬，但就"中年"那一刻来说，它显然要更加的厚重、复杂、深沉。"渐入愁时节"，怕也不只是陈敬叟那个"钱塘之恨"吧,即便是回忆中的年少,又岂是"梦中球马豪如昨"(《忆秦娥·春醒薄》)那个单薄的表象?如果允许我们改动一下刘克庄著名的那句词——"男儿西北有神州,莫滴水西桥畔泪"(《玉楼春·戏林推》)中的"莫"为"也",就能很好地理解词人的真实处境。正是在建阳的任上,人到中年的刘克庄经历了丧偶之痛。这个隐痛,以传统中国士大夫所经受的教育,自不好说得太多,但也绝不会什么也不说。此时此刻,他也只是说"渐入愁时节",甚至还用了"戏"字,借着朋友间的取乐,掩盖下去。然而,正因是隐痛,而且是在中年开启的隐痛,则要一直蔓延下去,十年,二十年,甚至更久:"橐泉梦断夜初长。别馆凄凉。细思二十年前事,叹人琴、已矣俱亡。改尽潘郎鬓发,消散荀令衣香。　多年布被冷如霜。到处同床。箫声一去无消息,但回首、天海茫茫。旧日风烟草树,而今总断人肠。"(《风入松·福清道中作》)二十年的光景不能消磨掉那一刻的悲哀。"残更难睡抵年长。晓月凄凉。芙蓉院落深深闭,叹芳卿、今在今亡。绝笔无求凰曲,痴心有返魂香。　起来休镊鬓边霜。半被堆床。定归兜率蓬莱去,奈人间、无路茫茫。缘断漫三弹指,忧来欲九回肠。"这是"癸卯(1243)至石塘,追和十五年前韵"所作,距离中年的悲哀,已经过去了三十五年——几乎是人生又一半的时光!

正如少年的激情和老年的沉寂,对每个人来说没有分别一样,中年的情怀又岂是可以例外的?

吴文英

吴文英(生卒年不详),字君特,号梦窗,四明(今浙江宁波)人。本姓翁氏,出为吴后。早年曾客苏州,为仓台幕僚。中岁离苏去杭,以能词,获与史宅之(云麓)、吴潜、贾似道(秋壑)等一时之达官显贵先后陪游。又与沈义父讲论"协、雅、深、婉"作词之法。怀人缱绻,恋恋风尘,屡发于词。晚年寓于越,为宋度宗的生父嗣荣王的门客,后终。吴文英以意象精练、修辞刻挚、音律谐婉,为友朋推许为与周邦彦齐名并立于有宋一代(黄昇《花庵词选》引尹焕)。又以人微才秀,风格密丽,迷离惝恍,深沉幽隐,为六百年后世变之中的晚清士大夫推重为与苏辛殊流同源(况周颐《蕙风词话》)。近人更以真事、真情、真境而能为真词目之(刘永济《微睇室说词》)。张炎评价说:"梦窗如七宝楼台,眩人眼目,碎拆下来,不成片段。"(《词源》)实乃确定不移之论,梦窗词得失俱在于此。有《梦窗甲乙丙丁稿》传世。

浣 溪 沙

门隔花深梦旧游。夕阳无语燕归愁。玉纤香动小帘钩。① 落絮无声春堕泪,行云有影月含羞。东风临夜冷于秋。

注释

① 玉纤:纤纤玉指。但这里的着重点是在"香",作法同吴文英的名句"有当时、纤手香凝。"(《风入松》)李商隐《楚宫》:"更辨弦声觉指纤。"由弦声而辨别出纤指,已艳矣;梦窗更由玉指的香气,而觉察出帘钩的摇动,艳极;愁极弦能说,艳极帘亦能动也。

评析

这首词一起笔便将后面的一切笼罩在了"旧梦"当中,并且这一"旧梦"曾经发生的空间是"门隔花深",即一个被遮蔽的空间之中。这种蕴藏着"幽深"的词境的设计,是从"花间"开始的,北宋词人就加入了更多个人的感慨,最著名的便是"庭院深深"。不过,北宋词幽深的词境,往往是相对于梦而存在的。一旦进入梦里,则如晏几道《蝶恋花》词:"梦入江南烟水路。行尽江南,不与离人遇。"《鹧鸪天》词:"梦魂惯得无拘检,又踏杨花过谢桥。"也就是一片自由开阔的天地了。梦窗偏偏要设置在"门隔花深"之中,这是有着特殊的人事所为决定的。然而,这仍旧是梦窗词疏快轻俊、自然不事雕琢的一类词。类似的佳篇,还可以举出:"池上红衣伴倚栏。栖鸦常带夕阳还。殷云度雨疏桐落,明月生凉宝扇闲。　　乡梦窄,水天宽。小窗愁黛澹秋山。吴鸿好为传归信,杨柳阊门屋数间。"(《鹧鸪天·化度寺作》)长篇之中,也不乏这样的佳句:"秋色未教飞尽雁,夕阳长是坠疏钟。"(《满江红·淀山湖》)"东风晴昼浓如酒,正十分皓月,一半春光。"(《高阳台·寿毛荷塘》)

法曲献仙音[①]

放琴客,和宏庵韵[②]

落叶霞翻,败窗风咽,暮色凄凉深院。瘦不关秋,泪缘轻别,情消鬓霜千点。怅翠冷搔头燕[③],那能语恩怨。　　紫箫[④]远。记桃根[⑤]、向随春渡,愁未洗,铅水又将恨染。粉缟[⑥]涩离箱,忍重拈、灯夜裁剪。望极蓝桥[⑦],彩云飞、罗扇歌断。料莺笼玉锁,梦里隔花时见。

注释

① 法曲:为清商乐种中的一类,起于隋,兴于唐,又吸收佛道宗教音乐,称"道

调法曲"。献仙音是法曲类中的一支乐曲。
② 放琴客：这是文人间对于遣妾而出嫁之的较为文雅的说法,语出唐代诗人顾况的《宜城放琴客歌》。宏庵：即丁基仲,梦窗词中屡有关涉此人之作。
③ 搔头燕：燕子形状的簪。"燕"在吴文英词中,用为怀人的特指。
④ 紫箫：唐李锜以反叛被诛,侍婢杜秋娘配入掖庭,有宠于穆宗,为皇子漳王傅姆。皇子得罪,杜秋娘归老故乡,朝饥不给。杜牧感而伤之,为《杜秋娘诗》,写其新得宠于帝王,有"金阶露新重,闲撚紫箫吹"之句(《本事诗》)。吴词用此典,以代指去妾。
⑤ 桃根：晋王献之妾名桃叶,怜爱甚笃,作《桃叶歌》。
⑥ 缟：缟素,用于书写的白色生绢。
⑦ 蓝桥：蓝桥驿。唐裴航于舟中遇樊夫人,夫人赠以诗云："一饮琼浆百感生,玄霜捣尽见云英。蓝桥便是神仙窟,何必崎岖上玉清。"后裴航果于蓝桥驿遇见云英,结为夫妇。(《传奇》)

评析

与秦少游"自在飞花轻似梦"以抽象形容具象类似,梦窗词也将表达情感的抽象词语视为一定实物的指代,使其"具象化",字面所携带的情感更为浓郁。如"愁未洗、铅水又将恨染"。"愁"与"恨",是抽象的情感词语,自来诗人言说它们,必要用"比"的办法,否则无从知道愁恨有多长、多深、多厚、多重。但吴梦窗一改旧有的套式,完全是用"赋"的办法,即将这"愁"、这"恨"本身便视为实物,说"愁"不曾洗去,泪水又沾染来了"恨"。在这一句中,我们并不曾直接见到传统中的"愁容"的"容"或者用"眉"来写"恨",而是完全倚仗着这些抽象的情感词语自身,将"愁""恨"之感形象地凸显出来。但这种有意识地避开"意象组合"的探索,也会让人有些不适应,一下子转不过弯来,觉得十分生涩。

吴文英还将形容词与被形容的名词"析分"开来,舍去名词不管,专在形容词上用力,形成鲜明的意象;"怅翠冷搔头燕,那能语恩怨",是将燕形的玉搔头的碧翠的颜色先行提了出来。这一道冷翠的颜色,为整个词境注入了冷意;后面说"燕子"不能"语恩怨",着实是有些意趣的联想,但倘无"翠冷"二字,尤其是这个"翠"字,这一句则寻常得很。类似这样的对"析分"出来的形容词的锻炼,为宋词开辟了新的词境,如《风入松》"黄蜂频扑秋千索,有当时、纤手香凝",这一句写得好,有人说是出奇的想象,未料梦窗之所以能有此想,是因为他早已将"纤手"这一具象的存在与"香"这本来是形容"纤手"的词语析分了开来。同样地,"半壶秋水荐黄花,香喋西风雨"(《霜叶飞》)、"玉纤香动小帘钩"(《浣溪沙》)之"香",皆将本来可能是属于"意象组合"之"整体"的一部分("香")析分出来,着意强调。这样的作法,不免要引来生涩,但这不是最严重的问题,而是终究要成为俗套,则不可耐。盖人可以忍穷耐冷,唯俗不可耐,若"掩疏帏倦入,又惹旧愁,汗香阑角"(《解连环》)、"腻粉阑干,犹闻凭袖香留"(《声声慢》),"不见落入吴文英自己的俗套"。然而,类似这样字面的析分,毕竟为梦窗词一大创造,不妨将其概括为"纤手香凝"型。

吴文英更将前人着意选择的名词与锻炼的动词,给它们一个意外的组合,将本不属于它们的惯常联合的动词、形容词甚至是数量词组合上来,产生意外效果。如"落叶霞翻","霞"如何能"翻",这便有些过于"凝练""悭涩"了,是说晚霞打在飘落的叶子上,叶子上的霞光也便随着落下的叶子而翻动。周邦彦《氐州第一》有"乱叶翻鸦,惊风破雁"的好句,与吴梦窗一比,便见出后者的出奇与凝涩了。

莺 啼 序

　　残寒正欺病酒,掩沉香绣户。燕来晚、飞入西城①,似说春事迟暮。画船载、清明过却,晴烟冉冉吴宫树。念羁情游荡,随风化为轻絮。十载西湖,傍柳系马,趁娇尘软雾。溯红渐、招入仙溪②,锦儿偷寄幽素③。倚银屏、春宽梦窄,断红湿、歌纨金缕。暝堤空,轻把斜阳,总还鸥鹭④。　　幽兰旋老,杜若⑤还生,水乡尚寄旅。别后访、六桥无信,事往花委,瘗玉埋香,几番风雨。长波妒盼,遥山羞黛,渔灯分影春江宿,记当时、短楫桃根渡。青楼仿佛,临分败壁题诗,泪墨惨澹尘土。　　危亭望极,草色天涯,叹鬓侵半苎⑥。暗点检、离痕欢唾,尚染鲛绡⑦,𣰦⑧凤迷归,破鸾慵舞。殷勤待写,书中长恨,蓝霞辽海⑨沉过雁,漫相思、弹入哀筝柱。伤心千里江南,怨曲重招,断魂在否。⑩

注释

① 西城:即城西。吴梦窗《点绛唇·有怀苏州》:"可惜人生,不向吴城住。"即此西城。

② 仙溪:兼用刘晨、阮肇入天台山遇仙与"红叶题诗"的典故。

③ 幽素:盖指尺素,书信。幽,指幽怀。

④ 鸥鹭:鸥鹭无机心,这里或者指代无情之物。

⑤ 杜若:《楚辞·九歌·湘君》:"采芳洲兮杜若,将以遗兮下女。"

⑥ 半苎:苎即苎麻,用白色的苎麻形容头发半白。

⑦ 鲛绡:晋张华《博物志》载南海鲛人,水居织绩。这里代指绢帕。

⑧ 𣰦(duǒ):下垂貌,此处或指代发髻。

⑨ 蓝霞辽海:吴梦窗《声声慢·咏桂花》:"蓝云笼晓。"云可曰蓝,霞似亦可。

又,《浣溪沙·陈少逸席上用联句韵有赠》其二:"灞桥舞色褪蓝裙。"此处"蓝裙"为舞裙,一如以"彩云"为舞人之代指;则蓝霞之蓝,盖蓝裙之蓝,此处以蓝霞辽海并举,或即"人如风后入江云"(周邦彦《玉楼春》)之意,暗指离人或亡人。

⑩ "伤心"三句:化用《楚辞·招魂》:"湛湛江水兮上有枫,目极千里兮伤春心。魂兮归来哀江南。"

评析

宋词篇幅巨大的作品,在北宋可数柳永的《戚氏》为第一,南渡之后的名家词中,若说可以与之相媲美甚或要使得柳耆卿让出一头地的,恐怕也只有这篇吴文英的《莺啼序》了。

全词四叠,一三叠写苏州,二四叠写杭州。第一叠"人事—景色—情感",三者被独立地安排。前人诗歌,往往追求情中景,景中情,吴梦窗一反常态,将人、景、情三者极为细致地"析分"开来——至于这三者本身,当然也未始不是情景交融的。将"人"认作"他人",与己不干涉,自不动情去左右这词中人;又将"景"视为"客观"之"景",词中人不觉此景存在,作者只是淡淡写来,让读者知之;更将"情"一笔扫去,说是那年旧情,至于究竟为何事,更不提及——或不忍耶?总之如此笔意,不但不会是朴拙,反而是精微绝妙,有如"利刃划水",才刚分别开来,旋又浑融一片。又如王维诗所谓"白云回望合,青霭入看无"。作者试探性地进入"词境",像用自己的身体拨开了一团云雾,而这团情感的迷雾旋又密合了起来。

第二叠述说另一段"羁情",事事可以着实。和上一叠中迟迟不见作者的身影相反,这一段一开始便有了较为明晰的举动与更为细腻的事情经过,所谓"趁娇尘软舞"以及"溯红渐、招入仙溪,锦儿偷寄幽素"。直写到"倚屏""红湿",则是别后相思,而"断红"即"红泪"。虽然作者希望用"实笔"来写,情事乍看也极为分明了。然而,作者也只是说到"锦儿偷寄幽素"上来,至若后来的故事,全不提及。那此前在这杭州西湖发生的情事,也都不免要随风散去了——"暝堤空,轻把斜阳,总还鸥鹭"。"空"字、"轻"字,颇有些匠心的,尤其是"轻",上文也用到了,说是"轻絮",很难着实。发生在苏州的事,已经成了轻絮;而这发生在杭州的事,也可以被轻轻地忽略。夕阳西下,西湖堤上,空荡无人,往来的仍旧只有那些鸥鹭。好像这个地方对于作者来说,本也没有发生过什么。

两段旧情为作者"析分"一遍,无非是有意超脱或逃避,总不忍直面。但随着作者本人介入其间,即走进"词境",则三者便在抒情的主导下,浑融密合。

第一叠闲闲叙起的那段往事,含蓄不露声色,而第三叠补叙出后续之结果,则是如翻江倒海,波澜壮阔。"六桥无信"是"事往",而"瘗玉埋香,几番风雨",是从"花委"而来。"玉"者,"香"者,概指"花"言之。"花"外有人,即那"绣户"中人。"长波妒盼,遥山羞黛,渔灯分影秋江宿,记当时、短楫桃根渡。"当年的苏州女子,深刻地印在了作者的心中,纵然是"几番风雨"之后,也未能够消磨那年的一瞬。相较于第一叠中那位身在绣户中的病酒之人,当年的她,可是令"长波妒盼,遥山羞黛"般的神采焕发。"渔灯分影秋江宿",点出这一次相逢,同时也是最后的分别时刻;"渔灯"映射出的"分影",是两人之影。"青楼仿佛,临分败壁题诗,泪墨惨澹尘土。"这是写"别后访""青楼"的情景。作者已经不能知她究竟在何处,因此也只有选择向当年他们曾经驻足甚至是居住过的"青楼"寻访一番。那分别的时候,所题于墙壁之上的诗句,曾经是饱蘸着热泪,而如今败壁,尘封磨灭,黯淡无光。

第四叠照应着第二叠来补叙出杭州的情事,就眼前所见,直抒胸臆,重大沉着。第三叠作者自述是"水乡尚寄旅",而此一叠则说"危亭望极,草色天涯,叹鬓侵半苎",这两处是相互补充的。上面说自己"尚寄旅",自是十年来境遇不变,而此处说自己鬓发已经斑白,则是就"变"处落笔。盖于不变的境遇之中,已然无复当年之旧情,此不变中的变;而于一己年岁老大的变化之中,则仍念兹在兹、中心藏之的,也依然是始终不变的当年那段不了之情。一个"叹"字,自"危亭""天涯"而来,阔大深厚,大有老杜"此身饮罢无归处,独立苍茫自咏诗"(《乐游原歌》)之慷慨。"暗点检、离痕欢唾,尚染鲛绡,斜凤迷归,破鸾慵舞。"一连写下了三种物件,较之第二叠中从回忆中抽出的"断红湿、歌纨金缕",则物物动情,字字血泪。正因此番"点检"旧物,触目伤心,故不复有如第二叠中回想"歌纨金缕",尚可以转移入湖畔堤上,将一切情思挥散稀释。"殷勤待写,书中长恨,蓝霞辽海沉过雁,漫相思、弹入哀筝柱",则是完全任凭此种哀愁驱使,不但无一丝一毫的迟疑,反而使天地为之动容变色。这"蓝霞辽海沉过雁"一句,本是极为寻常的设喻。这种用意的好句极多,张若虚"鸿雁长飞光不度"、晏殊"鸿雁在云鱼在水",然都不若吴梦窗的大气磅礴。"蓝霞",为梦窗所造语,清代学者杜文澜在《词律校勘记》中甚至怀疑应该是"蓝关"之讹误。往往言者无非"红霞",而梦窗偏言"蓝霞",哀伤至极而致天地为之变色。

"伤心千里江南,怨曲重招,断魂在否。"全篇归结在此。前人谓"《离骚》寂寞千年后,《戚氏》凄凉一曲终",此或是从声情上说起;而梦窗此作,以关联世俗社会的内容而论,若故国丧乱的事体繁杂,千头万绪,即所谓"一国之事系一人之本"者,则仅抒写个人情事之哀感的梦窗词,似无从比并。然若以抒情的质素来看,则同为"怨曲",一般"哀怨",充溢弥漫于可以想象与感触到的时间与空间中。大笔濡染,沉郁顿挫,正是吴梦窗词有别于晚宋诸家的特征。

刘辰翁

刘辰翁(1232—1297),字会孟,号须溪,庐陵(今江西吉安)人。早岁从欧阳守道学。入太学,受知于国子祭酒江万里。进士及第,以母年老,请为赣州濂溪书院山长。江万里赴任入闽,辰翁入其幕。后江被劾,辰翁亦罢官闲居。江再起,辰翁亦从之;并为江举荐为中书省架阁。旋丁母忧去官。宋恭宗德祐元年(1275),召为太学博士,时国势危急,未赴任。明年丙子,元兵入临安,宋亡;时辰翁年四十五。此后,托迹方外,保持气节,隐晦乡居,年六十六卒。有《须溪词》传世。

兰 陵 王

丙子送春①

送春去。春去人间无路。秋千外、芳草连天,谁遣风沙②暗南浦。依依甚意绪。漫忆海门飞絮③。乱鸦过,斗转城荒,不见来时试灯④处。　春去。最谁苦。但箭雁沈边,梁燕无主。⑤杜鹃声里长门⑥暮。想玉树⑦凋土,泪盘⑧如露。咸阳送客屡回顾。斜日未曾度。　春去。尚来否。正江令《恨别》,庾信《愁赋》。⑨苏堤尽日风和雨。叹神游故国,花记前度。人生流落,顾孺子,共夜语。

注释

① 丙子:即德祐二年(1276)。本年正月,元兵主帅伯颜受降于宋室帝后。宋

室递了降表,似是即刻便被押送北上。

② 风沙:代指从北方来的元兵。

③ 海门飞絮:这是代指尚未成为元人俘虏的宋宗室。本年二月间广王、益王即为陆秀夫、文天祥等保护拥戴,辗转逃至温州江心岛。海门:盖指宋宗室通过海路躲避元兵。

④ 试灯:上元节前预赏花灯为试灯。汪元量《湖州歌》:"丙子正月十有三,挝鼙伐鼓下江南。"正月十三,是试灯的那天,元兵入临安。

⑤ 箭雁:或指宋朝守边的将帅。梁燕:则指宋朝旧有的士大夫。前者或已阵亡,后者则无归宿。

⑥ 长门:用陈皇后的典故,代指帝后妃嫔都已经成了俘虏,留下空寂的宫室。

⑦ 玉树:用《世说新语》"谢家子弟芝兰玉树"的典故,代指宋室的王孙。

⑧ 泪盘:李贺《金铜仙人辞汉歌》序云:"(魏)宫官既拆盘,仙人临载,乃潸然泪下。"诗云:"衰兰送客咸阳道,天若有情天亦老。携盘独出月荒凉,渭城已远波声小。"代指宋朝的宗器被掠夺。

⑨ "正江令"两句:原注:"二人皆北去。"江令:指江淹。缪钺先生认为江令不是指江淹,而是指江总。(《论刘辰翁词》)《愁赋》:见前姜夔《齐天乐》"庾郎先自吟愁赋"注。

评析

这是一首及时反映亡国哀痛的词作。这样的经历,自非人人可得遇;遇者定是大不幸事,呈现于文字,也就非寻常笔墨可比。刘须溪所谓的春,是东君,宋室帝后的象征。第一段写帝后投降被虏。为什么说是"春去人间无路"呢?原来,元兵自北而南侵,在南宋遗民的眼中,就如蔽天遮日的风沙。刘须溪另有一首《沁园春》说:"春汝归欤。风雨蔽江,烟尘暗天。况雁门陁塞,龙沙渺莽,东连吴会,西至秦川。"北上之路,笼罩在一片风雨烟尘之中,艰辛凄苦可知。别去故宫,黯然神伤,情绪低落,想着海上的如飞絮般飘摇不定的朝廷,怕也没有什么恢复的希望了。第二段写宋室覆亡后,将帅、大臣、宫人的处境,而以"斜阳未曾度"做一收束,呼应第一段结句中的"斗转城荒"与"试灯"。度,即"春风不度玉门关"的"度";又,李白《塞下曲》说:"五月天山雪,无花只有寒。笛中闻折柳,春色未曾看。"这是说春色从不曾来到这苦寒的塞北。而刘辰翁说"未曾度"(一作"未能度"),则是说春本来是在江南的,但此时它无能为力,只好就这样在斜晖之下收尽了。斜日与春同为宋室的象征。第三段归到己身。先提北上的人,或许有自己的老朋友在内,他们身已北去,魂兮归来,神游故国,不能无眷恋之感,而"我"这个遗民,流离失所,落拓无归,自顾小儿,相对共话于凄凉雨夜了。

蒋 捷

蒋捷(生卒年不详),字胜欲,阳羡(今江苏宜兴)人,出身望族。德祐中举进士,旋遭国破,不仕。元朝开科取士,以诗书教授学者。被称作"竹山先生"。有《竹山词》一卷传世。

女 冠 子

元 夕

蕙花①香也。雪晴池馆如画。春风飞到,宝钗楼②上,一片笙箫,琉璃③光射。而今灯漫挂。不是暗尘明月④,那时元夜。况年来、心懒意怯,羞与蛾儿⑤争耍。　　江城人悄初更打。问繁华谁解,再向天公借。剔残红灺⑥。但梦里隐隐⑦,钿车罗帕⑧。吴笺⑨银粉砑。待把旧家风景,写成闲话。笑绿鬓邻女,倚窗犹唱,夕阳西下⑩。

注释

① 蕙花:蕙兰。
② 宝钗楼:在咸阳,唐代著名酒楼,此处借用。
③ 琉璃:指月空。或说指灯。
④ 暗尘明月:唐苏味道《正月十五夜》诗:"暗尘随马去,明月逐人来。"
⑤ 蛾儿:飞蛾形状的饰品,元夜女子戴之出游,也称"闹蛾儿"。
⑥ 灺(xiè):烛烬。
⑦ 隐隐:车过轰鸣声。
⑧ 钿车罗帕:歌妓乘坐着华丽的车子,挥动着手巾绢帕。
⑨ 吴笺:吴地所产一种"花笺",印有花纹,即"砑",且点有银粉。至今日工艺尚存。
⑩ 夕阳西下:双关语。既指时间流逝,一去不返;又指宋朝的旧曲如"夕阳西下几时回"(晏殊《浣溪沙》)。

评析

　　蒋竹山与刘须溪都是写亡国之后的哀感,刘词虽然假借送春来写,但意思非常明豁。临事而发,不能按捺,自是重要的外缘,但实际上,刘须溪词的风格,也正是如此。晚清的词学家况周颐说刘须溪的词,像写字一样,是用"中锋",的确如此。《兰陵王·丙子送春》每一句都可以当作"结句"来看;每一句说出来,都让人感到已经说尽了,没有余留下来丝毫的空间,可以再回转,或者再添入一层意思,刘须溪的词就是如此的用力深重。

与之相比较,蒋竹山的词则要轻快爽利很多,这或者也为人所不喜,担心不免堕入纤巧甚至油滑的境地。但就这首咏元夕的词来看,气力则是不弱的。刘须溪的词,往往生怕力气发不出,总要挑得明白:"辇下风光,山中岁月,海上心情。"(《柳梢青》)"人生流落,顾孺子,共夜语。"(《兰陵王》)"缃帙离离,风鬟三五,能赋词最苦。"(《永遇乐》)"空眉皱,看白发尊前,已似人人有。"(《摸鱼儿》)蒋竹山则恰恰相反,总似不甚着力,往往才一触着,便要飞去,如他最为人传唱的两首词:"一片春愁待酒浇。江山舟摇。楼上帘招。秋娘容与泰娘娇。风又飘飘。雨又萧萧。 何日归家洗客袍。银字笙调。心字香烧。流光容易把人抛。红了樱桃。绿了芭蕉。"(《一剪梅·舟过吴江》)"少年听雨歌楼上。红烛昏罗帐。壮年听雨客舟中。江阔云低,断雁叫西风。 而今听雨僧庐下,鬓已星星也。悲欢离合总无情。一任阶前点滴到天明。"(《虞美人·听雨》)都是这样轻快爽利之作。

这首《女冠子》上片仍旧是蒋竹山的一贯作风。我们跟着他轻盈的脚步,从池馆走上宝钗楼,一片喧哗,又是一片明亮,但都不作太长久的驻足,便心灰意冷,无精打采。然而,这今昔对比的失落也没有持续太久,它不知道飘到哪里去了——"江城人悄初更打"。原本以为会像蒋竹山其他的作品一样,一点兴起,又一点沉落,继续着这样一种飘荡,然而,这首词在经历了悄然沉落后,并没有再离开,而是显露出一点执着、一点倔强:"问繁华谁解,再向天公借。"谁解,就是谁能;谁有这个本事将往昔的繁华再度呈现呢? 这句话隐含的意思是非常复杂的,它包含着浓重的思念故国的情绪。宋朝的灭亡,已经是天命如此,不可挽回的事了。但落到大时代中的个体身上,则感受并不一致。像刘须溪那样的由希望而绝望,是一种;而像蒋竹山这样的由失望而向往,则是又一种。他不是不知道过去的繁华不可能再现,但他还是不愿轻易放弃对过往繁华的眷恋，因此他生出了一个"天问"式的想法。他不是抱怨老天的不公，而是想象着上天可否赐给一点恩泽，权且将过去的繁华借给今天的人们，哪怕只有一次，或者一会儿。这是多么奇异的设想，也是多么无奈的叹息。那是一场不会再来的梦，但在作者的想象中，梦里似乎没有远去，摊开花笺，等着"我"这样的遗民记录下旧时的繁华。而年轻的少女唱起"夕阳西下"的旧曲，又怎能与"我"有相同的感受呢？

王沂孙

王沂孙（生卒年不详），字圣与，号碧山，又号玉笥山人，会稽（今浙江绍兴）人。宋时无行迹可考，入元曾为庆元路学正。或谓宋末为学正，而宋亡即归隐。著有《花外集》，又名《玉笥山人词集》。曾与周密、唐珏、张炎、仇远、王易简、冯应瑞、唐艺孙、吕同老、李彭老、李居仁等人选调唱和，创作以龙涎香、蝉、白莲为题的咏物词，结集为《乐府补亡》一册，从清代初年开始，这些作品就被认为是含有家国之恨的深远寄托。

齐 天 乐

蝉

一襟余恨宫魂①断，年年翠阴庭树。乍咽凉柯，还移暗叶，重把离愁深诉。西窗过雨。怪瑶佩②流空，玉筝调柱。镜暗妆残，为谁娇鬓③尚如许。　　铜仙铅泪似洗，叹移盘去远，难贮零露。④病翼惊秋，枯形阅世⑤，消得斜阳几度。余音更苦。甚独抱清高⑥,顿成凄楚。谩想薰风,柳丝千万缕。

注释

① 宫魂:马缟《中华古今注》载:"齐后忿而死,尸变为蝉,登庭树嘒唳而鸣,王悔恨,故世名蝉为齐女焉。"
② 瑶佩:玉佩;此与下句"玉筝"是以形容蝉鸣。
③ 娇鬟:魏文帝宫人莫琼树"制蝉鬓,缥缈如蝉"(崔豹《古今注》)。这句是说镜台妆奁都已残损昏暗,为什么鬓发还能如此娇美呢?
④ "铜仙"三句:见前刘辰翁《兰陵王·丙子送春》"泪盘"注。
⑤ 枯形阅世:晋孙楚《蝉赋》:"形如枯槁。"已经枯槁的身躯经历着世事的变迁,与上句"病翼惊秋"互文相足。
⑥ 清高:一作"清商",即清商调,是汉代以来中原地区的主要流行乐调,分为瑟、清、平三调。由于使用的乐律与雅乐的正声律比较起来,有三个音都要更浊一些,因此在演奏的时候,"哨吹清之"。清商曲调的音乐,以悲哀为美。

评析

宋室向元兵投降后没几年,在浙东地区就发生了一件骇人听闻的事:元朝委派到此地的总管佛教事务的最高长官——释教都总统是一名来自西夏党项族的僧人杨琏真伽,此人无恶不作,臭名昭彰,竟公然挖掘了宋朝赵氏皇族以及大臣在钱塘、绍兴等地的上百座陵墓,以攫取珍宝财物。其过程的惨烈,令人发指。据周密《癸辛杂识》记载,有一个村翁曾在被挖掘后的哲宗皇后孟氏的陵墓周围,发现了一段发髻,为青碧色。而在《乐府补题》当中,王沂孙、周密、唐珏、仇远等人共同赋题为"蝉"的《齐天乐》,几乎都写到了这一相关意象;而唐珏正是将被挖掘抛弃的宋室帝陵的遗骸,收藏起来,悄悄掩埋,种上冬青树的"义士"。"残蝉身世香莼兴,一片冬青冢畔心。"(厉鹗《论词绝句》)《乐府补题》中的作品也就被认为是与这个事件有关。

如果这项预设成立,那么,其对作品所带来的理解力将会是非常强大的。据此,读者会将王沂孙词中的每一句、每一个措辞、每一个用典都与家国之恨做出令人信服的关联。而作为赋咏对象的"蝉",则成了不重要的存在,一个虚设的符号,没有谁会在意它的形貌是否被描摹准确了。而与它的形貌相关联的那个人那件事,从背景走向了前台。从"一襟余恨宫魂断"开始,"蝉"实际上便隐退了,而那个宫人的形象,甚至就是皇帝后妃的形象,彻底地凸显,盖过了咏物的对象本身。这是一件非常奇妙的事。尽管宋词咏物的传统,始终坚持着不即不离、不粘不滞,但实际上咏物词中的物,就是一个假借,这在苏轼的《水龙吟》咏杨花这首词中已经表现得非常突出。但南宋的咏物,还都沿循着周邦彦的传统,虽是借物,物本身还是中心,不能离得太远,更不能撇开不顾。但如果只是为了与物象本身贴得近,从而丧失了想象的空间,则是更大的问题。因此,姜夔咏梅花的《疏影》,虽然不能没有离得太远的毛病,但显然不构成大病。由物的形貌发端,牵引得远一些,引发的联想多一些,已经成为咏物词的一个内在追求,也是读者的期待。在这个创作动力的驱使下,宋代灭亡前后产生的这样一组咏物词的创作,也是为了牵引出来更加宽阔的想象空间,让它尽可能容纳更多的内容。一旦被放进去的内容可以满足读者的期待,就会铸成这类作品的经典意义。

张 炎

张炎(1248—?),字叔夏,号玉田、乐笑翁,临安(今浙江杭州)人。南渡中兴名将张俊之六世孙,与姜白石同时之名词人张镃的曾孙。早年生活优渥,年二十九,宋亡,祖父张濡因曾杀死元使,遭到报复,身死抄家;次年,胡僧杨琏真伽盗发宋帝及大臣陵墓,张俊墓也在其中。遭遇这些变故,张炎的生活环境完全不似往昔,遂隐居乡里,在江南地区漫游,与王沂孙、周密、仇远等咏物填词以寄怀。四十三岁那年,被召入大都(今北京),参与写金字《藏经》。年余而返,继续隐居漫游生活,不知所终。著作除《山中白云词》外,另有《词源》一书,为系统阐明歌词渊源、体制、作法与评赏的专门著作。

高 阳 台

西 湖 春 感

接叶巢莺①,平波卷絮,断桥斜日归船。能几番游,看花又是明年。东风且伴蔷薇住,到蔷薇②、春已堪怜。更凄然。万绿西泠③,一抹荒烟。　　当年燕子知何处,但苔深韦曲,草暗斜川。④见说新愁,如今也到鸥边。⑤无心再续笙歌梦,掩重门、浅醉闲眠。莫开帘。怕见飞花,怕听啼鹃。

注释

① 接叶巢莺:杜甫《陪郑广文游何将军山林》:"接叶暗巢莺。"俞平伯说:"叶

子茂盛,互相接近。"(《唐宋词选释》下卷)

② 蔷薇:从小寒到谷雨,每个节令的风吹来,便对应三种花,如此轮番下去,一共是"二十四番花信风";蔷薇对应的是惊蛰,此后便是春分、清明,春已经过半,所以说是春已堪怜。

③ 西泠:西泠桥,也称西陵桥、西林桥,在孤山西北的尽头。

④ 韦曲:在唐代长安南郊,多有贵族的花园别墅。斜川:陶渊明有《游斜川》诗,写他和子弟们一起游玩。俞平伯说:"三句说当时贵族的凋零。"

⑤ 见说:听说。鸥鸟本无机心,自也是无愁。但这里是反用,说鸥鹭都不免沾惹到新愁。鸥鹭是隐居不仕的象征,张炎《壶中天》:"衰草凄迷秋更绿,惟有闲鸥独立。"自喻不随波逐流。又,《八声甘州》:"向寻常、野桥流水,待招来、不是旧沙鸥。"喻友人不仕元者。

评析

旧评说张炎的词是"积谷作米,把缆放船,无开阔手段"(周济《介存斋论词杂著》)。何处写景?写景又在何处用实笔,何处用虚笔?何处抒情?抒情又在何处发唱?何处咽住?在张炎词中都作了精密的安排。即如这首《西湖春感》,以写景起,日暮晚春,不动声色,蓄势待发;接以"能几番游",一笔将实景化为虚无。旧评说它"运掉虚浑"(谭献),即指此而言。"看花又是明年",则今年之春已成逝水,皆作虚空了,然而又接以"东风且伴蔷薇住",绝处逢生,注入些许希望,即旧评所谓"措注"。尽管存留一丝希望,终归是今非昔比,故上片结句转进一层,由春天的消逝扩展到古今变迁,暗寓着亡国破家之痛。类似的境界,周密在描写西湖的词中也有:"一片古今愁,但废绿、平烟空远。"(《法曲献仙音·吊雪香亭梅》)换头从"当年"燕子叙起,章法井然。下片全用比兴,句句有寄托,字字有所指。"鸥边"以下归到己身,"亡国之音哀以思"，弥漫充溢，跃然纸上。可以说这是宋词尤其是主寄托、求深刻一派的"教科书"，旧评中的沉郁、钩转、层深全都一一对应。诚然，这是对周邦彦以来长调创作技法的总结与实践，并非张炎的独创。清代常州派填词，主张"问途碧山"，就是从王沂孙的词开始学起。而晚宋风格相近的几家，张炎、周密、王沂孙，或抒情，或咏物，从章法到造句到措辞，皆是范本。近代陈匪石先生的《宋词举》仅选评两宋词人十二家，正是从张炎开始的。

图书在版编目（CIP）数据

宋词精读/马里扬编著；查清华主编.—上海：
上海教育出版社，2021.12
 ISBN 978-7-5720-1269-3

Ⅰ.①宋… Ⅱ.①马…②查… Ⅲ.①宋词－选集
Ⅳ.①I222.844

中国版本图书馆CIP数据核字(2021)第267349号

责任编辑　陈晓琼
封面设计　东合社

SONGCI JINGDU
宋词精读
马里扬　编著

出版发行	上海教育出版社有限公司	
官　　网	www.seph.com.cn	
地　　址	上海市闵行区号景路159弄C座	
邮　　编	201101	
印　　刷	上海展强印刷有限公司	
开　　本	700×1000　1/16　印张 17	
字　　数	210千字	
版　　次	2021年12月第1版	
印　　次	2021年12月第1次印刷	
书　　号	ISBN 978-7-5720-1269-3/I·0113	
定　　价	49.80元	

如发现质量问题，读者可向本社调换　电话：021-64373213